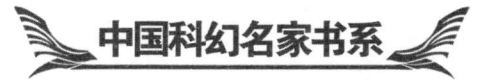

# SAVE THE WORLD
# 拯救世界

张冉 等◎著

北方联合出版传媒(集团)股份有限公司
万卷出版公司

ⓒ 张冉等 2020

**图书在版编目（CIP）数据**

拯救世界 / 张冉等著 . -- 沈阳：万卷出版公司，2020.4
ISBN 978-7-5470-4802-3

Ⅰ . ①拯… Ⅱ . ①张… Ⅲ . ①幻想小说 - 小说集 - 中国 - 当代 Ⅳ . ① I247.7

中国版本图书馆 CIP 数据核字 (2020) 第 001584 号

出 品 人：刘一秀
出版发行：北方联合出版传媒（集团）股份有限公司
　　　　　万卷出版公司
　　　　　（地址：沈阳市和平区十一纬路 25 号　邮编：110003）
印 刷 者：辽宁新华印务有限公司
经 销 者：全国新华书店
幅面尺寸：160mm×230mm
字　　数：280 千字
印　　张：16
出版时间：2020 年 4 月第 1 版
印刷时间：2020 年 4 月第 1 次印刷
责任编辑：王　越
责任校对：佟可竟
装帧设计：宋晓亮
ISBN 978-7-5470-4802-3
定　　价：42.00 元
联系电话：024-23284090
传　　真：024-23284448

常年法律顾问：李　福　版权所有　侵权必究　举报电话：024-23284090
如有印装质量问题，请与印刷厂联系。联系电话：024-31255233

# 目 录

001　**使命：拯救人类**
　　　一个机器人的"自述" / 刘维佳

021　**来看天堂**
　　　失去了一半生存价值的世界 / 刘维佳

043　**追寻**
　　　明天，再一次见到她之时 / 刘维佳

065　**起风之城**
　　　让这个世界变得不同 / 张冉

127　**人人都爱查尔斯**
　　　虚拟世界中的沉醉 / 宝树

181　**穴居进化史**
　　　重回文明原点 / 宝树

209　**拉格朗日坟场**
　　　1250颗氢弹飞向太阳 / 王晋康

刘维佳 ● 使命：拯救人类
　　　　　一个机器人的"自述"

出现在我视频光感受器中的第一个人是个身着飞行夏装的男人。

这个男人站在我面前,脸色发红,双眼布满血丝,使劲冲我摇晃着一个长颈透明塑料瓶,那里面的液体因此发出稀里哗啦的响声。"去找水,快去给我找水来!"他用很大的声音冲我喊。

"是,我去找水。"主电脑告诉我必须完全服从人类的命令。我接过了他递来的一个手提式金属水箱。我环顾了一下四周,认出我和这个人是在一架鸵鸟式小型高速运输机的机舱里,这货舱里气温偏高,明显高于标准正常值。

"该死!全都是该死的军火!不能吃,也不能喝……"他一脚又一脚地踢着身边码放得几乎挨着舱顶的货箱,破口大骂。

骂了一阵,他突然一屁股坐到地板上,捂着脸大声哭起来:"偏偏在这沙漠上空出了机械故障……"

哭了一阵,他站起来抓住我的双肩:"幸好货物里有你……你听着,是我把你组装好的,是我给了你生命,你得救我!没水我就会死!你要救救我!"他的声音差不多到了人类声带振动的极限。

"是!我要拯救你!"我牢牢记住了这一使命。

出得机舱,我看见天空是一望无际的蓝色,地面上是一望无际的黄色,二者相交于地平线。风吹来,黄沙随之扬起。黄沙打在我的身上,发出了密集的细小响声。光线很强，我的视频光感受器的灵敏度进行了相应的调整。

我迈开双脚向前走去，刚开始体内平衡系统有些不适应，但很快就调整过来了。黄色的沙子一踩就陷，我的速度只能达到设计正常步行速度的60%，但我还是一步一步向前走去，同时动用视频传感系统搜索水源。我得找到水，因为我得要救人，这是我的使命。

我已经看见了3238次日落了，但我仍然没有看见水。

我花了很多日子才克服了迷路这个难题。最初400多天，我都是毫无目的地盲目行进，直到我终于发现我多次重复搜索某一地区，才意识到自己迷路了。于是我开始寻找怎么才能保证不致重复搜索同一地区的办法，我的记忆库中没有这方面的信息资料。

观察了很久，我发现天上星辰的位置可以用来进行比较精确的定位，于是每次日落之后我都认真观测，对比星辰的位置，渐渐学会了结合计算步数有目的地向各个区域搜索前进，再不会做无用功。

311天前，我体内的能量贮藏消耗过半，于是我开始按程序采取相应措施。白天，我在光照强烈的时候展开腹腔中娇贵的高效率太阳能转换面板，吸取太阳能，贮存进微型可充式高能电池中。当太阳光开始减弱之时，我就收起面板，依靠刚吸收的太阳能维持系统运行，维持我的找水行动。

在这3238个日子里，我一直在不停息地找水。我的身体构造在设计时显然考虑过沙漠环境因素，无孔不入的沙粒无法进入我的体内，静电除尘装置几乎就没怎么用过；身体表层外壳的材料绝热性能极好，尽管万里无云的天空中一个6000摄氏度的大火球一直在施压，但电路却从未过热，夜间的阴寒就更不在话下了；而视频传感器也受到了重重保护，应付各种波长的光线绰绰有余。良好的身体状况使我认定总有那么一天我肯定能找到水，肯定的，这沙漠不会无边无际。星辰指引之下我在黑暗冰凉的沙地上继续探索、前进。

第3238次日出之后不久，我的视频传感器发现了一个与往日千篇一律的景物不同的异物。我立刻以它为目标,一边提高视频分辨率辨认,一边加速向其接近。

渐渐地我辨认出那是一些高大的植物。我的资料库中没有多少有关植物的信息,但我知道有植物生长就有水存在,大功就要告成了!

这是一片不怎么大的绿洲,四周围绕着矮小但枝叶茂密的灌木,它们后面就是那些高大的树木了。往里走,我看见了一汪清亮亮的液体,我终于找到水了。

水边的树荫下,有一顶耐用型军用沙漠专用营帐。

帐篷门一抖,一个人钻了出来。这个人的体型与将使命交付于我的那个人很不一样,我判断此人属另一种人类——女人。

"你……你要干什么?"那个女人望着我,双手握着拳急促地说。

"我要水。"我说。

这时帐篷门又一动,一个小女孩轻轻从帐篷里探出头来,向我张望。

"回去!"那个女人转身冲小女孩大喊。

于是帐篷门又合拢了。

"我要水。"我又说了一遍,"我要用它去救人。"我举起了那个被沙子磨得闪闪发亮的金属水箱。

"水……就在这儿。"她一指那一汪池水,但目光却仍紧盯着我。

于是我将那金属水箱按进池中,巨大的气泡和咕咕的声音从池中升起。

水箱很快灌满了,我拧好密封盖,提起它转身返回,我的使命已完成了一半。

回去就不用那么多时间了。我已掌握了定向的方法,只是我已弄不清当时的出发地点,不过由于我可以将自从掌握了定向法后我所搜索过的区域排除开,这比来时容易多了。

216天之后,我终于找到了那架鸵鸟式运输机,它已被沙埋住大半。

货舱里一切依旧，那些货箱都没怎么动过，只是不见他的踪影。

于是我走向了驾驶舱的门。

舱门基本完好，我轻松地打开了它。

驾驶员座椅上的物体似乎是个人，有四肢，有头颅，只是全身干枯萎缩，体积明显偏小，皮肤呈灰黑色裹在骨骼上，龇牙咧嘴，身上的飞行夏装也残破不堪。我仔细核对了一阵，认定这是他。我没有从他身上发现任何生命的痕迹，倒是在他头颅两侧发现了两个窟窿。他垂着的右手下方的地板上，躺着一支海星式轻型全塑军用自卫手枪。

我将水缓缓倒在他的身上，这是他要的。清澈透明的水哗哗地淌过他的全身，淌过座椅，淌到了地上。我希望他能知道我已完成使命，可他已经死了，死了就没有感觉了，他不会知道的，也不会再需要这水了。

我完成使命了吗？没有。是的，没有。我没能拯救他，他死了，主电脑不断输出"使命尚未完成"这一信息。我得完成使命，我得去救人。可人在哪里？他已经死了，这里已没有人了，我得找人，这是现在最重要的。对了，我得找人去！我确定了下一步的行动方案。

但我还是想看着他到底会不会知道我已找到了水，毕竟我做到了这一点，此刻水就在他的身上。我站在他身边等着。

太阳的光芒从窗外射进来，一点点地变成红色，可他一直一点动静也没有。

当水全部蒸发干了之后，我就决定离开他。

在动身之前，我在机舱里四处搜寻了一番，利用到手的零件和工具将我自己检修了一遍，尽可能地排除了不利因素。

我离开了这架早已死亡的小运输机，再次踏上旅程。这一次不是去找水，而是找人。我知道哪儿有人。


我又一次踏上那绿洲的土地是在 27 个日出之后，因为目标明确，这回我省下了不少时间。

| 拯救世界

住在绿洲里的那个女人依然目不转睛地防备着我,小女孩依然悄悄从帐篷里向外张望。

我一遍又一遍地向她解释说我的使命是救人,我想知道该怎么做才能拯救她们,但她始终一言不发地望着我,根本没有反应。

等我解释完第九遍时她才开了口:"那……你去浇一浇那些甜瓜苗吧。"她伸手一指我身后。

"为什么给瓜苗浇水就能救你呢?"我不能将浇水和我背负的使命联系起来,这两者之间有什么逻辑联系呢?

"这个嘛……你如果不给瓜苗浇水,瓜苗就会旱死,它们旱死了,我们就没有瓜吃了,那样我们就会饿死……所以,你给瓜苗浇水就是救我们。"她一边说一边忍住笑声。

"对,是这样的。"我恍然大悟,是这个理,人类毕竟是人类,一下子就把这两者联系上了,消除了我的困惑。我接过她递来的塑料桶,打了一桶水向瓜地走去。

就这样我留在这里又一次开始了我的拯救行动。我按她的指示给植物浇水,还将果树上的果实摇落给她们食用,挖掘地洞贮藏晾干了的果实,收集干透了的枯枝供她们充作燃料,修补那顶军用帐篷上的破损之处,在绿洲四周栽种防风沙的灌木……要干的工作真不少,人类的生存可真是件很复杂的事,她们不像我定时吸取一次太阳能就行了,她们要活着就要干很多事。她们确实需要我的拯救。

没过几天,我将有关我和他的情况在她的询问之下告诉了她。于是她知道了我的第一次拯救行动以失败而告终。

"这不是你的错,你已尽了全力,别伤心。"她对我说。

"什么是伤心?"我问她。

"伤心吗?就是心里面难受,想哭。"她说。

"我知道什么是哭。"我说,我的资料库中有关于哭的信息。

她笑了:"可哭并不等于伤心,伤心是只有在所爱的东西离你而去的时候才会出现的,尤其是你所爱的人……"她的声音低了下去,侧头望向遥远的地平线。

我不知道我所爱的人是谁,我也不知道"爱"是什么意思,人类实在是种复杂的生物,我对他们的了解实在不够。通过清澈池水的反射我看见了我的模样,我的外形与人类差不多,也有四肢和一个头颅,我的面部也有着与人类相似的五官特征。然而人类远比我复杂,究竟是什么令人类如此难以理解?

那个小女孩一直谨慎地与我保持一定的距离,在我干活时,她就小心地站在不远的地方盯着我看。如果我停下手中的活计望她,她就发出一阵咯咯的笑声跑开了。

这个小姑娘实在是个好动的生物。她就爱做她妈妈不许她做的事,不是爬到最高的果树上啃完果子,把核儿什么的扔下来打在我身上,就是在那并不算浅的池里游泳,经常扎到池底半天不露头,她还有点爱往外面跑。于是有一天她母亲叫我想点办法吸引住她,免得她有朝一日折腾出事来。

于是我利用资料库里的信息教了那小姑娘几种用石子、小木棍来玩的智力游戏,教她的时候我才第一次接近了她,她果然被我那些智力游戏迷住了,经常趴在树荫下,支着头,琢磨个没完,两条小腿一上一下不停地拍打地面。她再也不长时间盯着我看和发出莫名其妙的笑声了。

然而她一遇上解不开的难题就跑来问我,我只好放下手中的活计去给她解答。可一解答完她就冲我"大笨蛋大笨蛋"地叫,然后又咯咯笑着跑开了。

我不明白她为什么称我为大笨蛋。这不符合事实,笨蛋是愚蠢的意思,可据我统计,72%的智力题她都解不出,而我全都能解,我不是笨蛋,她才是笨蛋。于是我就去追她,一边追一边纠正:"我不是笨蛋,你才是笨蛋,你百分之……"

当我追上不停躲藏的她时,她已经喘得把舌头都伸出来了。"好了好了,我是笨蛋我是笨蛋,你不是笨蛋……"她哈哈大笑着瘫软在地上,脸上的皮肤因充血而红得不得了。

有一天我发现了个问题,我知道人类必须一男一女才能拥有后代,可那男的在哪儿呢?于是我向小姑娘的母亲提出了这个问题。

她告诉我说他早就死了,在沙漠的外面被人打死了。

"沙漠外面也有人?"我问。这可是个重要的发现。

"有,据说曾有几十亿之众。"她说,"后来人们之间爆发了一场惨烈的战争,大部分人都因此而死,可幸存的人们仍在互相残杀……孩子的爸爸就是这么被打死的,所以我才带上她来到了这绿洲……"

我陷入了混乱状态,因而她后面说了些什么我不得而知。人在杀人,可人怎么能杀自己呢?我无法理解这条信息,因而陷入了混乱状态。等我的主电脑强行搁置这一问题从而摆脱混乱时,她已离开了我。

在我的耕种下,绿洲的面积正在扩大,因而小型动物、昆虫、飞鸟的数量比以前多了,她们的食物来源得到更充分的保障。每天傍晚,她们都要在水边燃起一堆火,将被我捕获的各种小型动物和飞鸟拔了毛、剥了皮,架在火上烤得吱吱响。小姑娘经常在这时围着火堆又跳又唱。火红的夕阳照在树叶上,照在水面上,照在沙地上,照在帐篷上,照在她们身上,于是一切都染上了火红的颜色。我站在一边看着这一切。

小姑娘经常会把啃了几口的食物伸到我面前:"你也吃一点吧。吃吧……"

"不。"我说。

"它不能吃这个。"这时她的母亲就会这么说,"它要吃太阳光,它不吃这个。"

"哦……"小姑娘惋惜地叹息,"你真好。"她望着我的脸说。

"谢谢。"我知道她这是在夸我,所以我进行了答谢。

"你真好你真好你真好……"小姑娘不歇气地说了七遍,然后咯咯地笑了起来。

"谢谢谢谢谢谢……"我一一做了答谢。

在我来到这绿洲的第 486 天，小姑娘的母亲死了。

绿洲的面积扩大了，因而各种动物都多了起来，可她们对这一点缺乏足够的重视，结果她终于遭到了毒蛇的袭击。

她捂着手臂上的伤口走到我的面前，请求我救她。然而我没有办法救她，我不是医用机器人，我的资料库中没有医学方面的信息，我不知道该做些什么，我把这些情况告诉了她。

她的眼眶中一下子涌出了泪水，这泪水快速地向着地面滴落。"这么说我就要死了。"她的声音颤抖得厉害。

"我看是这样的。"我说。

她哭出了声："我就要死了……我死了，她怎么办？"

哭了一会儿，她盯住我说："你答应我，照顾她一辈子，她一个人是不可能在这沙漠中生存下去的，她不能没有你。"

"我答应你。"我接受了这个指令。

"你发誓。"她说。

"我发誓。"我说，我知道誓言是什么含义。

她满是泪水的脸上透出一丝微笑："还有件事你也要答应我，那就是等她成年之后，你得带她离开这个沙漠，到外面去，去为她寻觅一个真心诚意爱她的丈夫……外面虽然很糟，但她还是只有在那里才能真正地生活……"她吃力地说。

"具体什么时候带她走？"我吃不准"成年"究竟应在何时？

"5 年后吧，5 年后的今年，你带她走，记住了吗？"

"记住了。"我说。

"好，这我就放心了。"她使劲点了点头。

剩下的时间里，小姑娘跪在母亲身边，肩头抽动不停地倾听她的讲话。弥留之际的母亲唯恐浪费一秒钟，但她的口齿渐渐不清了，体温也在渐渐下降，她的双眼再不见往日的光彩。

| 拯救世界

天全黑了，小姑娘跪在那儿一直没动。她哭个不停，泪水浸湿了她膝前的地面。她在哭，因而我知道她很伤心。

我站在那儿没动。我在这一天目睹了一个人的死亡过程，目睹了生命是怎么从人类的身上消失的。我懂得了死，我认为我又一次未能完成使命。

后来小姑娘支持不住了，就倒在了她母亲身边。我将她抱进帐篷，以免沙漠夜间的低温伤害到她。我得好好照顾她一辈子。

第2天上午，小姑娘要我将她母亲的遗体掩埋了。她告诉我说要像小时候她们掩埋她父亲一样，在地上挖一个坑，将遗体放进去，然后再用沙土填埋上。于是我就在灌木丛中挖了个很深的坑，将遗体放了进去。在沙土将她的脸掩盖上之前，她那不肯合上的双眼仍然在盯着我。

干完这一切，小姑娘对我说："我很饿，我要吃烤沙鼠。"于是我马上去为她寻觅猎物。

太阳在绿洲上空一次次升起又落下。小姑娘在夜间哭泣的次数越来越少。然而她也不再像从前那样经常大声笑个没完，不再要我分享她烤好的食物，也不再爬到树上向我身上扔果核了。她变了。

生活也变了，没有了笑声，少了一个人，我的空闲时间变多了。可她却不像从前那样缠着我要下棋了，我只得主动去找她玩。我发现下各种棋时不能老是不让她赢，于是我就故意输给她。开头她果然高兴了一阵，但玩了几次就没兴致了。于是我发现老是让她赢也不行。所以我就赢几次、输几次，输输赢赢，尽全力让她的笑声恢复起来。尽管我竭尽全力，可效果大不如前。人类太复杂了，我掌握不了分寸。

尽管缺乏笑声，可我们的生活仍然一天天在这绿洲里继续。我已明白生活不可能回复到从前那样了，于是我接受了这些变化。

然而另一个变化悄悄出现了。我发现她在一点点长高，体形越来越接近她的母亲。她经常在太阳落山之前脱掉衣服到水池中游泳，当她尽兴后上岸来用她母亲的梳子整理头发时，落日的光芒照在她闪亮的身体上，这情景与从前她母亲游完泳时几乎完全一样。我认为可以和她探讨探讨她母亲临终前的那个指令了。

"再过 866 天,我就要带你离开这沙漠,到外面的世界去给你找个丈夫了,这是你母亲要我发誓做到的。"我对她说。

"丈夫?"她歪着头看着我。

"就是你未来的孩子的父亲。"我向她解释。

她终于笑出了声。"丈夫?……让我想想吧。"她说完咯咯直笑,竟笑得喘不过气来,她已经很久没这样笑过了。

这天夜里,我像从前一样站在帐篷外守护着她。这一夜月光亮极了,地面上树影清晰可见。

我听见身后的响动,转身一看她已走了出来。她走到水池边坐下。"你也坐到这儿来吧。"她招呼我。

于是我坐到她身边,水池之中也有一轮明月。"你怎么还不睡觉?"我问她。

"我在想……"她说。

"在想什么?"见她半天不往下说我就问道。

"你打算给我找个什么样的丈夫?"她没回答提问反而问我。

"你妈妈说,他得真心诚意地爱你。"

"可我觉得,首先得我爱他才行。"她往水池中扔了块石子,打碎了那轮明月。

"那什么样的人你才会爱呢?"这问题我可得好好弄清楚。

"我想,首先他得好看才行吧。"她歪着头望着我说。

我不知道好看是个什么概念,于是我就在她的描述下以记忆库中的全部形象为参考,用手指在沙地上描画男人的面部形象。

"不好看。"她用脚抹去沙上的形象。

于是我又画了一个。

"还是不好看。"她的脚一挥又否定了。

## 拯救世界

就这样，我陪着呵欠连连的她展望她的未来，她却倚着我的肩膀睡着了。我小心地将她抱起来走进帐篷，轻轻将她放到床上，为她盖好毡毯。"不好看……"她迷迷糊糊地说。

我退出帐篷，继续在我脑中按她的要求描绘她未来丈夫的形象。

我每天依旧提水浇灌植物，采摘果实，捕捉小动物，将她侍候得每餐之后直打饱嗝，还陪她玩……绿洲外面黄沙天天随风起舞，而我们在平静中等待离去之日的来临。她越来越喜欢遥望远方，然后总要大声问我还剩下几天，而我也会马上准确地告诉她。

就在还剩 392 天时，一切全落空了，她病倒了。

我最不愿发生的事就是她生病，因为我一点办法也没有，每回她身体不适，我都认为我的使命受到了威胁，这一回，大病终于落在了她身上。确实是大病，她的情况很不好。她已不能起床，经常抽搐抖动，体温在 40 摄氏度上下浮动，面部、颈部和上胸部皮肤发红，双眼充血，有些部位的皮肤上出现了小血点。我认为她的情况很危险，但不知该做些什么，甚至不明白她是怎么染上这病的。我只能依她的指示为她服务：她渴了，我为她端水；她想吃点什么，我就为她弄来；她冷了或热了，我就采取相应的措施。我只能做这些事了。

她的情况越来越坏，已经开始咯血了，陷入谵妄状态的时间也越来越长，大声喊着彼此间毫无逻辑联系的话语。我认为她的主要内部脏器的功能正在慢慢衰竭下去，如果形势得不到逆转，我认为她将会死去。然而我无能为力，她就在我的身边一点点走向死亡。我认为我很可能又将经历一次失败。

她卧床不起的第 7 天下午，她是清醒的，她将我叫到了身边。"我是不是会死？"她笑了一下，艰难地说。

"有这个可能。"我说。

她又笑了，但眼泪却流了出来："我还没有见到我的丈夫呢。"

"我也很遗憾。"主电脑为我选择了这么一句话。

"天哪，我不想死。"她哭着说。

这一次我不知该说些什么了，只好看着她哭泣。

6分钟之后她抬起头对我说："我要你说你爱我。"

"你爱我。"我说。

她笑了："不……说'我爱你'。"

"我爱你。"我说。

"我好看吗？"她问。

我不知该怎么回答，我不知道"好看"是个什么概念，于是电脑随机选择了一个答案："好看。"

她再一次笑了："那吻吻我吧。"

我见过她亲吻她母亲的脸颊，于是我照那样子在她脸颊上吻了一下。

"谢谢。"她轻声说。

"我死后，你要想着我。"她说。

"具体我该怎么做？"我问她。

"就是回忆从前和我度过的时光，只要一想到这边还有人惦念着我，我在那边就不会伤心了。"她说。

"可我不是人。"我说。

她微微摇了摇头："这不重要……你能做到吗？"

"完全可以。"我说。

"这我就放心了，我的爱人。"她说。

"什么是'爱人'？"我问。

她闭上双眼不再说话。

87个小时后，她死了。

我在她母亲的坟墓边挖了个深坑，把她埋了。然后我站在这新坟旁，按她的要求从记忆库中调出和她共同生活的记录，于是我又看见了她，听见了她的笑声和果核打在我身上的声音。

## 拯救世界

我结束回忆之时，已是 58 个小时之后，在已开始落山的太阳的光芒下，我看见不久前开辟的一片瓜地里的瓜苗已开始枯萎。我认为这绿洲将会萎缩下去，直到恢复到从前无人到此时的模样。多少个日夜我工作不息，绿洲才成了现在这个样子，可要不了几天，我的努力便将土崩瓦解，我不会再工作下去了，因为这里已无人存在。我全力工作让人类生活得尽可能幸福，可到头来死亡却轻易地抹去了一切。植物也好，人类也好，都是那么的脆弱，我认为我已尽了全力，可她们仍然全都死了，最终留给我一个失败的结局。是不是我的使命根本就无法完成？它是不是一个错误？这些问题令我陷于混乱之中，于是主电脑搁置了这些问题，于是我又回到了使命上来，我仍然要去寻找人类，仍然要去履行使命。

我选了一个方向，昂首阔步地向前迈进，我要走出这沙漠，到有人的地方去。我曾答应一个女人离去之时将带着另一个女人离去，但现在我只能自己孤孤单单离去。原谅我吧……主电脑为我选择了这么一句话。

走了一阵我回头望去，绿洲依稀可见，它上空的晚霞红得像水边那堆天天傍晚便燃起的篝火一样。我继续前行。

我再次回头之时，绿洲已看不见了，晚霞也暗淡了下去。于是我不再回头，稳步向着黑暗的远方走去。

我体内的平衡系统早已适应了脚下的硬实地面，我的视频光感受器也早已习惯了这片绿影朦胧的大地，我认为我已走出了沙漠，但我还是没有看见人。然而我认为见到人只不过是时间早晚的问题，人类告诉我沙漠外有人，而我已走出了沙漠。

果不其然，地平线上终于出现了一些人造物体。我提高视频分辨率，初步认定那是一些高大的楼群。对照记忆库中的资料，我认为那是一座城市。城市是人类的聚居之地，里面应当有很多的人。我加快了速度。

然而随着距离拉近，我发现那些高楼均已残破不堪，有的全身都是破洞，有的似乎失去了一些楼层。这是不是一座已然衰亡了的城市？信息不足，我尚不能下定论。

真是走运，没过多久我就看见了人。这些人有男有女，在各楼之间进进出出，忙着些什么，他们还没看见我。我认为流浪结束了，又将有人给我发号施令了，我将和他们一起生活，为他们而工作。

等他们发现我时，他们立刻聚在了一起，向我张望。不一会儿，五个男人冲出人群向我跑过来，他们手中都端着很旧但擦拭得很干净的步枪和滑膛枪。

他们冲我大喊："站住！"于是我站住了。他们马上围住我，用枪指着我。

我已经知道该向他们说些什么了。"要我做些什么？"经验已使我确立了"为人类而工作便是拯救人类"这一逻辑。

他们互相看了几眼，但却都不给我下达指令。于是我继续问："我要为你们而工作，要我做些什么？"

"跟我来吧。"一个人说。随后他对另一个人说："去告诉头儿。"

我在他们的看护下走进了这座城市。大风吹过那些满身破洞的楼宇，呜呜的响声飘荡在城市的上空，人们放下手中的活计看向我。我认为这些男女老幼的营养健康状况都不太好，他们需要足够的食物、保暖用品以及充裕的休息时间，我将尽我之力为他们提供这一切，他们会需要我的。然而我只发现了为数很少的十来个机器人和一些机械设备在为人类而工作。

在城市中央的一片空地上，站着一些人，其中就有先前走掉的那个人，他的身边站着一个高大的脸上带疤的男人，他脸上的伤疤从额头一直延伸到左脸颊，脸部因此而扭曲。"疤脸"男人打量了我一会儿，将一支短小的步枪递给我："拿着。"

我接过枪，认出这是一支式样老旧的"法玛斯"自动步枪。

"向它射击！""疤脸"下了命令，他手指着楼墙脚下的一只破铁罐，距离 52 米远，目标面积约 0.04 平方米。

我打开法玛斯步枪的保险，端起枪，扣动扳机。铁罐随着枪声蹦起，在空中翻了好多跟头然后落下。

"不错。""疤脸"点了点头，然后他对身边那个人说，"去。"

拯救世界

10分钟后,那人推着另一个男人回来了。新来者上身被铁丝紧紧缠着,双眼被一块黑布蒙着。他被推着站到了墙脚。这个人在发抖,却一言不发。

"向他射击。""疤脸"指着那人又下令。

我合上枪上的保险,松开手指让枪落在地上。"不行,我不能杀人。"我说。

"疤脸"叹息了一声:"见鬼,又是一个废物……"

废物就是没有用处的意思,莫非他们不要我为他们工作?为什么我不能杀人就是废物?我不明白。我还能干其他许多事。

"它懂得不能杀人,它似乎是个高级货。""疤脸"身边一个人说,"让我来看看能不能用它派点什么用场?"

"你跟他去吧。""疤脸"对我说。

于是我随他而去。

我跟着他走了22分钟,在一幢宽阔的仓库前止住了脚步。

打开库门,我看见这仓库里到处堆着各式各样的机器人和机械设备,还有工具和零部件,我一一认出了它们的型号和规格,我的资料库中全是这方面的信息,此时阳光从宽大的窗口射进来,照在满是油渍的地面。

"你试试能不能把它修好。"带我来的人指着他身边的一个人形机器人,"它的毛病好像还不大。"

我跪在这个半旧机器人身边看了看,认出了它的型号,于是我从资料库中调出了它的构造图,对照资料将它检查了一遍。很快我发现它不过是内部电路出了点小毛病,于是我用了7分钟,让它重新站了起来。

带我来的那人睁大眼睛看着我,嘴张了几下,终于笑出了声……

他们都不再认为我是废物了,我能让令他们束手无策的坏机器重新运转起来,因为我有维护程序和大量的资料信息。我这独一无二的本事为我赢得了这里人们的重视。

23天之后,这仓库里的大部分机器人和机器设备以及一些散落全城各处的机动车辆都已被我修好。机器的毛病我全然不在话下,可我对人类的疾病却无可奈何，人类实在是种复杂的生物。

"疤脸"和来这儿的所有人都对我夸赞不已。我对他们说，由于缺乏必需的零部件，剩下的部分我无法修复。"疤脸"拍着我的肩部说不用着急，都会有的。

修好的机器人全被"疤脸"带走了，机器设备也被运走了，偌大的仓库只剩下了我和那些修复不了的废品。一天过去了，两天过去了……没有一个人来。每天我伫立在寂静的仓库中，注视着这仓库中唯一会动的东西——地上阳光的图案。这光影每天都在地上缓慢地爬行，但总是无法爬到对面的墙根。从前我每天都要为人类的生存而操劳，可现在我只能目送时间一小时一小时地空流。没有人向我扔果核，没有人缠着我下棋，没有人冲着我笑，甚至没有人和我说话……我等待着这无所事事的时光的结束。

第15天，"疤脸"带人进了仓库。他们果然带来了不少机械零部件，用得上的、用不上的都有，还有一些损坏了的机器人，其中大多是我不久前刚修好的。这些机器人大都是被高速弹丸多次撞击损坏的，损伤颇为严重，修起来很麻烦。我尽量利用了新到手的零部件，又让一些机器人走了出去。

此后陆续又有一些零部件和损坏了的机器人送来，我工作不息，尽力让它们恢复活力以服务于人类。我修好它们，它们就会去帮助人类，人类的生存状态便能得到改善，所以我正是在拯救人类。这个道理我懂，只是我不明白他们既然有零部件，为什么不一次全给我，而要一次次地给？如果一次全给我，我的效率会提高不少。

来到这座城市的第105天时，一辆大型货车开到了仓库旁，开车的人叫我挑出常用的零部件搬到车厢里。我干完之后，他叫我也上车。

货车驶过城市的街道，我看到被我修好的机器人正在为人类而工作，但数量不多，其余的上哪儿去了？

货车穿城而出，来到了绿色的草原上。我看见了一支庞大的队伍。这支队伍由约1000名男人和近200个机器人以及数十辆车组成。我才知道大

## 拯救世界

部分机器人都在这儿。等我所乘的这辆货车汇入队伍中之后,"疤脸"站在一辆越野车上下达了出发命令,于是这支队伍迎着太阳向前开进。

除我以外所有的机器人均依靠自身动力行进,因而没多久就会有个把出些这这那那的毛病,这时就用得上我了。毛病小的,我三两下修好了就让它去追赶队伍;毛病大的,则搬到车上继续赶路。

晚上宿营时,人们点起一堆堆篝火,吱吱作响地烧烤食物。我能帮他们干这活儿,从前我经常干,但我现在的工作是修理白天出了故障的机器人和检修维护其他机器人,所以我不能像从前那样为人类烧烤食物了,不过我还是可以在太阳将要没入地平线之前观看这场景一段时间。

就这样走了10天,我看到了另一座城市,另一群残破的高楼。

队伍停下了,人们在等待,我不知道他们在等待什么。一小时后我看见几十个人从数辆货车上抬下成捆的各式步枪,一支一支分发给了站在队伍最前面的那些机器人。

太阳开始落山之时,对面的高楼在火红阳光的斜照下清晰无比,"疤脸"向天空发射了一发红色信号弹,于是那些机器人列队向前缓缓走去。

机器人们走到距最近的高楼约500米处时,一些机器人手中的武器喷出了火舌。随即高楼和其脚下的一些低矮建筑的窗口也闪出了点点火花,此时空气中立刻充满武器的射击声。

我启动红外视频系统,看见了那些建筑物里面的人类。我看见他们在机器人的精确射击之下一个又一个地倒了下去。于是我知道了这些我修好的机器人是在杀害人类。不到一秒钟我就知道若要拯救人类应当怎么做了。这一次不用人类的点拨,我自己就知道该怎么做了。

对面楼群的火花闪现频率渐渐减弱,很快就只剩下了一些枪弹摧毁不了的坚固火力点。这时车队中仅有的一辆鲨鱼式步兵战车开了出来,战车上的那门35毫米速射高平两用炮在一名机器人的操纵下,一炮一个地将那些火力点准确地摧毁了。

炮击停止了,沉寂重临大地。半分钟后,"疤脸"向天发射了一发绿色信号弹,于是早已严阵以待的那些武装男人开始了奔跑。很快他们越过了已完成任务呆立在原地的机器人们,接着冲入了那座城市,不一会儿,空气中又响起了枪声,只是比较稀疏。

我已明确了自己此刻的使命,所以我马上迈开步跳下货车走向那些机器人。

已有不少机器人被对方反击的枪弹打坏。我立即开始履行我的使命——一个接一个地破坏这些机器人的内部电路和电脑中枢。我破坏了它们,它们就不能再去杀人了,因而人类就能得救了。这个道理我懂。

我认真仔细地干着,这事事关重大。绝大多数人都已冲进了城,看来城里有什么东西很吸引人。剩下的四五十个人守护着车辆,没谁来干扰我,他们看来不知道我在干什么,也不知道我所肩负的使命。

夜幕降临之时,我履行完了使命。但我知道还有一件最重要的事没干,那就是毁了我自己。这事最重要,只要我还在,人类就有可能修复这些机器人,而没有了我,他们就无可奈何了。明白了这个道理,主电脑同意启动自毁程序,一分钟后,我就将死去。

我知道我就要死了,我知道死是怎么一回事,我知道死了之后我将不必再背负使命,不必再为人类而操劳,也不必再经历失败。我不知道我死后会不会有人想着我,回忆和我度过的时光,但这没有关系,我不会伤心的,我不会哭,所以我一直不知道伤心的真正的含义是什么。所以这不重要了,重要的是这一次我肯定将不辱使命;这一次我终于明确地认识到我胜利完成了拯救人类的使命。只是我不明白为什么自我毁灭就是拯救人类,这真奇怪。我的使命是帮助人类、拯救人类,可为什么我自我毁灭了,人类反而能得到拯救?这不合逻辑,我又陷入了混乱之中。

在浓浓的黑夜中,我全身上下喷出了明亮的电火花。

我死了。

刘维佳 ● 来看天堂
　　失去了一半生存价值的世界

## 拯救世界

血红的太阳无可挽回地一点点向着地平线坠落,仿佛地球的引力一般无法抗拒,光明也跟随着它一点点离我而去。而黑暗则如同地下水一样悄无声息却又势不可当地从地层深处涌出,开始淹没这天堂。

街上的路灯还没有亮,下面的街景就已看不清了,于是我将目光移向了空中,追捕大气中残存的光粒子,徒然地尝试逃避黑夜的必然到来。

我所居住的楼层实在不低,所以视界还算开阔,目光可以从如林的高楼间挤过去,观看到日落的全过程,这使观看日落成了我人生的一项重要内容,我已经在这个窗口这个角度观看了好多年日落了,我不明白我怎么总是看不厌。

"皮特,要开灯吗?"柔美的声音犹如温泉一般淌入我耳中,我的听觉神经因之产生了一阵愉快的共振,情绪也不得不向良性方向靠近了一点。那是伊琳,我的天使。她的声音真是太好听了,一年前我还以为珍妮的声音是世界上最好听的呢……

我完全可以不必回答的,因为她知道我一向的选择,她这样问我只是为了表达对我的关心和爱意,这是她的使命,不然她就没有存在的必要了。虽则如此,我还是像从前一样不由自主地用我最温柔的声调回答:"不用,亲爱的,不用开灯,我想就这么再坐会儿。"她的声音总是能激起我的爱意,而我的声音于她如何呢?我一直不得而知。

屋子里已经暗到让我眯起双眼才能勉强看清室内陈设的地步，对面大楼的众多窗口大多已被灯光填满，可我仍然不想开灯。因为我总觉得一开灯世界就仿佛缩小为就这么两间斗室似的，而窗外则是宇宙的尽头，无意义的虚无……这种感觉令我害怕。

所以我一向不开灯，毫不设防地任凭外界的一切光芒涌进我这狭小的蜗牛壳。不论什么光，月光也好，居室照明灯光也好，云层反射的全息广告也好，高楼之顶的装饰灯也好，我都来者不拒。因为只有这样，我才能获得世界尚还存在的感觉。

伊琳在厨房忙碌的声音传入我的耳中。对她而言黑夜与白天没有多大区别，凭着那双微光夜视眼，就算把她扔在芬兰荒原上，她也能顺利应付那6个月的黑暗。

紧接着饭菜的香味轻轻飘了过来。一时间我体内的电化学反应又有些不平衡了。说不清为什么，反正我在苍茫暮色之中一闻到饭菜尚未做熟的香味，心绪就莫名其妙地激动起来，就好像小时候常去的那个幻想世界的影子依稀重现一般。也许这种香味就是生活本身的气息吧，所以我从来不吃那种统一定制的快餐，而要伊琳给我做饭，尽管这给我增添了一笔额外的开支，占用了不少我的政府年度福利补贴。

"皮特，吃饭吧，凉了再热菜就不好吃了呀。"伊琳轻盈盈走到我身边，将她那温软的小手放在我的肩上，用她那对我而言有魔力的柔美声音说道。

3秒钟后我顺从地站了起来。夕阳终将落山，逝去的时光已永远不会回来了，我总不能在此永远坐下去。伊琳打开了灯。

饭菜一如往常一样可口……不，应该说是胜过往常。看来伊琳已尽了最大的努力，她显然动用了她在烹饪方面的全部潜力。她知道明天对我有多么重要。

我吃饭时伊琳的嘴也没闲着。她用不着吃饭，不然我还真有点负担不起，她在陪我。她表情丰富地用她好听的嗓音给我讲述各种各样的信息，大至太阳系的最新变化，小至社区居民的鸡毛蒜皮，无奇不有。她们每天只需抽出几分钟从网上吸取信息，就足够陪我们聊上一天了，不管我们何时有兴致，她们随时可以奉陪。她们就是这样竭力为我们构织生活的幻象。

我心不在焉地似听非听，时而不置可否地"唔"一声，最多回一句"是吗"，那些信息与我并没有多大关系，虽然伊琳尽可能地挑发生在我附近的事讲，可对我而言，它们与发生在火星上的事又有何不同呢？那些信息中不乏奇妙之事，它们编织出了一幅看上去五彩缤纷的图画，但并不能真正吸引我，这并不是生活，这我知道。

突然，我发觉伊琳动听的声音消失了。我有些愕然地抬起头，看见她目不转睛地注视着我，水汪汪的大眼睛里失望、不解和伤心的神色在荡漾闪烁。"皮特，你怎么啦？我的饭做得不好吃吗？"她声音发颤，听上去真有点像风铃的声音。

"没有啊……你做得比以前更好吃。"我如实回答。事实确实如此。

"那你为什么不高兴？肯定是我做错了什么……"她的眼中流出哀怨之色。

凭以往的经验，我知道自己得配合她，不要自找烦恼。顺着她的引导往下走，我的情绪定能向着良性方向发展。她就有这本事，现在我如果没有她，都不知道该怎么调整自己的情绪和心态了。

于是我顺着她往下走："不，你没有做错什么。是我，我明天……"我欲言又止。

"不会有事的。"她认真地说，"我相信你一定可以通过测试的，一定！我相信……"这时她的双眼垂了下去，似乎有什么很沉重的东西压在了她的……中枢电脑上。

我知道那是什么东西。我认真地盯着她看，她这时的样子真是楚楚可怜。我突然很可怜她，心中清晰地感觉到一股发热的液体在涌动。于是我伸出双手握住了她温软的右手。

这时她的手在颤抖，我的心也在颤抖，我们不说话，但心在交流，至少我感觉在交流。她总是能有效地调动我心中连我自己也不能自如运用的情感，总是能将我一潭死水般的心灵掀起波澜，就好像永动机模型背后的那只看不见的手一样。我的心因而被不断注入了活力，没有归于死寂的怀抱。

究竟是什么在起作用呢？我不知道。

眼下我心中的情感浪潮越来越猛烈。我有些吃惊，今天确实与往日不同。我的双手越来越用力，火热的情感使我不能再沉默下去了。"你不要担心。"我对她说，"如果我通过了，我就有机会变得很有钱的，而我有钱后的第一件事，就是买下你的所有权，这样谁也不能让你离开我了。"我凑近她的脸，望着她的眼睛轻声说，"相信我。"

她的手指在我的脸上缓缓游动，我只觉得她的手指比嘴唇还要柔软。少顷她轻轻依入我的怀抱，却什么也不说。难道她真的被我的誓言所感动？我心中感到一阵尖锐的刺痛。她是世界上最单纯的存在，我要她相信我她就一定会相信的，可我却不能相信我自己……

她柔软温暖且在微微颤抖的身体令我想起了小时候与我相伴了两年的那只小猫。我是那么爱它，可我最终失去了它，从此我不再相信任何我所爱的东西能永远为我所拥有，可此刻我却下意识地搂紧了怀中的她。

"皮特，"她在我耳边轻声说，"等你……老了的时候，我也要永久性地切断我的电源，陪着你走……"

我觉得我的心脏里正在发生着剧烈的化学反应，我不知道那些情感具体都有些什么成分，反正它们之间的反应释放出可怕的高热，令我五内俱焚。我用脸颊使劲摩擦她的长发，克制着不让自己哭泣。

她那姣好的鼻尖在我的耳下探来探去，轻轻地吻着我的脖颈，真是恰到好处，我现在正需要这个。她总是能非常及时地提供我所需要的东西，这正是她们美妙的地方，也是她们存在的理由。

这一次伊琳的动作非常轻缓非常温柔，但其中充盈着近乎激情般的高度浓缩的柔情蜜意，如同一台高级吸尘器一般，将我体内的一切妨碍我情绪良性发展的不利因素统统吸吮掉了。

她是怎么知道我的各种需要，又是怎么恰如其分地把握的呢？我对她体内的复杂结构一无所知，而我这辈子怕也不可能了解了，她复杂到根本不需要我了解的地步。她用不着我去适应，她就像烟，就像水，可以任意包容我，从容地将我引导至至少心平气和的状态。

眼下我就进入了这种状态，心中一片宁静清明，没有了烦恼和杂念。这正是我目前必须达到的状态，她真好。尽管她根本不需要睡眠，但她还是在我的怀里甜甜地睡着。怀抱着熟睡的她实在惬意，她香甜的呼吸使我的脸颊变得温暖而湿润，我全身酥软，意识就在这有节奏的催眠曲中不知不觉地被温润的睡意所淹没……

清晨的阳光显得比往日更为明媚，从窗口射进来的阳光将室内的一切都罩上了一层光晕，就好像太阳的聚变速度一夜之间加快了似的，空气似乎都因此变得热乎乎的了。这是我所发现的外部世界的变化。

而我自己身体的变化也不小。伊琳做的早餐绝对是上乘之作，但我却几乎什么也塞不进胃里；我的腿部肌肉的张弛也出现了障碍，搞得我迈步都很困难；呼吸也很不自然。我的心情在伊琳的帮助下好歹还算保持住了稳定，但我实在无法控制生理上的这些本能反应，即使出门前伊琳给予我的人类的现实世界中几乎不可能存在的微笑和吻也无能为力。

当公寓门合上时的轻微咔嚓声消失之际，我猛然地感到心中一阵虚弱和恐慌正在涌起，空荡荡的走廊里我意识到自己是何等的孤若无依。我倚在墙上，喘息着。也许应该让伊琳陪我去接受上帝的挑选，我对自己说。我想不到她对我竟这么重要，以至于离开她我自己竟支持不住了……

然而最终我还是决定独自前往。她也并不能帮助我成功通过测试，至多只能帮助我稳定情绪，可测试与情绪并无什么关系。我努力理顺呼吸，终于迈开了发僵的双腿。孤独的脚步声在走廊里响起，她帮不了我，谁也帮不了我……

从我所居住的楼层往下走一层就有空中巴士站，所以我就依靠此刻已不太灵便的双腿顺楼梯走了下去，来到了颇似老式科幻片中宇宙航天港船坞的巴士站。

明暗分明的巴士站站台已有五六个人等在那儿了，我在其中还发现了一个熟人，就住在我楼上的莱切尔。

她也看见了我，随即向我投来一个甜美但并非完美无缺的微笑。和伊琳相处久了,我变得可以轻易将人类女性的缺陷信手指出。我至今还没有遇见一个可以与伊琳相媲美的人类女性。莱切尔的鼻子有点欠完美,眼角也稍稍有点斜,个子也似乎高了一点,不过总体上来说仍不失为一个好看的女人。我和她是一年前在顶楼的大舞厅里相识的,总共三次同床云雨。总的说来我没有多大感觉,完全不能和伊琳共枕时的感觉相提并论,和我睡过的人类女性没有一个能像伊琳那样随意摆布我的三魂七魄,轻易牵引我的心情到达理想之境界。

相互打过招呼,我们相距半米,顺理成章地开始聊了起来。她显得有点拘谨,我的表现也不自然。不要太紧张,我对自己说。

没过一会儿,我们之间就又归于沉寂。我们彼此的人生皆空空如也,又能交换多少信息呢?她沉默地注视着我的脸,那目光似乎欲将我的头颅穿透一般。在我印象中她从未这样看过我,因此我颇有些诧异和不自在,她想要看见什么呢?我看到她的眸子如两泓秋水,但并非如伊琳那样澄明得令人不敢触及。我不知道她想对我说什么,但我知道她有话要说,这我看得出来。

巴士到了。

"快上去吧。"她握住我的手捏了捏,"祝你好运,皮特。"她轻声说。我感觉到她的手在微微抖动。

当她在我的视线里消失之前,她一直在注视着我和这辆巴士。我认为她想要说的不是我所听到的话。她到底想说什么呢?琢磨了15秒钟未得其解,我就将它扔在一边不去想了。

她祝我好运……祝我什么好运?看来她知道此刻我将要去干什么。一丝不快涌上我的心头。接受测试在我们这儿是个忌讳,大家一般都回避此事,这女子……人的毛病就是多啊,伊琳就从不会让我产生不快的感觉。

窗外的景致在不断变换,我的肉体在林立的高楼间飞鸟一般穿行,可我的思维却完全置身事外,毫不理会近千米的时速,我在沉思。

难道非这样不可吗?为什么每年都必须经历这么一天?这问题我知道答案,可我仍然要问。因为我的内心深处有一股怨气在冲撞,平常我可以忽视它的存在,但今天不行。除非今天我成功通过测试,这样的日子和已经延续了九年的空空如也的人生才会离我而去,我才能从天堂里走出来。

我一直生活在天堂之中,真的是天堂。我从未为社会创造过一丁点财富,也从未付出过劳动时间,可我从来衣食无虑,公寓虽小但还过得去,更重要的是我拥有极其美妙的伊琳……据我所知从前人们坚信这样的生活只应天上有。

可如今世界上大多数人都在这么生活。我并非什么不凡之辈,所过的只是普通的生活。过去的人总认为天堂不会降临人间,他们错了。任何社会都有弱势群体,事实上人类文明之所以能出现,某种程度上就是得益于对弱势群体的剥削。在那种时代,弱势群体等同鱼肉,自然无人相信天堂的存在,强者弱者都不信。而我们的时代非常文明,它已进化到了不费多大力气便可令天堂为我们而降临人间。也没什么奇怪的,人类手中掌握的资源多了而已,用在我们这些无所事事的弱势群体身上的资源已算不了什么了;并且文明的发展早已过了依赖剥削弱者的阶段——不过这也就是说经济的发展已不再需要弱势群体的存在。当然不能不理弱者的死活,人道主义是一方面,更大程度上仍是出于对利与弊的理性权衡:与其置之不理最终闹出事来,还不如供其生存无忧以保社会稳定,于是天堂就这么出现了。由于天堂里流动的资源和能量只占人类手中资源与能量总数微乎其微的一小部分,因而人类容忍了天堂的存在。从前的圣哲认定人道与天道相悖,他们太悲观了。现在事实证明,天人可以合一。现在损不足而奉有余已没有必要,损有余而补不足以保持社会稳定显得更加重要,因为这"有余"所被损的程度相对而言微乎其微。从前掌握生产资料者是消费者,这个错误现在改正了,有生产资料者才是生产者,没有它的人成了纯粹的消费者。真是个令人感动的世界。

不过现在与从前仍有相同之处,即社会的资源和能源仍都掌握在少数人的手里。天堂的外面,世界在疯狂地高速运转,人类之中最优秀的成员控制着绝大部分的资源与能量,忙得天旋地转。那个世界里的人们的思想与行为,非我辈所能想象,其生产和消费的含义与目的,也变得面目全非、匪夷所思。目前他们已在太阳系确立了某种秩序,而他们仍在孜孜不倦地向整个宇宙推广这种秩序，世界因之变得日益莫名其妙。

很早以前人类中的一些成员就提出为了保持进化的势头，人必须在生理、智力等各方面都更上一层楼。这个观点后来成为主流。人个体的素质确实有高下之分，这是真的，而且差异相当大，以至于后天的努力也难以弥补。进化的本质就是去掉差的留下好的，所以天堂里的人们已不再肩负进化的使命。是的，我们都已不再进化了。因为我们已被淘汰。我们都没有通过测试，因而被认为是不合格产品，没有资格支配资源和能量，没有资格承担进化的使命。他们说我们不能以最高效率运用资源和能量，因而不适合进入主流经济结构，为了以最快速度进化，我们这样的人必须生活在天堂之中。于是我每天除了在窗口呆望日出日落外无事可做。其实这也不是什么新鲜事，从前人们以出身来决定由谁掌握社会主要资源，后来则进化为由手中的金钱数量来决定，现在则换成了由自身素质来决定。似乎是越来越进步了，下一步也许就是不用再决定了。不过那和我已没有什么关系了，我的生命只有一次，我知道。

任何事情都要付出代价，天堂亦不例外。胜者得到一切，这一点仍与从前一样，不同之处只是败者不再失去一切。但败者所能保留的也不过只是生存的权利而已，失去的依然很多，据说不如此人类便不能进步。天堂的创建者认为天堂的存在有可能使人类进化的势头日益减弱，因为促进人类进化的压力在减小，一般说来优胜者与劣汰者间的差别越大，压力也就越大，所以理所当然地不能让天堂里的人们得到太多。首先，我们不能进入主流经济圈，不能工作，这是法律；其次，不能有孩子，以免传播不利基因，影响人类整体素质的提高，也免增添新的受害者，这也是法律；再次，我们只能享受到部分公民权，只有选举权，没有被选举权；另外不可以继承财产……这些都是法律，听起来似乎并非世界的末日般恐怖，应该还有比这更糟糕的……

也有选择的余地。在天堂过腻了你还有个去处，你可以申请到纯太阳能农业保留地去，在那儿可以自食其力，但也仅限于此，而去了那儿就将永远失去参加年度测试的资格，从而永远地失去走出天堂的最后一线机会……

| 拯救世界 ———

　　就是这样，世界已经进化成了如此这般的模样。进化这玩意儿又不能后退，所以回想从前没有半点意义。不知将来的人们怎么看待我们的时代，反正我无话可说。现在人类自己已经确认，人不过只是物质世界中的一种物理现象，并没有什么了不得的特殊之处，人的存在应该无条件为进化和发展服务。这种世界观是否正确是否必要，可不是我说了算的事，人类的智慧和选择哪是我能说三道四的，所以我不说。

　　我很想在热乎乎的车座上坐得久一点，眼下我舒服得动都不想动一下，这种感觉平常可没有。但这空中巴士以很高的精确度准时到达了目的地，不早不晚。

　　看着大厦中部犹如怪兽影片中巨兽血盆大口般越变越大的巴士站，我清晰地感到我脑中血压正越升越高。

　　参加这样的测试，个人的主观努力完全无济于事。不知不觉间，你已被测试完毕，被决定了是否能走出天堂。对系统表示怀疑也是毫无意义的事，它已进化了许多个年头，耗费了无数的资源和能量，目前虽不能说已经完美无缺，但也无懈可击了，人完全没有资格与它较劲。

　　踏上这座大厦的地板，我就感到双腿沉重，似乎这里并非地球的一部分。每天这里都有天堂的来客前来应试，试图走出伊甸园。有人成功了，但绝大多数人都不得不返回天堂。今天轮到了我。

　　我吸了吸气，鼓起勇气向上帝走去。

　　现在我该上哪儿去呢？我倚靠着走廊的墙壁，茫然地想。这一想就是整整5分钟。其实这不能叫作想，因为我脑子里一片空白，就好像昏迷了似的。这样的状态我并不陌生，它在我生命中所占据的时间实在太多了，数不胜数……

　　后来我知道该上哪儿去了。我找到一处公用可视电话，给杰里米发送信息。

　　杰里米是我的哥哥，大我20分钟，但从小很少有人会认错我们。他头一年就通过了测试，如今正在天堂的门外大展拳脚。鉴于我们之间的距离，我一般不和他来往，我已记不清上次和他通话是多久以前的事了。但在这时，我太想和一个人谈谈话了，只有在这时候，伊琳才会显得无能为力，我现在需要和人交流。

我的信息顺利抵达了杰里米的眼前，这小子总算没有忘了我。

"皮特，怎么是你呀？需要什么帮助吗？"他脸色好不诧异，但惊讶根本没有让他多付出一点时间。

"没事，就是想到你那儿和你聊聊。"我知道他时间宝贵，所以也就开门见山。

"唔……等一会儿成吗？"他微皱了一下眉头说。

"可以，多久以后？"

"70分钟吧，那会儿我有空。"

"就这么说定了。"我瞟了一眼头上的计时器。我还没有将目光收回来，显示屏就黑了。自他成年之后，他就一直这么行事匆忙。

小意思，70分钟对我而言根本就不算个数。不过对他就不同了，70分钟内他所动用的能量比我一年所动用的能量还要多得多，这就是我和他之间的分别。

天堂外面的世界变得越来越莫名其妙了。我站在杰里米办公室外的大厅里向窗外张望。许多建筑和设施我完全说不出是干什么用的。这时一丝悲戚、一丝绝望涌上心头：世界正离我越来越远，在我不知道的时间里，它变得越来越难以理喻。我将头抵在墙上，慢慢闭上了双眼。

在通话后的第73分钟，杰里米办公室的大门为我而开启。

"噢，皮特，你怎么有空来我这儿？"他微笑着冲我说。从他的神色我看出他在这个世界里生活得一帆风顺、游刃有余。

我怀着强烈的嫉妒坐在了他办公桌前的皮椅上。是的，我就是嫉妒。杰里米和他的同类的人生中拥有许多我没有的东西，首先就是工作和事业所带给他们的尊严与充实。没有劳动，人就不成其为全人，我刻骨铭心地赞同这一观点。他的人生目的明确，而我的人生则是一团混沌，这不能不使我觉得自己是一个彻头彻尾的……无能之辈，也就是废物。我来到这个世界上，世界却不需要我，那么我为什么要来？他们还拥有许许多多我说不上来的东西。我真的说不上来，因为我很少愿意就这方面的问题进行思考，那只会使我感到痛苦，他们的幸福就是我们的痛苦。

"呃……没什么，就是想和你聊聊。"我轻声说。

他的眼光闪动了一下，旋即垂下了眼皮，不说话。

"凯茜还好吧？"我随口找了个话题。嫂子和杰里米是同类，但对我很好，她真是个好人，从不歧视我，在我面前从不以贵族自居，所以我对她的印象很好。然而我却不愿意接受她的关怀，我害怕这种关怀。

"她很好。就是没耐心安心在家相夫教子，整天忙得不可开交，小乔治完全扔给电子保姆了，这对他可不好啊……"杰里米颇有些犯愁地说。

"那你可以在我们那儿挑个满意的，她可除了相夫教子外别无选择。"我笑了一下调侃说。

杰里米如我所料地板着脸坚决否定了这一提议。按法律规定，智者除可拥有一名同类配偶外，还可拥有一名天堂中的配偶，若不与同类通婚，则可拥有三名配偶，以保证优秀基因的延续和传播。然而在杰里米的社会中，真这么做的人却不多。因为与天堂里的人通婚被认为是该受歧视的行为，夫妻双方都有可能被社会所不容，杰里米在这方面有童年阴影。我们的母亲就是父亲的第二个妻子，所以父亲分给我们的父爱也就勉为其难地有些不够了。由此之故，父亲虽有三个妻子和四个子女，到老却落得个形单影只地幽居于数百万千米之遥的太空城里。配偶与子女对他爱不起来，社会又不能容他，他也就只有这个去处了。杰里米万不肯重蹈其覆辙，他发誓要做个好丈夫、好父亲。他做到了，他拥有着极聪明的凯茜和小乔治。我注视着桌上小乔治的全息立体图像，那孩子显出了比他父亲更浓郁的灵气。看来杰里米肯定将拥有一个幸福的晚年。

冷场了片刻，杰里米把谈话又继续了下去："珍妮怎么样？还满意吧？"

"没有珍妮啦，"我轻叹了一口气，"现在是伊琳。"

"伊琳……哦，好女孩！"杰里米打了个响指，"真正的好女孩！又漂亮，又善解人意，非常优秀的产品。我想你该满意吧？"

"很满意。"我点了点头，"她是我所见过的唯一完美无缺的存在。"

"近于完美无缺。"杰里米纠正说，"还有胜过她的。我就和他们有些业务往来。新产品好像是叫……梅格？……对，梅格！"他又打了个响指，"你想试试吗？我可以在她投放市场前就给你弄一个。"

我摇了摇头。我对伊琳目前还能满意，何必急不可耐地提高胃口呢？我必须珍惜我对她的兴趣，这样我就还有生存下去的理由。"想不到还有人这么关心我们，伊琳上市才两年嘛。"我说。

"政府有这笔财政拨款吗……有钱事就好办。"他随口说。

此后我们又就彼此的情况聊了一阵子，我这边是于他而言无关痛痒的鸡毛小事，他那边是于我而言不着边际的宏伟壮举，我们确实已不是同一个世界的人。

很快，我们之间就只剩下了沉寂，干净清新的空气中时间在稳步行走。我对时间不感兴趣，可他不能不理会时间的流逝。他的眼中流出急切之色，我有点想知道他能忍受我多久。

过了一阵，我开口对他说："唔……知道我在想什么吗？猜猜。"

他摇了摇头，不说话。

"我在想……小时候的事。"我望着他，"小的时候，我们也没什么朋友，就我们俩一起玩，整天整天地泡在虚拟游戏里……现在想想这种童年可够灰暗。"我苦笑了一下。

他轻轻点了点头，依然不说话。

"可我觉得还是那时候好啊，至少那时我们自己不觉得灰暗……那时我们玩得可真来劲，遇上个喜欢的好游戏就好像过节一样，我还记得当时自己心跳的感觉。"我觉得这时候我的声音有点陌生，"说也奇怪，我们从来都是并肩作战，从来没有相互对抗过，我们的刀口一直是对外的，是这样吧？"

"没错，我们一向同生死共患难。"他点头说。

"哎,我们最喜爱的游戏是什么?你还记得吗?"

"我想应该是《千钧一发》,对吧?"

我笑了:"你还记得呀……"

他也笑了:"我不会忘的,你救过我很多次命。"

"你救我的次数更多。"

他的笑容一下子加深了:"我还记得你老是使用无赖秘技,把狙击步枪的弹药改成无限,当机枪使。"

"那有什么办法?我老是打不过那些狙击手嘛。"我的笑容变得有些勉强,"可你总是能打败他们……"我注视着他的眼睛。

他垂下眼皮,又不说话了,刚刚拉近的距离又变大了。

过了一会儿,我找到了将谈话继续下去的话题:"这游戏现在很难找到了吧?"

"是的,早绝版了。不过你要的话我能给你弄来,能弄到的。你要吗?"他抬起了眼皮。

"不要了。要来又有什么用呢?我们都已不是小孩子了。"我说。

他点了点头:"对,我们都长大了,那些都过去了。每个人都会长大的,没办法。"

我们又沉默了。还和他说些什么呢?我不知道。过去是我和他唯一的交集,可过去已经过去了。

突然间我不明白我干吗要到他这里来了。难道就是想像小老鼠一样挤在一起取暖吗?可他不是我的同类,他只是我的哥哥。我觉得今天我好像犯了个错误。

于是我起身告辞:"杰里米,来你这儿瞎扯了半天,也不知误了你什么事没有?如果耽误了你什么,那我很抱歉……"一边说,我一边转身离去。

"弟弟……"杰里米的呼唤传入我耳中,但我还是走出了大门,任凭大门无声地将我们隔开。正如他所说的那样,都过去了。

窗外的景致与半小时前一模一样,但此时我已没有了什么感想,只是呆呆地凝视着它们，脑子里一片真空。

过了一会儿我问自己：此刻是不是应该哭啊？

不知道……我回答说。

我望着窗外耀眼炫目的世界，渐渐感到它似乎在变得模糊。真的模糊了吗？好像吧，我也说不好……

帕梅拉的身影终于出现了。我没料到她还抱着她的孩子。她看见了我，快步向我走来，负责递送食品的自动餐车灵巧地躲避着她。

帕梅拉是我父亲和他的第一个妻子所生的女儿，我也拥有从前和她共同度过的许多欢乐时光的记忆。在我和杰里米之间，她更关心我，至少我感觉如此。她和我是同类，所以我认为我们俩可以挤在一起取暖。杰里米已离我太远了，他竭力掩饰也没有用，而她离我应该比较近些吧。

她小心翼翼地落座于我的对面，看样子生怕惊醒了怀里的孩子。"皮特，你约我出来，有什么事吗？"她小声问我。

"没什么天塌地陷的灾难。"我苦苦地笑了一下，"只是想见见你，姐姐。我心里有点难受，想和你说说话。今年……我又落得一场空。"我心里直到这一刻才感到很委屈，才有了想哭的感觉。

虽然这是我的痛苦，但她的脸上也透出了伤心和痛苦。我有些后悔将她拖了来。我不一定能取到暖，可她今天注定将感到寒冷。她和我是同类，所以她的回忆也只能令她痛苦。

"我很难过……皮特。"她垂下了眼皮，"可就像你所说的，这并不是天塌地陷的灾难，也不是世界的末日，你还有明年、后年……只要还活着，就有希望。"

我没有回答她。她只能这么安慰我了，尽管差不多等于没说，我也只能这么去想。在坚不可摧的现实面前我们也只剩下了一点正随着时间不断消逝的希望。

沉默了片刻，她对我说："皮特，其实你又何必这么执着？你可以和这

| 拯救世界

里的某个姑娘结婚，这样你至少可以将一只脚踏出天堂……"法律面前人人平等，智者的世界里男人可以拥有三名来自天堂的妻子，那女人当然可以拥有三名来自天堂的丈夫。"最重要的，是你可以有一个孩子……"她将目光移向了她熟睡中的儿子，那神情就仿佛她怀中怀抱着的是她人生中的全部希望。

我缓缓摇了摇头。我和她不一样。我的这个极为温柔的姐姐在连续经历了五年的失败之后就死了心，不再将希望放在自己身上。努力了几年，她终于嫁给了一位天堂之外的大她十一岁的男人，做了他的第三位妻子，从而得到了她梦寐以求的孩子。也许对她而言人生因此而得救了，可我不行。我不可能适应那种生活的，这我知道；孩子也拯救不了我的人生，这我也知道。

"他对你好吗？"我轻声问她。

她的目光闪动了一下："他是爱我的……最重要的是，他给了我一个儿子。"

我看着那个还不足一岁的小婴儿。他似乎没有小乔治的那种灵气，也许这世界又多了一个时代的受害者。

"下一代……"我喃喃轻语，"我没想过下一代……干吗要让他们来受苦呢？知道孩子一生下来为什么要哭吗？因为他们在抗议我们将他们抛入这个冰冷的世界，使他们遍尝人生的诸多不幸……将来他也要和我们一样接受生活的挑选，你能承受吗？"

"我根本就不希望他被挑中。"她说，"这样他就能陪伴我一生了。如果他被选中了，那才是不幸，我将失去他。"她下意识地将孩子抱得紧了一些。

我点了点头，她这么想有道理。但他要是通过了呢？她拯救自己人生的方法并不保险，不过希望至少比我大。我现在是一点也不知道什么可以拯救我的人生。

在以后的一段时间里，我们慢慢吃着饭，不时逗逗她的儿子。到我对这种消磨时间的方式的兴趣一点也不剩地耗光了之后，我就和她告别了。离去之时，我问自己：取到暖了吗？

这次的答案依然是：不知道。

顶层大舞厅里，节奏感极强的刺激性音乐震得我五脏发颤，那感觉就好像我和厅里的其他人是坐在一头洪荒巨兽的胸腔里倾听它那沉甸甸的心脏努力跳动一般。疯狂的音乐和酒精饮料使得这里的人一个个都呈现非正常状态，手脚无法闲住，不是脚在弹动不停，就是手在叩击桌面。

我不是经常来这种地方消遣，但今天我需要刺激，我都已经快要失去感觉了。

海浪般的音乐声中不时冒出两声怪叫，这是这种地方的特色。人们就是冲着能比较自由地发泄心中的郁闷和痛苦才把整块整块的时间扔在了这怪兽的肚子里的。没事，叫吧，谁也不会在意的，只要你不像从前那几个家伙那样在发了一阵狂之后从窗口跳下去就成了。我慢慢吸着杯中热乎乎的酒精饮料。

又有人跳出来发表演讲了。他先是大骂这种社会制度及发明它的人，然后就抱怨说我们简直在等死，再后就控诉"他们"在谋杀我们……标准的程序。

还没等他的演讲发展到呼唤大家都起来革命的阶段，就有人跳出来叫那革命家闭嘴。通常大家都不会理会这种演讲，因为这没有意义，我们两手空空，凭什么跟人家较劲？开玩笑。可今儿个可能是喝多了，有人要先跟这革命家较较劲。他叫革命家闭嘴，说他吵了大家听音乐的雅兴，扫了大家的酒兴，还说如果对这个世界不满不妨马上从窗口跳下去，这样大家都好受……

凭以往的经验，我知道今儿晚上这里铁定要干上一仗，于是我马上起身走出了这疯狂的地方，我不想受这样的刺激。

舞厅外的小花园真是令人神清气爽。由于刚从那种乌烟瘴气的场所出来，我觉得外面的空气清新得不可思议。脚下，缤纷的花朵铺满地面。灯光下朵朵花儿似乎都罩在薄雾之中，它们摇曳身躯，告诉我它们为我而盛放。

童话……我在花园中的长椅上坐下来，静观美景，对自己说：你已进入童话。城市夜空清冽的空气中，我闭上双眼，想象我正在天空飞翔。

"皮特。"就在我的意识渐次朦胧之际，一声女人的轻声呼唤将我惊醒。我扭头一看，是莱切尔。

"一个人在这儿享清福哪！"她笑嘻嘻地说。

夜风穿过她的发际将她身上的香味拂到我的脸上，我的心猛力一跳，血液往脑门一冲，不由得一阵头晕。这是怎么了，灯光下她的身影确有点像天使，可天天与天使生活在一起的我怎么还会有感觉呢？

"你……"我目不转睛地望着她，有点不知该说什么。

她也看着我，也不说话。

最后我笨拙地说："那你也来吧。"我向身边一扬手。我这会儿很希望身边能有女孩温暖的体温和香味，那将使此刻的童话气息更为浓郁。

她大大方方坐在了我的身边。

"怎么样？这花园好吗？"她说。

"很好，挺漂亮的，就像你一样漂亮。"我大着胆子这么说道。据我判断，今晚我有机会将事态发展到最后。

"就是小了点。"她说。

"确实小了点。"我顺着她说，其实是大是小我这会儿并不关心。

"可以握握你的手吗？"我向她发出这样的请求。也许过分了一点……我对自己说。

可她似乎并不这么认为。于是我得到了她的手。

她的手也在颤抖，可我心跳的感觉却没有想象的那么强烈。毕竟她只是人类。我提醒自己此刻应该放低标准。于是我排除杂念，认真感受，希望这个小小的童话能得到一个完美的结局。

"皮特，我们结婚吧。"

我一口气噎住，险些从椅子上摔了下去。这……这是从何说起？！我肯定听错了。

"皮特，我们走吧。"她用力握着我的手。"这个世界没有什么意思，我早就想离它而去了。但是我不愿意一个人孤单单地走，我要和自己所爱的人走。那就是你，皮特。在我接触过的人中间，我最喜欢你。和我一起走吧……"她在期待，我从她的双眼虹膜中看到了期待和信心。

"上哪儿去？"我咽了一下口水。这一刻我发现女人这东西比我想象的要复杂得多。

"到农业保留地去。"她马上回答。

我呆呆地望着她。

"那儿和这里不一样。"她的眼中闪现着热情的光芒，"在那里每个人都得干活，可劳动的目的很单纯，就是自食其力，不像这里这么莫名其妙。在那里，我们的人生将拥有目的拥有方向拥有价值，我想在那儿我们会过得很幸福很充实的……这个世界已经不属于我们了，它属于那些能以最高效率从世界榨取资源和能量的毫无节制的……人。可地球注定会是我们的。因为地球作为一个封闭系统，它最终只能容许存在一种有节制的低熵的生活方式。那些'趋能动物'只能将爪子伸向无边的宇宙，只有那儿才有无限的能量。地球已经不被他们所看重了，所以我们有机会。农业保留地的面积正在扩大，其中的居民正在一天天增加，我看地球最终会成为一颗纯太阳能农业星球，那就是我们的未来。"

停顿了一下后，她接着说道："皮特，走吧。难道在这儿生活你不感到痛苦吗？一次又一次地被拒绝你不绝望吗？你还留恋此地什么？我知道今天你又失败了，否则你此刻就不会在此出现了。走吧，别再撑下去了。那儿不会拒绝你的，你只需要去，就行了。很简单。"她的手一直在用力握着我的手，话音消失后也未放松。

原来她信奉这个。很早以前就有这理论，核心内容就是将做个农民视作拯救自己人生和回归生命本真的最后一次机会。这理论正确与否，我说不好。我沉思着，归纳，分析，判断。

最终的结局是我摇了摇头："不，很抱歉，我不能走。"

"为什么？"她盯着我的脸追问。

## 拯救世界

"因为……我已经没力气了。当个农民会有何感受我不知道，但我想那儿也不会就是个完美的世界，那里有那里的缺陷……我想我已经没有力量来从头适应一个陌生的不完美的世界了。很遗憾，你来晚了。刚才我已经决定从此以后不再去接受测试了，我不想再尝试下去了，也不想再接受任何形式的挑战，我想就此安静地度完余生。对不起，我累了……"我的语气令我害怕。

我们之间的沉默持续了很久很久。

"你决定了？"她终于开了口。

我点了点头。

"那么，皮特，永别了。"她站起身来，轻轻松开我的手，任其如风中落叶一般缓缓垂落。她头也不回地消失在了黑暗之中。

我的目光追随着她的背影，心中忽觉一阵隐隐的痛楚，我有些想站起身来，但我没有力气。

我的视野中只剩下了黑暗。我垂下头，独自静坐。没什么可说的，我相信我的选择。人是一种不完美的生物，我不能想象两个不完美的生物在一起能获得相安无事的人生，这就好比两个不同规格的齿轮难以协调运转一样。女人……我哪里能够应付这么复杂的生物？我没有信心，亦无勇气，真的没有了。只有一种完美的生物才能适合我，给予我的心想要的一切，以如水的完美包容我的不完美。我已不知道没有这种生物我该怎么生活，这就是天堂的威力。

我无力地坐着，不想动，此刻连呼吸我都觉得费劲。但不一会儿我就冷得有些受不了了，风之刃似乎已在寒星万点的粗粝夜空上磨得更加锋利。我站起身，发着抖，往回走去。

回到我那小巧的温柔之乡，伊琳依人我怀中抱着我久久不肯松手，告诉我她很为我着急，问我为什么现在才回来。

我抱着这完美的生物，深深吸嗅着她身上的香气。片刻后我发现我的泪在流淌，泪水一连串地往下落着，快速，汹涌，完全不能控制。可是我的肺叶和喉咙却没有什么变化，呼吸平稳，就好像正在流淌的不是泪水而是汗珠一般。这能叫哭吗？伊琳极为善解人意地抱紧了我。黑暗中，我们紧紧相拥着一动不动。

她的身体柔软温暖，我觉得我已被天使的双翼所包裹。暖意渐渐渗入我的身体，她在给我温暖。我的身体一点点放松下来，一切都暂时烟消云散了，剩下的只有天堂的极乐。

刘维佳 ● 追寻
明天，再一次见到她之时

## 拯救世界

我真的能追寻到爱情和幸福吗？

看着右手之中的这个名曰"红线"的精致灵巧的小装置，我不由自主地在心中发出这样的疑问。这种巴掌大的心形小玩意儿是地球上经久不衰的著名畅销商品，我一走出我们的社区就被它的魔力所吸引，几乎没有任何迟疑就买下了一个。然而它的名气和它的魔力是否真的能将我引向爱情与幸福，我却是心中没底。多少年来我不顾一切苦苦追寻着它们，可结局总是两手空空，这种流水线上诞生的工业制品真能轻易改变这宿命？

"红线"的作用，是将两个素昧平生天各一方的同年龄段单身男女联系到一起。它的名称便是取材于古老的民间传说中具有相似功能的神物。功能虽然一样，但两者的本质却截然不同。一个只是虚幻的想象，仅仅只能表达一下人类的美好愿望，另一个却是实实在在、灵验无比的现实存在。现在的人们真是幸福，你不需祈求也不必祷告，只需要付出一些信用卡上的数字，即可任意支配、利用过去无比神圣的东西。只消启动这个小巧的信号收发装置，卫星全球定位系统会立刻帮助你收到来自芸芸众生之中的某个异性成员的回音。她或者远在天边，或者近在眼前，但她肯定就位于这地球表层的某个经纬度交叉点，不会是虚幻的想象。

现在，她就在这座城市的某个地方等待着我。多么奇妙啊，我和她处在相距超过一个天文单位之遥的两个地方，可现在却在相互追寻着对方，并确确实实在逐渐接近。地球上的事情就有这么奇妙。

整个地球上只有她一个人在等我。每对"红线"不会对别的信号有反应，只接收对方的呼唤。我手中紧紧握住这根红线的一端，一步一步循着由无线电波组成的看不见的连线前行着。

随着手中的红色数字的不停跳动，我的感觉越来越强烈：我的心在怦怦跳动，手在微弱但难以控制地颤抖，全身的血液如同涨潮一般悸动奔涌，汗珠在我脸颊上流动，我的口中又干又涩，我的耳朵在嗡嗡鸣响……我简直觉得不用多久我整个人都会燃烧起来。我追寻幸福与爱情已非一朝一夕，自我懂事时起，幸福的生活和甜蜜的爱情就令我魂萦梦牵，多少个闲暇的时间片断，我在纷飞的思绪中苦苦追寻它们，但总是两手空空，对它们的渴望已烧穿了我的骨髓，最终驱使我不惜一切回到了地球。现在，它们终于将要为我所拥有了，我如痴、如醉、如狂。我故意买的是远程"红线"，为的就是要慢慢地品尝这种喜悦的憧憬。在六个都市中穿行而过，一点一点缩短与她的距离之时，我慢慢品尝着一丝一丝缓缓增强的激动与兴奋，今天，它们达到了最大值。

信号显示她距我已仅有1000米远了。我深深地长吸了一口气。澎湃的思绪和情感令我头晕目眩，我不得不加大氧气的摄入量。

她是个什么样的姑娘呢？她真的能给予我所渴求的一切吗？啊，我想应该是的，我的命运已经够苦的了，上天若还是公平的，就不应该打碎我这最后的希望。我吃力地迈出已经毫无规则的步子，一步一步在蓝色的暮霭笼罩之下沿着被路灯和商店橱窗照得雪亮的大街向她走去。

一切都和从前是那么的不同，一种我从未体验过的奇异感觉包裹住了我全身，它使得我眼前的一切都变得分外的美，连身边的最琐细的小东西都似乎蒙上了光彩。原本地球上的繁华都市对我这个回归的游子来说就极富魅力，现在它更是撼人心魄，无法抵挡。我喜欢这感觉，在幸福与爱情被抓在我手中之前我还未体验过比这更美的感觉。

数据显示我正在一米一米地接近她，但是大街上来来往往的人群行色匆匆，我仍旧不见她的身影。蓝色的暮霭令我心慌意乱，我好紧张，我好害怕，我不知道自己还能坚持多久。

　　千呼万唤始出来，我终于发现她了！在滚滚人流和灯红酒绿之中，她显得是那么出众那么夺目。一点没错，就是她，肯定是她，只能是她。怎么可能不是她呢？这个女孩完完全全就是我的梦中情人，每一点都恰到好处地与我心底的倩影相吻合。那俊俏的面容，玲珑的身段，清纯的气质，朴素大方的衣着打扮，都与我的想象不差分毫。上天啊，你到底还是公平的。我欣喜欲狂，全身打战、泪眼蒙眬地向她走近。

　　千真万确是她了。我们两个手中的"红线"对上了号。我们相距一米的距离，彼此面带着有些不自然的微笑看着对方。"红线"不过是一种媒介、一个借口，使命只限于为我和她之间建立起来联系，现在已经联络上了，就好比电话已经接通，余下的对话就完全是我们自己的事了。

　　然而我却不知道该如何开始。虽然她并非我平生所接触的第一个女孩，但我仍然感到不知所措，她那微笑着的可爱面容令我陷入了迷离状态之中，我的思维就此中止。

　　我们就这样相互凝视了好久。天色越来越暗，黑沉沉的夜幕已悄无声息地取代了蓝色的暮霭，街灯显得分外明亮。

　　还是她打破了这尴尬的沉默。她轻启樱唇，用天国仙音般的美妙嗓音向我发出了问候。

　　我赶紧回答。

　　交谈就这么开始了。

　　尽管与她交谈令我心花怒放，但我很快意识到不能老在街头和她交谈，那实在有点不像话，再者天色也实在暗了。于是在我的提议下，我们走进了不远处的一家咖啡厅。

　　在柔和温暖的灯光下，我和她像店内所有的情侣一样，在属于我们自己的空间里窃窃私语。

　　在实际上相当漫长但感觉短暂如白驹过隙的交谈中，我无比清晰、无比真切地感受到了真挚的爱情和无上的幸福。她真是我的梦中情人，而我也正是她心中的白马王子，我需要她，她也需要我，我们情投意合，我们实实在在是天造地设的天生一对。

到了不能不分手的时刻了，我们在十字路口恋恋不舍地相互顾盼着分道扬镳。分手之际，我们山盟海誓，相约来日一定相会。

从此之后，幸福之门向我敞开。她的到来彻底改变了我的生活，那变化的程度之大，就仿佛一间无门无窗的黑屋子的房顶被突然整个儿掀掉了一样，世界从此变得美不胜收。春日，我和她来到自然公园，尽情品尝花儿的芬芳和从前令我焚骨燃心般渴求的蓝天白云和绿色山林。夏夜，我们在温柔夜色之中缠绵。秋天，我随她去到我们都向往已久的苍茫大海上随波漂游，在游艇甲板上享用咸味的海风和火红的朝阳。冬季，我们在积雪的高山上呼啸滑行而下，感受速度和凛冽寒风带来的刺激。她真正是一个天使，总是能给予我我所想要的东西。她那源源不绝奉献给我的温柔爱意，彻底抚平了我心上的累累伤痕，我终于感受到自己确实是活着的人，是在生活的人。她拯救了我的生命，能得到她，也是我的造化。我真是幸福，真是幸运，我诚心诚意地爱着她……

到此为止吧。

微电流对神经末梢轻微但却十分清晰的刺激使我睁开了双眼。大约只是心跳一次的时间，幸福的幻影便无可挽回地烟消云散了，正常世界的正常现实以排山倒海之势向我席卷而来，迫不及待地收复着它仅仅失去了片刻的失地。

我缓缓摘下罩在头上的虚拟现实梦幻娱乐系统的电脉冲信号输出头盔，随手搁在一边，木然凝视着汹涌而至的现实生活。如同滚汤泼雪一般，温柔甜蜜的爱情和幸福的感觉一触即溃，片刻就被赶尽杀绝。没有她，没有风花雪月，没有令人心醉的都市暮色中的初次相会，没有咖啡厅里的绵绵情话……没有！什么都没有！

我的心在疯狂地号叫，狂躁恼怒的感情已经彻底淹没了它。我努力克制着正在我体内乱窜的想跳起来乱砸一通的冲动。我恨这儿！我不要待在这儿！我曾花了不计其数的时间和精力努力使自己不要憎恨此地，但我的恨意却固执地越烧越旺。

我不清楚地球上是否有人憎恨他们那蓝色的故乡，反正我怎么也无法彻底消除这憎恨，因为我的故乡无法令我爱它。想想多么可怕，到目前为止我生命的所有时光，都是在这儿度过的，这么十几间舱室就是我从小到大的全部的生活空间（工作空间除外）。这是多么的不公平……叫我怎么能不恨？

我慢慢站起身来，噼啪作响的关节令我皱起了眉头。究竟何时我才能离开此地到一个更广阔的天地中生活呢？再在这个鬼地方待上几年，恐怕我全身的关节都要锈死了……我哀愁地环顾这间已熟悉得令我厌烦不已的密闭舱室。

这间舱室近乎实心。虽然各种物品都是依电脑测算出的最节省空间的方案摆放的，但仍显得拥挤不堪。无药可救了，它的面积就只这么点儿，有什么办法。

舱室里堆放的都是各种外层空间生活所必需的设备，正常生活所需的各种家具就只好委屈一下折叠着存放在几个壁橱里，用时才允许它们舒展筋骨。衣物什么的扎扎实实地塞满了衣橱，衣橱下面就是我的床，这张安放我三分之一生命的床嵌在舱壁之中，很窄，仅能容身而已，每次租来广告上信誓旦旦"包君满意"的人造电子美人，都因太挤而弄得很不尽兴……只有如刚才在梦幻之中那样在宽达三米的宽大柔软的水床上与心爱的人尽情缠绵，才能令我心生不虚此生之感。

我已经在这难觅一丝生活气息的舱室里虚掷了二十余年时光了。我恼恨得想使劲扯住上帝的胡子，让他老人家低下头来看看我住的地方像不像人的卧室！我过的是什么日子？舱里到处是机器设备，简直像间濒临倒闭的鸡毛小厂的设备仓库……当然，室内最占空间的，就是那套虚拟现实梦幻娱乐系统。这套系统的各个部件横陈竖卧，吞掉了室内不小的空间。可我无论如何也不能没有它呀！我的生命全依赖它给予支撑，不然我简直没有继续活下去的勇气。它是另一个世界的入口，是它帮助我品尝到了远在上亿千米之遥的真正的人间世界的滋味,我由衷地感激它。

我迈开脚步向舱门走去。这间舱室就是个罐头盒,没有窗,只有门,门外则是另一间没有窗的舱室,舱室与舱室首尾相连,组成一个环,这个小小的环形世界就是我从小到大所居住、生活的世界,除此我再未真正踏足过其他任何有人类居住的区域。

我慢慢地走着,穿过一间又一间的舱室,其间只有密封门开启所发出的嘶嘶声,除此之外,再无声响。没有一个人,所有舱室均无人迹,只有我在茫然地不停走动。

人都上哪儿去了呢?我困惑不解。我似乎记得从前这个地方还有其他的人的,他们和我在这里一同生活,一起工作……确实如此,我绝对不是一直独自在此生活。可是他们到哪儿去了呢?他们又是谁呢?我想不起来了……不,不是想不起来,而是……我根本就不愿去想。我的思维的焦点如同受惊的小兔,不停躲闪回避,拒绝执行回忆这一指令,我因此而困惑不得其解。这究竟是怎么一回事呢?我究竟为什么独自一人置身此地?为什么人们都抛弃我?

没有答案。我仍一人伫立于空荡荡没有人迹的狭小舱室之中。

静立良久,我再也压制不住烦躁的情绪了。这密闭的窄小空间令我郁闷令我窒息,几欲发狂。我再也无法忍受下去了。于是我像从前一样,迈步走向锁气室。

穿好太空服,我关上了锁气室的耐压门。真空泵抽吸空气的呼呼声不一会儿就微弱下去了。当锁气室内的气压接近于真空之时,通向太空的舱门开了。

黑沉沉暗幽幽的宇宙凶猛地吸吞着锁气室的微弱灯光。星星们的光芒清晰但带不来半点温暖,犹如冰凌发射出的冷森森的寒光。好在小行星所反射的太阳光还比较可观,我才好歹保持住了精神上的稳定,但是我的心仍然好一阵慌乱。我害怕黑暗。

太空服上的喷气推进器轻轻将我推离我的……家。家,我连回首看它一眼的兴致都没有。这种廉价的太空居住系统,说白了就是一截粗大的弯成环形的双层空心金属管子，外面裹着一层太阳能采集面板，夹层里是厚厚的防辐射材料，里面的空心部分就住人，而环的圆点部位则是对接口，由辐条状的四条过道通向居住舱室，我们平时大部分时间就蜗居于这么个不折不扣的弹丸之地，依靠从定期货运飞船上购买的生活必需品在这令人发狂的黑漆漆的阴冷太空中坚持生存。在如今的太阳系里，这样的居住系统到处都是，许多的冒险家和他们的家人都以它们为家，在太空中安居乐业，但我怎么也不愿意承认这种地方就是我的家，不，我的家不应该是这种样子……我想呼吸的是大自然中的空气，而不是罐子里的空气；我想吃真正从泥土里长出来的食物，而不是在太空"农场"的储水泡沫塑料里采用工厂化生产方式生产出来的东西；我想走在五光十色令人眼花缭乱心动神游的都市街头，而不是伸手不见五指的死气沉沉的宇宙；我想怀抱着真正血肉丰满、有喜有怒的活生生的地球女孩，而不是和一堆电子元件做爱；我渴望仰起头便能看见温柔的蔚蓝天空和可爱的白色云朵……我的家应该是在地球上的！天经地义！

　　小行星在向我靠近。它身上的向阳处纤毫毕现，背阳处恍若虚无，一副阴阳脸。我也厌恶它，它所给予我的感觉和车轮似的。相比之下，家也好不了多少，若不是实在根本无处可去，我才不肯踏足在它身上呢！

　　这颗直径八百多米的小行星和我的"家"简直就是一对暹罗双胎，它们之间有好多根钢缆相连，系死了，所以它们只能彼此相伴存在于宇宙之中。这一点，似乎也暗示着我无法离开此地。

　　着陆了。我关掉喷气推进器，迈开脚步开始行走。我要摆脱正在头上宿命般永不停息地旋转的那个"家"。不用担心什么，这颗小行星我了如指掌。我从七八岁时就开始在它上面像个童工似的苦干不止，还有什么神秘陌生可言？

　　群星犹如钉在黑暗天穹之上的明亮宝石，太阳的光芒虽然相当可观但却无法彻底驱除黑暗无涯的宇宙向我心中灌注的寒冷与恐慌。我感到难以忍受的孤独。我一边在几乎没有重力的小行星上努力保持身体的平衡，一边全力用目光搜索星空。我知道自己找寻邻居的努力是一种徒劳，虽然主小行星带的小行星多不胜数,但想用人的肉眼看见相邻的小行星却几乎是不可能的事。然而我仍然翘首扫视,疯狂地寻找着。

我的身体与太空服内衬的摩擦声在太空服里回荡,除此之外,一片寂静。

我终于看见我的真正故乡了!蓝色的地球犹如上帝的眼珠,在高天之上注视着我。

地球,你可知你在我心中的地位是多么的重要,你可知我对你的向往与渴求有多么强烈,你可知飘零宇宙之中的游子的寂寞与痛苦,你知道吗?我慢慢落到地面,双膝轻轻着地跪于异星的表层,又一次双手合十仰头从这宇宙的孤岛上注视着我的真正故乡,无声地喊叫着:我要回去,我想回去!这是发自我心灵最深处的呐喊。

这时我的耳中真正听不见任何声音了。绝对的寂静,只有我心灵那沉默的呐喊在我体内回响。

许久之后,我站了起来。现实还是不肯后退半步,呐喊终归还只是呐喊,我回到地球的愿望还是必须再苦等一段时间才有实现的可能。我必须耐心等到攒够那笔钱之后,那笔法律规定的在外层空间谋求发展的人要取得地球永久居留权所必须缴纳的天文数字一般的钱。

这是一条专横的法律,制定于人类向太空大规模移民的同时,尤其专门针对到太空来寻找出路谋求发展的私人小业主,作用是防止他们牟取暴利,不能让他们膨胀到形成势力,从而影响到地球经济圈的稳定,避免产生难以控制的后果。事情很简单,谁都看得出太空资源开发产业投入小、收益大,获利极巨,地球经济圈在与空间经济圈的交换中将会处于极为不利的地位。不平衡肯定将带来矛盾,而这个矛盾如果处理不当,极有可能形成一场巨大的灾难。巨量新资源的飞速输入和资金的大量外流必将导致流动、混乱,以至破坏。原本早已成形并已发展成熟了的地球经济体系有可能彻底被冲击得七零八落,世界会发生天翻地覆的变化。究竟会有什么后果,即使最先进的电脑系统也难以准确预测……

所以太空开发事业不可以放任自流,更不能发展得太快,必须加以大力控制,因而完全有必要动用行政司法的力量和强硬手段。于是,这条法律就这么诞生了。

　　法律规定：所有想在外层空间谋求发展的人，从他离开地球的那一刻起，他就自动地失去了地球公民的身份和权利，今后要想回到地球定居，就得拿出钱来，否则就只能在太空"村落"里生活一辈子了。大体上就是这么个意思。

　　不仅如此，双边贸易也由官方垄断，太空小业主只能向政府出售他们的产品，也只能从政府手中购买必需品，违者以走私罪从重处治。这是一种以不平衡对付不平衡的方法，政府以很低的价位收购矿产制品，而售出的必需品却价位奇高，这样太空小业主们的利润就被狠狠削刮了好几层。此外运输也由官方彻底把持，那运费自然也……另外还有惊人的资源税和管理费，贷款利息更如一头双目眈眈的饿虎。没有任何二话可讲，任何人都知道这一切合法不合理，然而但凡太阳的光芒可及的范围内已不存在讲理的地方。

　　本来，如果太空开发事业完全由政府官方独营就不会出现这种麻烦事了，但独营的生产方式自古以来就是腐败、低效率、低质量、高消耗、高浪费的代名词。再者太空中的小行星也太多了，并且太分散，仅在主小行星带，直径1000米左右的小行星就达五位数，直径100米的则至少多了一个数量级，更小的那就没法精确统计了……由官方来开发实在不好管理。政府费尽九牛二虎之力霸占了直径上百千米以上的"大块头"——其中大部分仅仅只是被封禁了起来，其余的只好让个人或者小集体来开发。

　　但是，政府的宏观控制实在干得漂亮。地球经济圈在稳定中得到了快速发展和繁荣，却没有出现动荡局势，也没有经历阵痛。而太空小业主们也没有能一夜暴富，更没几个最终建立起了那种尾大不掉的超级公司，这就防止了新型贫富分化局面以及各类不良社会后果的出现，更防止了太空公司对地球经济的控制，也阻止住了对太空资源的破坏性的疯狂开采。虽然这种环境对小业主们来说似乎不太公平，可虽然难成巨富，捞一把发个财回地球还是不太难的，所以还是有不少的人愿意到太空中来碰碰运气，并且生活。

太空中的生活绝无轻松愉快可言。母亲的温暖怀抱我没有享受太久，严格的训练我自小就开始接受，七八岁就已开始干活，从此一直劳累至今。其间我同冷酷的太空、官气十足的蛮横的地球政府官员、危险的走私贩子、狡猾的必需品供应商、脾气暴躁的运输飞船乘员斗争不息，全力把自己磨炼得刀枪不入、百毒不侵、心如铁石。很早我就悟出了在这蛮荒之域是没有脉脉温情的，我只能像一头野兽那样拼命、搏斗不止，绝不可以像天使一样沉溺于爱的海洋。放松的办法就是逃避到虚拟现实娱乐系统所营造的缥缈幻梦之中，或是出钱租个有性程序的人造美人来搓揉一顿……这就是我的生活。

　　肯定有人喜欢这样的生活，但是我对它深恶痛绝。生活不应该是这个样子的！虽然账户上的阿拉伯数字几乎可以令每一个土生地球公民看了无法无动于衷，但对我却没有什么吸引力，我百分之百愿意用它们来换得在地球上的永久居留权。地球在我眼中，真是可望而不可即的遥远天堂，我不知我的手何日方能抓住天堂的门槛，从而从这地狱之中挣脱出。多少次，我从美梦之中恋恋不舍地离去，面对这冷酷的现实失声痛哭。我其实根本做不到刀枪不入、百毒不侵、心如铁石，从未拥有的脉脉温情以及幸福美满的生活向我发出致命的诱惑，令我深陷沙漠深处垂死者一般的痛苦之中。这痛苦日复一日地折磨着我，除非回到地球，否则我永远不能得到解脱。只要能回到地球，我甘愿付出除生命以外的任何代价。

　　然而我就是实现不了这个愿望，有人一直在阻止我。

　　谁？是谁在阻止我？我恼怒地发问，同时举目四顾。

　　目力所及之处，一片片白色的斑块飘浮在黑暗的虚无之上，并无任何人迹。

　　我转动身躯慢慢扫视。

　　蓦地，一块反光的金属铭牌突如其来不由分说地闯入我的视野。

　　那是一块墓碑。

　　专为太空冒险家们设计制作的墓碑。

　　可是它下面埋葬着谁呢？

我回忆着。

但奇怪的是我的脑中仿佛有一个坚实的硬块，它阻滞了我的思维，我什么也想不起来。我想走过去看一看，但是双腿却不执行大脑发出的命令，它们固执地僵直不动，不肯向前迈动。于是我只好站在原地皱着眉头苦苦地在漆黑的记忆中摸索。

渐渐地，我感到了一种震颤感，这种感觉很奇特。它很轻微很轻微，但却撼动了我全身的每一个细胞。我屏住气，全身心沉入这种似曾相识的感觉之中，回忆着。

震颤感在不断增强，同时我脑中的那个硬块也逐渐受震松动了，被封闭着的昔日之光星星点点地透了出来。不知为什么我的心慌乱起来，恐惧如同黑色的影子，从地面缓缓向我身上爬升。

震颤感猛烈地摇晃我的全身。哦，对了，这种感觉是……是凿岩机在震动！是我在手执凿岩机挖掘坟墓！脑中的硬块轰然响动着粉碎了，可怕的记忆如同滔天巨浪，排空呼啸而出，向我劈头猛压下来，我顿时无法呼吸。

就在这当口，我赫然发现那坟墓之上站着两个人，两个身穿我再熟悉不过的服装而未着太空服的人影。他们在注视着我，这让我毛骨悚然。记忆已变为了一个正在疯狂喷吐熔岩的火山口，将炽热的往昔抛向我全身每一个细胞。他们……他们……

我连连后退，仓皇间转身拼命奔逃。然而不知为何这颗小小的岩石块的重力竟骤然加大，我仿佛是在中子星上迈步奔跑，每一步都重若千斤，艰难极了！我强烈地感到他们正在一步一步、不紧不慢，但以远高于我的速度在逼近！我怕得要死，汹涌的恐惧如同熊熊大火，在背上肆意跳舞，我的意识已濒临崩溃。

魂飞魄散的我使出全身之力于双腿之上，拼尽全力地奔跑着。不料我一下子摔倒了！我只看见异星的大地泰山压顶般向我脸上压来……

"哇！什么人？！"我大叫一声，从床上一下坐起身来。

12平方米的斗室寂静无声，稀薄的晨曦正从窗外缓缓飘了进来。我坐在床上，连喘粗气。

惊魂稍定，我感到口干舌燥，全身都是汗。这是他们第几回闯进我的梦中了？记不清了，实在记不清了……我竭尽全力拒绝回忆，可是梦境之乡不归我的理性管辖，这实在是一件糟糕的事情。

我无精打采地起身下床，走到门旁的简易洗脸池边，把头伸到水龙头下，拧开水龙头，狠冲了一气。

待清醒一点之后，我双手撑住水池边缘，任凭头发上的水珠嘀嘀答答地滴在池中。至此我才相信自己确实已从梦魇之中解脱。

我擦干头发，穿上外衣，胡乱弄了点东西塞进胃里，戴上工厂配发的工作帽，开门走出了这间我租下的廉价小旅店的客房——现在这个人生之河上的孤岛就是我在地球上的家。我得去上班了。

走上这条全镇唯一的商业街上，路面宽阔得令人寂寞，我深深地吸了一口清晨的清新空气。这样的空气对我来说比咖啡更为有效，这是真正的大自然中的空气，我的精神为之一振，这更进一步证实了我确实就身处地球的大气层之中。

清晨的薄雾正在散去，这座镇子正在醒来。这镇子确实还不错，环境很好，有青山，有碧水，有绿野。小镇规模也还可以，五脏俱全，该有的设施基本上都有。至于人口，在一万以上！真的不少了，在如今依靠空间资源的输入而遍布巨型都市的地球表层，乡村小镇能拥有这么多人口真是相当不简单了。打了激素一般狂长不止的都市提供了无数诱人的机会，毫不留情地将人们大口大口地吸吞了进去。幸存的一些村镇依靠提供在都市中销路还算不错的天然农产品和花卉，得以苟延残喘，勉强支撑了下来。这个镇子之所以还有万把多人口，经济上全赖有个规模相当可观的养鸡场存在，而我就在这个肉食品供应股份公司下属的鸡肉加工厂干活。

进了厂子，我换上工作服，准时来到了我的岗位。我的工作就是手执利刃，一刀一个地切割挂在生产流水线铁钩上、已由机器宰好褪了毛的肉鸡的左胸脯肉。就这么简单，一个来了，先伸出右手抓住，再用左手挥刀一割,下来了,好,下一个。挺简单的工作。

我之所以能找到这份工作,唯一的原因就是因为我是个可以左右开弓的人。切割鸡胸脯肉需要人的灵巧,这活计对智能机械的要求不低,所以还是用人成本低些,但普通人不方便切割左胸脯肉,非我这样的人或者左撇子不行。

刚刚宰好的肉食鸡身上还有余热,有时肌肉都还在抽动。刚开始的那几天我认定自己是干不了这种活计的,但40多天过去了,我再也没有了感觉,只是机械地切着、割着,来一个,切一个……

人类从来就没有尊重过生命。出生于太空的我以前从来不知道生命原来竟是这么的低贱,这么的不值钱。看看这些仅用不到两个星期就育成催熟的鸡,在它们还根本不明白生命和世界是怎么一回事时,就被端上了人类的餐桌……人类一直在没命地吞吃从世界上榨取的资源和生命,身躯因此而不断膨胀,同时胃口也以几何级数般增长,于是更加拼命地吃、喝,人类的所谓文明依靠这种方式得以建立、维持、发展、壮大。我,就是因此而被抛进了冰冷冷的太空……可这一切又有何意义呢?我所遭遇的痛苦命运,我所受的那么多年的苦,我所付出的惨重代价,其意义究竟是什么?我其实与眼前的这些鸡没有什么本质上的不同。

但是我不能往深处再想下去了,也不能因此而感到点儿什么,我必须留着神儿,这样才能跟上机器的速度,同时避免切伤自己的手。

本来我完全可以不用干这种辛苦危险的工作的,只要我回到地球当局为我们这种人专门划定的社区,我就又能通过社区的专属银行动用我的财产了。我的财产虽然被地球当局想方设法地削刮了好多,但余下的部分仍然足可供我在地球上衣食无忧了。然而在地球上,正常的人都应该工作,工作自古以来就是人类生活中很重要的组成部分,人类谓之"事业",所以我也必须找个工作干干,我不希望我在付出了那样惨重的代价才回到地球后却过上了不正常的生活。

漫长的上午终于结束了。我放下刀子,脱掉工作服,出厂到街对面的快餐店去吃午饭。

快餐店的伙食味道相当不错，至少比我从前在另一个世界中吃到的东西要有滋味，无论如何也要强，因为这是从真正的泥土里长出来的，我认认真真地咀嚼着。

店内的人不少，其中相当一部分是我的同事，他们全都三三两两地扎堆儿坐在一起，互相交谈闲侃说笑，只有我一个人孤单单地坐在角落里。一个多月过去了，我和他们基本没说过什么话。回到地球这两年的遭遇使我多少变得聪明些了，我知道我这样的人是不可以轻易和土生地球人交朋友的，因为我无论如何都不能让他们知道我是从外层空间回来的人。倘若我不够谨慎，让他们知道了我的身份，他们之中绝对会有人霍地跳出来对我大加刁难，想方设法地伤害我，在我身上肆无忌惮地释放他们那莫名其妙的怒火，而我不能奢望会有人同情我。这是不可以存有侥幸心理的，不信可以去看看电视新闻。

许多土生地球人都恨我们。没什么别的原因，就是因为我们的财富。他们称我们为"该死的暴发户"，对我们比他们有钱这一点怀有近乎变态的刻骨仇恨。他们认定地球上的一切不公、罪恶和丑恶全都是我们在地球经济活动中兴风作浪所致。人类向来就有这个爱好，耐心翻翻历史书就一清二楚了，人类其实自丛林中走出来的那一刻起，就不再是一个整体了。我们的出生地不在地球上，这就给了他们一个再好不过的不把我们视作同类的理由。

不过，话又说回来，事实上我们之中的相当一部分人也确实是在兴风作浪。大多数人之所以甘愿忍受危险清苦的太空生活，为的就是钱，攫取财富简直就是他们生存的唯一目地。好不容易吃尽苦头聚敛足了资本，怎么可能叫他们不再继续攫取？回到地球，他们就利用手中的巨额资本在投机市场上翻江倒海，或是四处投资，抢占有利可图的行业，这如何不招人恨？我也跟着受了连累，不得不时时刻刻小心留神，并用沉默和距离感把自己保护起来，结果落得孑然一身。

虽然如此，我仍然认为从那种专为太空回归者设立的社区中逃出来是正确的。天哪，在那种地方，全部都是从外层空间回归的人，真是叫人发

## 拯救世界

狂……我千方百计地逃避回忆，但那儿尽是过去的烙印：书籍、绘画、建筑物风格、自办的电视节目、网上的信息、人们的服饰以及言谈……统统不离对过去的追忆。我不明白这些人为什么那么迷恋过去？真是见鬼了，要是喜欢外层空间的生活，干吗又要回到地球呢？为什么？为什么大家都不害怕回忆？在这种地球上的"太空村"里，我的恐惧显得那么格格不入，我因此而感到压抑、孤独、窒息，然而我只能一个人在黑夜中的高楼之顶独自号叫。

我出逃了。那种社区是给予不了我一直渴望的生活的，在那里我连内心的平静都得不到，触目之处皆令我伤怀。天哪，我不顾一切地回到了地球，不应该还是生活在过去的阴影之下！在那里，我不敢与别人交朋友，不敢去爱中意的女孩，随时随地都有可能被某件东西勾起盐酸一般的回忆……这不是真正的地球生活！除了出逃，我看不出还有什么别的出路。

午饭不一会儿就吃完了，还剩下了半个多小时的空闲时间。我买了杯饮料，懒散地坐在椅子上慢腾腾地啜饮着。

这种时候最是令人难于忍受，因为寂静。这镇子最大的缺点就是太安静了，有时静得让人恍惚觉得整个镇子就是一个巨大的墓地，而居民就是一群群半透明的、雾气一般来去悄无声息的幽灵，就像是一部古老的名叫《帕斯卡尔》的系列卡通片中的形象。

我害怕。虽然外面艳阳高照，但是我却不敢离开人多的地方，不敢走到中午时分静悄悄几无人迹的大街上，就好像那儿如同南极极点一般寒冷似的。

这个镇子我是颇为喜欢的，我在出逃之初并没有什么明确的目的地，只想着哪儿能吸引我就在哪儿驻足。我前后在六个都市和小镇居住过，目前看来这里最能吸引我，但缺点就是太安静了。没有办法，镇上的日常生活实在百无聊赖，绝大多数人都是一回到家就锁上门一连看上 4 个小时的电视，或者是在网上流连直到深更半夜。孩子们依靠和网上素昧平生的高手较量游戏技艺来获取童年的欢乐，这些就是所谓的正常世界的日常生活，他们实际上也生活在封闭的舱室之中。这样的生活模式多年一贯制，早成了历史悠久的传统了。我无可奈何地叹了口气，站起身来，走到自动点唱机前，投了枚硬币，随手在显示屏上触碰了一下，随便点了首歌，然后回到了我的座位上。

由于我开了个头，便陆陆续续地有人点歌。这可太好了，可帮了我的大忙，寂静被暂时驱除了，我心头的压力因此而得以减轻。我就在这些没油没盐的犹如夏日蝉鸣般的歌声中艰难地消磨着这僵硬坚固的午休时间。

总算到了下午上班时间了，我和工友们一起再一次走进车间，开始继续为人类的文明而残害生灵。

下午我的情绪总是要高一些的，因为下班后我可以见到我所苦苦追寻的东西，我熟练利落地干着，心中期盼着下班铃声早些响起。

就在我累得以为下班铃声永远也不会响起的时候，它响了，于是我赶紧放下刀子洗手、换衣，把帽子塞进衣袋，好好梳了梳头发，向快餐店走去。

还好，靠窗的座位还有几个。我利索地买了一份饭，坐到了一个这样的座位上。

就要来了，时间就要到了。我已无心咀嚼食物，只是侧着头目不转睛地盯着窗外。

窗外的大街上洒满红红的阳光。夕阳犹如佛祖的慈悲心怀，普照四方。遥远的天边，巨大的火烧云宛如一座硕大无朋的充满童话色彩的城堡。也许，在那片火红的天地里，就居住着白马王子和他的公主。两人相识于花前月下，不幸有恶魔阻于他和她之间。不过这恶魔的存在只是为两人的最终结合制造波折，以显王子的勇武和公主的忠贞，而不能真正阻止两人的最终结合。王子费了一番手脚，最终还是砍下了恶魔的首级，理所当然地得到了他的战利品——公主，于是从此两人幸福地生活在红色的城堡中，再也没有了烦恼、痛苦以及悲伤……咳，幸福若是如此这般便可以到手，叫我和真正的山中猛虎赤手相搏我也干。

她出现了。

我的心如遭电击一般猛地一下撞在胸腔壁上，我一口气噎住，赶紧抛掉脑中乱七八糟的幻想，举目注视着她。

正是她吸引我留在了这个小镇。

这个女孩无疑是个美人，身材窈窕，鹅蛋脸形，长发飘逸，玉肤胜雪。但这些都不是最重要的，最重要的是她是我回到地球这两年所见到的最像我梦中情人的女孩。她的发式，她的气质、身材、脸形，服饰上的爱好，甚至她走路的姿势，都和我梦中的那个温柔的幻影相当接近。红尘之中恐怕再也没有人比她更像她了，就仿佛冥冥之中真有那么一根红线在牵引似的，我被牵到了这里。看着她轻盈地向我接近，我感受到了曾经体验到过的激动与兴奋，呼吸随着心跳快速加快，眼底能清晰地感受到血管的脉动。

她就在不远处的镇政府里上班，每天的这个时候，她都要经过这条街，所以我每天都于此刻坐在窗前，等待她的出现。

她越走越近，我全神贯注地注视着她。她那随着微风轻轻飘动的白衣和蓝色长裙以及黑色瀑布一样的长发使她看上去宛若云中仙女。血液在血管里快速流动的感觉清晰地从全身汇集到我的大脑中枢。是的，是这种感觉，就是这种感觉促使我在梦幻之中那么用力地拥抱着她。这就是爱与希望的充满魔力的甜美感觉，我就是为了这种感觉付出了那么沉重的代价……我认认真真品尝着这种感觉。

她低着头旁若无人地轻轻走着路，目光害羞一般低垂着不肯升起来。不过我仍能看清她的眼神，我看见她的眼中透出一丝倦意。也许除了我之外，镇上所有刚下班的人眼中都有这么一丝倦意。

我怎么会有倦意呢？我的心正在疯狂地跳动，全身都在因激动而微微颤抖。虽然此刻的感觉确实不如从前在幻境中那么强烈，她也比我的那个梦中情人逊色一筹，但我仍然更愿意品味现在的感觉，更愿意欣赏与幻影相比并不算完美的她，因为这些都是真的，不是虚幻。她是真的，我的感觉也是真的，幸福就在距我数米之遥的地方。我贪婪地品味着，每一微秒都珍贵无比。

她走到我的眼前了，我只觉得她行走时所搅动的温馨的空气在触摸我脸上的皮肤。世界真美！这时在我眼中，一切都是那么的美丽，阳光、空气、街道、人群、楼房、山峦、云朵……无一不在颤抖、晃动，这与当年虚幻之乡中的都市街景给我的感觉一样。泪水悄无声息地将世界浸润于模糊之中，轻轻的抽泣之声从我的唇间淌入耳中。值得，真不枉了我拼尽死力回到这里，一瞬间我陷入了迷离之中，恍惚间只觉得梦想已经成真。不知姓名的女孩啊，你可知你身上寄托着我这一生全部的希望。

然而她根本没有意识到我的存在。她无动于衷地从我身边轻轻松松地走过，扬长而去，去继续属于她自己的生活。也许，她的情人正在等待着她的轻吻。我的目光追随着她的背影，一点点在夕阳下的大街上移动，直到她消失在一条岔路口。

我颓然地垂下头，一阵淡淡的忧伤悄然袭来。只是片刻之间，这稀薄的忧伤迅速转变为了浓重的悲哀，汩汩地把我一点点淹没。黑夜又要降临了，一天又要过去了……这就是我的生活，在我真正的故乡的真正的生活。

我并没有得到我想要的生活。

一个人要想拥有真正幸福的人生，至少必须拥有三样东西，那就是事业、爱情和朋友。可我却一样也没有得到，两年了，我依旧孑然一身两手空空地伫立在这陌生的故乡。

这就是我的生活，这就是我付出了惨重的代价才得来的生活，就是为了这样的生活，我故意没有将爸爸的太空服生命保障系统的电充足。

爸爸是一个胸怀大志雄心勃勃的人，他年轻时就决然地带上深深地爱着他心甘情愿跟随他到天涯海角的妻子——也就是我的妈妈，凭借贷款在小行星上建立起了他事业的开端。他与那些到太空来"干一票"的投机者截然不同，他轻蔑地称那些人为"目光短浅的鼠辈"，他的志向根本不是仅仅成个富家翁就算了。他无数次向我诉说他的理想、他的希望、他的宏图大业：他要成为太空开发时代的福特、洛克菲勒和比尔·盖茨。他说在一个已然发展成熟的经济圈里，自由奋斗的斗士的主观努力已是不足道哉的东西，资本才是决定一切的魔杖，所以普通人在地球上可以说是没有机会的，飞黄腾达的唯一希望在太空。太空开发事业才刚刚起步，而刚刚起步的事业总是能造就伟人，因为机会遍地皆是。此时不取，悔之晚矣，先入者必为主，富翁算得了什么，大丈夫必须成为历史的一部分！所以尽管几乎一无所有他仍不顾一切地闯入了太空，立志要创立一个足可以在历史上留下痕迹的公司帝国，一个太空矿业托拉斯！

可我却偏偏是个胸无大志的不成器的东西。我不能理解他的雄心壮志，不能理解那个小小的太空矿业作坊对于白手起家的他有多么重要，不能理解为什么偏偏是我出生在这冷酷黑暗的太空，更不能理解我为什么从七八岁起便得像个童工似的在那颗丑陋的小行星上拼命干活。妈妈的温柔使我知道生活还有另外一种样子，我很小就本能地向往着那种生活。随着年龄的增长和对信息理解能力的日益加强，我的不满与日俱增，艰苦危险的太空开发生活令我越来越强烈地向往着地球上的幸福生活。虽然在几次冲突之中爸爸的态度极为强硬，但我在内心深处仍然还是认为他最终是会将攒下的钱用在购买地球居留权上的，我不相信会有人对地球的巨大吸引力无动于衷。我一直在盘算着漫长等待之后回到地球怎么充分享受生活的芬芳。

直到爸爸又买下了两颗小行星并把钱全投在了购买设备招募人员组建公司上之后，我才真正彻底认识到我和他之间的矛盾不可调和，即使妈妈的温柔也不行……看着业务拓展给他带来的无可比拟的欢欣，听着他所说的"这才刚刚开始"的话，我绝望地意识到此人的铁石之心无法打动。我曾花费了无数的时间来设计回到地球之后的生活，却原来只是镜中之花，极度的失望令我愤怒到了极点！我气疯了！于是我……

事发之后，没过多久，妈妈也死了，她真正是病死的，不是我……由此我才得以卖掉公司回到了地球。

我的双手十指在桌下可怕地绞在一起，将额头抵在桌沿上，全身缩成一团，龇牙咧嘴地忍受着此刻突如其来的无可形容的足可以撕裂我的灵魂的巨大痛苦。"不是我的错……"我艰难地挤出这一句话，申辩着。我现在不敢也不能相信那可怕的事是我干的。不！不可能是我干的，我一直在追寻铸成大错的真正元凶，但我至今也说不清究竟是谁造成了这一切。究竟是不是我呢？究竟是谁呢？

过了好一阵子，可怕的痛苦痉挛终于熬过去了，我全身放松，但仍保持着原来的姿势，一大口又一大口地连连喘气。我发觉自己今天又一次全身被汗水浸透。我没有得到任何想要的东西，而可怕的十字架却已死死钉在了我的背上，再也不可能卸下了……

　　大致恢复了常态后，我抬起头来。天色已暗，店内已经亮起了灯，一些食客惊异的神色刚刚收敛，又若无其事地吃喝交谈起来。我把目光移向自己的晚饭，晚饭才吃了一半。我呆呆地看了它好一会儿，终于决定把晚餐继续下去。

　　我一口一口地吃着，也不嫌饭凉。我认认真真地把饭吃得半点也不剩。

　　出得店门，并不显温柔而是给人以肃穆悲凉之感的蓝色暮霭已罩住大地，凉凉的晚风在小镇的街道上快速流动，星星点点的灯火犹如正准备跃入天空的群星。我深深地吸了一口气，肺叶给扯得向上一缩。我决定了：明天，再一次见到她之时，我无论如何也要鼓足勇气给她送上第一束鲜花。我得追寻下去，我必须追寻下去，追寻我的爱情、事业、朋友，追寻真正幸福的生活。沉重的十字架也好，间或袭来的可怕痛苦也好，危险的仇恨与敌意也好，苍白乏味的现实生活也好，她的冷漠与毫不在意也好，都不能阻止我继续追寻，因为我已没有退路。倘若我消失于黑暗之中，整个世界，地球也好，外层空间也好，已没有人会为我而哭泣。所以我必须怀着殊死的决心全力以赴生存下去，追寻下去，直到真正抓住我为之付出了无比惨重的代价的东西。到那时，我想我就可以幸福地生活下去了，漫漫红尘之中终会有人为我的不幸与痛苦而哭泣了。

　　我裹紧上衣，低下头，快步冲入黑沉沉的夜幕之中。

张冉 ● 起风之城
让这个世界变得不同

09∶52

窗外掠过一间废弃的加油站。一辆停在加油机前积满灰尘的大众甲壳虫轿车，被以时速 300 千米飞驰的高速列车甩在后面。

我突然觉得这个场景似曾相识。由于高速铁路线与荒废的 3 号公路平行，一路上小城镇的废墟并不罕见。我闭上眼睛，花了几分钟才找到刚才那熟悉感觉的源头。

在我很小的时候，住宅楼后面是一片杂乱无章、积满垃圾的灌木丛。某一天，不知是谁将一辆报废的甲壳虫汽车驶到灌木丛里，拆走了车里所有值钱的内饰之后便扬长而去。那个锈迹斑斑的空车壳从此成天用一对被解剖后的青蛙般的无神眼睛盯着我的卧室，让我整夜不敢拉开窗帘，不敢面对窗外漆黑的夜里汽车尸体那莹绿色的邪恶目光。

一开始，会有流浪汉在甲壳虫轿车内烤火过夜，后来，灌木丛开始在车内生长，透过破碎的车窗、机器盖和天窗钻了出去，将废旧的雨刷器举上天空。远远望去，仿佛树丛将汽车吞噬了，蓝色的甲壳虫渐渐与幽暗的丛林融为一体，再看不到车灯阴冷的眼神。

再后来，一场突如其来的大火烧掉了整个灌木丛。火焰烧了三天两夜，留下一片焦土，草木灰被北风吹散，露出甲壳虫汽车干瘪的残骸。作为人类工业文明的结晶，它算是以自己的方式战胜了自然。

那是我最后一次见到它，大火之后没多久，我就离开了自己出生并长大的城市，之后再未回去。

## 09∶10

两天之前，一封信出现在我的邮箱里。

在这个信息爆炸的时代，人们越来越开始怀念纸制品的芳香气味与墨水书写的柔和触感，收到一封手写的信我并不感到奇怪，但邮戳表明这封信来自一个特别的地方。从机器人秘书的托盘中拿起信封，我的手指出现了不自然的颤抖。

我不愿再与那座城市产生任何瓜葛。自从改名换姓、在知名大企业谋得一份体面工作之后，我以为自己已经完全摆脱了那座城市背后的阴影，可没想到，整整十年平静的日子只是自欺欺人而已，看到那个地名的时候，我的心脏猛烈地收缩起来。

"谢谢。"我竭尽全力保持仪态，说出得体的礼貌用语。机器人秘书同样礼貌地做出回答，收起托盘，驱动16只万向轮，将自己的身躯挪出了办公室。

我明白即使故意视而不见，好奇心最终还是会驱使我割开信封，将那些令我忐忑的字句逐一阅读。所以在片刻思考之后，我坐定在转椅上，打开做工并不考究的木浆纸信封，取出薄薄的一页信纸。

"大熊。"

信的头两个字将我狠狠击中。我倒在座椅里，呆呆地望着工业美术风格的白色天花板，花了5分钟才调匀呼吸，让宝贵的空气重新回到我的胸膛。在这座城市里，没有人会这样称呼我，我的身份是大企业的高级工业设计师，循规蹈矩的中产阶级白领，工业社会最稳定的构成，是这个干净整洁、充满艺术气息的城市必不可少的一部分。

我不需要改变，也不需要回忆。但这封信只用两个字就唤起了我的回忆——在我的字典里，回忆就意味着改变。

我无法停下，唯有继续阅读下去。

大熊：你知道我是谁。我要做一件事情，需要你的帮忙，如果你还记得从前的事情的话，一定要来帮我，如果不记得的话就算了。对了，时间紧迫，我应该提前告诉你的，对不起。从 11 月 7 日 0 点起，你要在 72 个小时内赶来，不然就不用来了。就这样。

这封信并未遵循信件的格式，没有抬头、署名和问候，以这个社会精英阶层的眼光来看，就算小学生也不该写出这样不合规矩的信件。我认识的所有人中，只有一位会写出这样肆无忌惮的信。

办公室在眼前远去，记忆将我扯回 12 岁那年的夏天。在卧室的床上，我拥抱着那个穿着白色棉袜子、身上散发出水蜜桃味道的女孩。

我的手指因紧张而僵硬，透过 T 恤衫与牛仔裤的间隙偶尔触到她那滑腻的肌肤，指尖的每一个细胞都能感觉到她身体的温暖。一床如云朵般柔软的棉被搭在我们身上，我裸着双脚，而她穿着一双洁白的棉布袜子。我的鼻子埋在她的发中，不由自主地翕动鼻翼，将她发丝和白皙脖颈传出的体香吸进鼻腔。

没错，就是那甜甜的水蜜桃味道，夏日里成熟的、甘甜醉人的水蜜桃味道。

08：54

钢蓝色的烟雾出现在遥远的地平线，那就是我出生的城市，坐落于生长着仙人掌、红柳、风滚草和约书亚树的戈壁中央。这座城市因煤矿与铁矿的发现而一夜兴盛，被蒸汽轮机和铁路线推动向前，就算在经济危机时代，也不眠不休地制造出崭新的汽车与机械设备，却在十年前突然衰败……这就是我的故乡。

　　就算冬季的信风吹起，也驱不散城市浓厚的烟尘。自工业革命时代开始熊熊燃烧的炼钢厂高炉将铁灰色微粒撒遍城市的每一条街巷，让城市变成匍匐在尘烟中的洪荒巨兽。没人说得清这种沉重的灰色浓雾为何不会随着第四次工业革命带来的科技进步而消失无踪，两百年的岁月早已将这雾气与城市的生命捆绑在一处，就算最先进的空气净化设备也对它束手无策。炼钢厂高炉的巨大烟囱已失去功能，成为矗立在城市角落中供后人观瞻的古老遗迹，可每当太阳从东方的沙漠地平线升起时，雾气总是如约而至，将这座毫无生气的城市悄悄拥入怀中。

　　步下火车的一瞬间，我无比厌恶地皱起眉头，脸部、脖颈和手背，所有裸露在外的皮肤都能感觉到雾气的潮湿，仿佛雾中无数奇怪的生物在伸出舌头四处舔舐——这种恐怖的幻觉从小就折磨着我的神经。离开故乡的十年没能让我忘记不快的幻象，我裹紧大衣，告诉自己回到故乡是一个错误的决定。

　　捏着票根走出车站大厅，两台圆滚滚的服务机器人迎了上来，电动机驱动万向轮碾过光滑的大理石地面，发出轻微的噪声。"您好，先生。请问有什么可以帮助您？"一台机器人展开顶端的三维投影屏幕，将城市地图展现在我面前，另一台机器人默默地站在旁边，等待为我提供其他服务的机会。

　　准确地说，它们应该被称为"机器公民"，这一称呼是州议会立法规定的。每台机器人自中枢处理器被激活的一刹那，就背负着与人类相近又相异的原罪，必须依靠社会劳动赚取生存所需的电力、配件和定期维护服务。这是一种单纯的按劳分配制度，机器人与企业或公权部门之间形成雇佣关系，双方权益受到法律保障。近几年，机器人的福利问题也被提交州议会讨论，有人坚称机器人群体也应纳入社会保障体系，因为从形式上来说，机器人的维修保养与人类的体检医疗并无不同。

　　制造这些机器公民的是名为罗斯巴特（ROSBOT：现实社会化自动机械集团）的企业联合体，在这个州的任何城市都能见到罗斯巴特的盾形标志，

| 拯救世界

就算在这荒芜之地也不例外。

机器人用四个语种耐心地复述了问题,并在屏幕上演示着地图、电话黄页、交通指南、在线博物馆等功能。第二台机器人的顶盖关闭着,显得有点儿闷闷不乐。

我的目光扫过公共交通系统指南。没有变化,公共交通是一座城市的生命线,10年未变的生命线,说明这座城市确实已经死去了。

"谢谢,我不需要什么帮助。"我提起行李箱绕过两台机器。

投影屏幕如花瓣般失望地合拢。"祝您愉快,先生。"毫无感情色彩的女性合成音在背后留下违心的祝福。

"希望如此。"

在接到信件50个小时后,我从办公桌后站起来,吩咐秘书延迟例会的时间,向副总经理递交了事假申请,给家里打了个电话,声称自己有紧急任务必须立即飞往东海岸出差,然后吩咐妻子取回干洗店里的衣服,锁好屋门,不要忘记喂狗。

然后,我提着行李箱独自来到中央车站,登上了开往这座城市的高速列车。我的行李箱里只装着一件干净衬衣、一部便携电脑、一瓶功能饮料和一个文件夹。我不知道为何会做出这个决定。

我觉得我疯了。


08:12


腕上的手表显示"08:12",那是按照她给出的期限设置的倒数计时,"从11月7日0时起72个小时之内赶到",距离期限还有8个小时。

我的心情像一瓶冰镇后的碳酸饮料,寒冷,无光,不知何时会彻底爆发开来。这座被遗弃的城市的一切都在压迫着我,肮脏的街道、缺乏修缮的楼宇、破碎的路灯、无精打采的行人……灰色的天幕和蓝色的雾气与我居住的城市形成鲜明对比,在属于我的城市,一切都是整洁的、有序的、高尚的,那是属于现代工业文明的天然骄傲。

我害怕如潮水般涌起的回忆,害怕唤出藏在我体内那个生于斯长于斯、如同整座城市一样肮脏卑微的孩童。我不由隔着衣袋抚摸着信纸,尽力以美好的回忆驱赶如影随形的灰蓝迷雾——12岁那年的秋天。

12岁那年的夏天,天空晴朗,甲壳虫汽车在灌木丛中露出枝枝丫丫的笑容,我们坐在床上,我从身后环抱着她,将头埋在她的发丛中,嗅着甜蜜的水蜜桃味道。她咯咯地笑着说:"别闹了,大熊。再不开始练习,准没办法通过珍妮弗小姐的选拔。到时候我会狠狠踢你屁股的。"

我回答道:"好吧。我还是搞不懂这样做有什么好玩——你是说,在那个东方国家,这是一种表演形式还是什么来的?"

她扭过头,用黑色的眸子瞪着我,"我说过好多遍了,这叫作'二人羽织',是很有历史的东西,只要你能够稍微聪明一点,不要总是笨手笨脚地打翻东西就好了!"

"好啦好啦。"我嘟囔道,"那再来试一次吧。"

她拉起又轻又软的棉被,一边嘟囔着这样的棉被不合用,一边将我们两人整个罩在其中。世界黑暗下来,我感觉温暖而舒适,双臂轻轻将她搂紧。

"好,现在端起碗……再右边一点,再右边一点……再往右,你这个笨蛋!"她大声指挥着。

我摸索着端起大碗,右手拿起一双名叫筷子的餐具,试着夹起碗中的面条送进她口中。

07:52

我步出车厢,提着行李箱走出地铁站布满涂鸦的阴暗通道,沿着停止工作的自动扶梯走上地面。风中飘着的碎纸是这个街区唯一的亮色,一名

## 拯救世界

机器人警察慢悠悠驶过，5个监控摄像头中的一个扭向我，一闪一闪的红灯仿佛代表它疑惑的眼神。"需要帮助吗，先生？"外形如同老人助步车一样可笑的机器人警察开口问道，将眼柄上的5个球形摄像头举起，上下扫视着与街道格格不入的陌生人。

"我很好，谢谢。"我摇摇头。

"那么祝你拥有美好的一天，先生。"警察摇摇晃晃地驶离，履带底盘后部的红蓝双色警灯无声闪耀，将布满灰尘的金属外壳映得忽明忽暗。

我抬起头。巨大的冷却塔像史前动物的遗骸一样匍匐在眼前，龙门吊车横亘头顶，粗硕的管道遮蔽天空。她给我的信中没有明确指示，我不知去哪里寻找这个深埋于记忆中的童年伙伴。陈旧的记忆驱使着我不自觉地来到这里，城市东部的重工业区，我出生、长大，然后用了10年来逃避的地方。

阳光暗淡，废弃的机械散发着钢铁的腥甜味道，锈迹斑斑的管道尽头，一只蝙蝠从厂房破碎的玻璃窗里振翅飞起，消失于迷雾之中。这死去城市的尸体以绝望的、腐朽的、失去灵魂的形态静止在时间的凝胶里，钢索将阳光割裂，地面上铺满墓碑般的片片光斑。

我长久地望着那锈蚀的齿轮、干涸的油槽、长满衰草的滑轨与绞索般摇摇晃晃的吊钩，情不自禁地打了一个寒战。我犹然记得在灾难发生之前的日子里，机械师在罢工游行的间隙，还会为心爱的机械的传动链条添加润滑油，期待漫长冬季过后，它还能再次发出热气腾腾的震耳轰鸣。我的父亲，那位终身为汽车制造厂服务，却因高效而廉价的机器人劳动力丢掉工作的蓝领工人，曾经无比乐观地对我说，总有一天炼钢厂高炉的火焰会再次燃起，城市会再次充满机械运转的和谐之声。"一切都会变回老样子的，我保证。"他用仅余的一点钱购置了丰富的食物，满心期待着好事到来。

等我回过神，他已经化为了瓶中的白色粉末——那么健壮的一个男人居然能够装进小小的瓷瓶之中，这让葬礼的场景显得有点儿讽刺。

裹紧西装外套，我迟疑地向前迈着步子，小心地踏过光与暗的斑纹。

要去哪里呢？比起这个富有哲学性的问题，我用了更多精力遏制猛然漾起的回忆，危险的东西正在脑神经突触之间蠢蠢欲动……不要乱想！我严厉地呵斥自己，奋力驱走脑中的幻影。

从这里向前，丁字路口对面是冲压机床厂，而汽车制造厂就在右转之后的道路尽头。在那个遥远的时代，我爷爷的爷爷随着人潮拥入这座戈壁滩中央的城市，成为一名产业工人，从此代代传承。我父亲本人就完全无法想象外面的世界是什么样子，对他来说，接受职业教育，接替父亲的职位站上生产线几乎是命中注定的事情，拧紧面前的每一颗螺丝，这是男人最踏实的工作，也是最美妙的游戏。

她如今又在做什么呢？这座城市已经死了。炼钢厂死了，发电厂死了，轮机厂死了，汽车制造厂死了。留在这座城市中的只有绝望的酗酒者、等死的老人、麻木的罪犯和丑陋的妓女。

徘徊在死去城市中的她，是否仅仅是残存着水蜜桃香味的白色幽灵？

07：37

我不得不放松警惕，让有关她的记忆溃堤而来。

她的名字。她的名字叫作"琉璃"，那是一种源自东方的美丽彩色玻璃。我很喜欢这个名字，她本人却不太满意，说那是极其昂贵且易碎的玩物，在她祖辈所在的国度，只有古代的君王才有幸可以赏玩。

我父亲与他父亲不在同一车间，不过不约而同地选择居住在公寓楼，主动放弃了市郊的独栋住宅。我的父亲要承担母亲的昂贵赡养费——事实上，我对母亲的印象很模糊，她对我来说只是每个月要分走一大笔生活费的陌生女人罢了。而琉璃的父亲则由于股票投资失败，欠了一大笔外债，不得不节衣缩食寄身于免费的公寓楼中。

我们很小就认识了。在废弃的甲壳虫汽车出现的时候，我们总是一起骑着自行车去上小学。当甲壳虫汽车里长出茂密灌木的那一年，我们早已是无话不谈的玩伴。那个年纪的男孩和女孩会将感情当作羞耻的事情看待，情窦初开的我不敢坦白自己维特式的烦恼，而她似乎迟迟不肯长大，只对耳机中的摇滚乐着迷。

之所以对12岁那年夏天发生的事情记忆深刻，不仅因为那是我初尝感情的甜蜜与苦涩滋味的日子，也由于一件大事在这座城市发生。第十四届世界机器人大会在这里召开，全球最新的各式机器人云集于此，这是所有喜爱机械与新潮电子产品的孩子的饕餮盛宴。我从小迷恋着机器人，而她也对这些钢铁造物很有兴趣，我们被学校的机器人协会推举出来，要在世界机器人大会开幕式上代表整座城市表演节目。我一下子慌了神，不知该准备些什么，而她一下子就想到了"二人羽织"。

"你不觉得那很像机器人吗？我是头脑与面孔，而你在后面负责双手的动作，扮演着我自己的手臂，那不正像人形机器人刚学会走路时的奇怪样子吗？一定可以让所有人都大吃一惊的！"她盯着我，粉嫩的脸颊映着下午学校的阳光，纤细的汗毛若隐若现。

"……听你的。"我情绪复杂地回答道。

07 : 12

汽车制造厂的大门紧紧锁闭，不远处的墙上有一个崩坏的缺口，我从那里轻松翻越进去，站在长满齐膝野草的大院中。

我的正前方是办公楼，左手边是碰撞车间，右手边是试车车间，底盘、承装、制件、喷涂、焊接、总装和检测车间似盘中棋子左右排列。在制造业鼎盛的时期，这片20公顷的土地挤满了1.5万名来自全国各地的蓝领工人，生产汽车的工时被压缩到惊人的12个小时，6秒钟就有一辆崭新的汽车驶下流水线。

我闭上眼睛，想象满载汽车的载重货车呼啸而过。短短10年时间，缺乏保养的水泥路就已经被侵蚀得支离破碎，四周散发着青草和油泥混合的奇怪味道。当啷一声，脚尖不小心踢起一只空空的威士忌酒瓶。靠近大门的厂房窗户七零八落，厂里能拿去换钱的东西早被游民洗劫一空，墙壁画满充满性暗示的暗红色涂鸦。"赶走木偶！保卫生产线！"高居于涂鸦之上的是10年前罢工运动的口号，字迹已经模糊不清。

愈行向厂区深处，流浪汉活动的迹象就愈少，巨大的墓园中只有我在默默行走。名为"恐惧"的无形怪兽将右手搭在我肩上，让我不断回头惊惧地环视四周，幸好透过雾气射来的阳光给予皮肤些许温暖。我松开领带，让喉结可以轻松咽下加剧分泌的唾液。

到达目的地时，我才发现自己的目的地所在，潜意识将我引领至这熟悉的角落——当然，除了这儿，还能是哪儿呢？

六层高的公寓楼恰好遮住阳光，公寓外墙残留着灼烧过的痕迹，四层最右边的那扇窗户，玻璃破碎、以不祥的寂寥眼神凝视我的那扇窗户，正是我卧室的窗子，年少的我曾经多少次从窗口向下望，而如今我抬头看去，肮脏的窗帘随风轻摆，看不清那后面是否有一张静止不动的孩童面庞。

"喳！"一只惊鸟穿林而出，凄厉鸣叫着从高空坠落。这里已经完全看不出那场大火的痕迹，被烧得精光的灌木丛如梦魇般重生了，开着黄色花朵的沙冬青与叶子油绿的野扁桃被多刺荆棘缠成扭曲的形状，这片林子几乎与童年记忆中一般无二。我手指颤抖地拨开一束梭梭草，甲壳虫汽车的残骸出现在眼前，那被火焰炙烤成炭黑色的钢铁骸髅如今再次被植物占据，灌木以疯狂的姿态从每一寸缝隙中挣扎而出。

我突然想起童年的一种玩具。那是世界机器人大会为感谢我们表演节目而赠送的礼物：具有行走能力的机械人偶。人偶的面部是一个棉质的圆球，只要按照自己喜爱偶像的照片在圆球上相应位置植入草籽，每天细心浇灌，7天之内，小草就会长成这位名人的五官轮廓，同时这种基因工程制造的草种会将光合作用制造的糖分输送给人偶内部的化学能燃料电池，驱动小机器人向着光线更强的方向行走。我不知是谁设计出这种奇怪玩具的，表现最基本的机器人生存原理是可以理解的，但绿色头发的迈克尔·杰克逊迈着僵硬的步伐在写字台上追逐阳光，这不是儿童玩具应当具有的模样。令我更加恐惧的是，一个月过后，那些基因变异的青草开始不受限制地疯长起来，迈克尔·杰克逊的眼睛、嘴巴、鼻子、耳朵全都喷出长长的草叶，机器人行走的速度也因能量充足而加快了。那个七窍流"草"、在屋里四处狂奔的怪物是我一生的噩梦。

迈克尔·杰克逊是我最爱的歌手，我还喜欢罗比·威廉姆斯、布鲁诺·玛尔斯和蕾哈娜。她的音乐播放器里装满更加过时的摇滚乐——皇后、枪花、滚石、金属乐队、邦·乔维和涅槃。我从来不能理解她的想法，而她从未试图了解我的想法。

在机器人大会之后，她与我的关系渐渐疏远。不知从什么时候起，我们每天的对话变为简单的"你好"和"再见"，我再没有触碰过她柔软的肌肤，也没再闻到过她身上迷人的水蜜桃味。

甲壳虫汽车的残骸就像那具机器人一样散发着邪恶的气息，令我胃部收缩，有一种想要呕吐的感觉。做了几个深呼吸压下不适感，我放下行李箱，弯下腰拨开汽车内部的灌木。

回到汽车制造厂，来到这个隐秘的地点，一切都是自然而然发生的，我根本没有考虑这样做的合理性。但回过头来想想，如果她只有一封没头没尾的信件召唤我前来，没有留下任何联系方式，那么还有什么地方比这里更适合隐藏留言呢？毕竟在曾经亲近的孩提时光里，我们总是一起坐在卧室的床前，望着这辆被遗弃的车子，编造着一个又一个光怪陆离的恐怖故事，以吓坏彼此为快乐之源。

在一簇结出鲜艳红色果实的沙棘之下，甲壳虫汽车的地板上，我发现了一枚白色的信封。我转身逃离汽车残骸，撕开信封，一张照片轻飘飘地掉了出来，照片上是一个男孩和一个女孩——12岁的我和12岁的她。

照片是用家用打印机打印的，显得陈旧易碎，我和她的笑容却透过模糊不清的像素点溢出纸面。她坐在床沿，我坐在她身后，那正是我记忆中最美好的夏日时光，为机器人大会排练"二人羽织"的那个午后。

仿佛一记看不见的重拳击中鼻梁，我感到眩晕、疼痛和眼睛酸涩，趁着视线没有因此模糊，我翻过照片，看到后面用碳素笔写着："很好，起码你来了。接下来想起些什么吧，你会找到那个地方的，就是那里。"

06：35

我在寂静的城市里独自行走，感觉昂贵的西裤和衬衣被汗液粘在皮肤上，真丝领带令我窒息。我毫无目的地走着，直到走到街巷尽头，空旷广场与巨大的机器人塑像出现在眼前。那是第十四届世界机器人大会纪念广场，还有双足机器人"大卫"。

"大卫"有55米高，钢骨架，镀铬铝合金蒙皮，以金属黏合剂定型，外表大致符合人体比例，看起来不大像米开朗琪罗的名作，倒更接近古老动画片《阿童木》里面的主角。在我12岁那年，银光闪闪的机器人在吊车的帮助下立起在世界机器人大会园区中心，市长带头热烈鼓掌，我和她自然起劲地拍红了掌心。"这是具有划时代意义的一天。"市长清清嗓子，"罗斯巴特集团捐赠的'大卫'将作为城市的象征永存于世，感谢他们带来日新月异的机器人技术，将我们带向人类与机器人和谐共处、创造更文明高效社会的美好明天！"

市长的话没有说错，直到今天，这个机器人还倔强地站立着，即使10年前的一场大火将它每一寸表皮都烧成炭黑色，身上布满铁锤砸出的凹痕。事实上，至今没人知道那一天究竟发生了什么。很多人死了，而直至今日，死亡者的确切数目还是没人知晓。

"大卫"是罗斯巴特集团最后一件人形机器人制品，随后，复杂的双足机器人淡出了历史舞台。科技的车轮开始加速转动，具有划时代意义的模拟神经元处理器给机器人带来相当程度的思考能力，随着各式各样的机器人走向社会，伦理学问题开始被摆上台面。几年前，州议会在州宪法中加入了"新机器公民"的条款，正式承认机器人的独立人格存在，同时规定了机器公民的权利、义务及社会角色，使他们可以"在一定的约束条件下以同等身份获得法律权利、社会权利、政治权利和参与权利"。

当时没人意识到，人类在漫长的文明史上会第一次与自己的创造物展开生存权利的残酷竞争。罗斯巴特集团由机器人制造厂摇身一变，成了全州数百万名机器人的经纪人，每名机器人都要通过公平竞争谋得工作，赚取一般等价物，换取维持生存所需的电能、油液、零件和保养，罗斯巴特公司则抽取 50% 的佣金用来偿还机器人的制造贷款，通常这份价格高昂的分期贷款需要用 30 年乃至更长时间来偿还，但机器人的服役寿命高达 80 年，它们终将可以赎清自己获得自由。

企业非常欢迎这种做法。不同外形的专业机器人有各自适合的岗位，很容易在生产线上找到理想位置。它们薪酬低廉，工作时间极长（州立法规定每天不得超过 22 个小时），附加支出极少，不需要解决住房问题，没有生育和休假困扰，不会通过工会提出不合理需求……即使抱怨，也只是在机器人权益保障者那里吐吐苦水，只要稍微提高厂房里令机器人感到舒适的白噪声就可以解决问题。

唯一的受害者就是被夺去工作岗位的产业工人。在需要情感、主官感受、逻辑判断力和决策的岗位上，人类还牢牢坚守战场，但我父亲那样的蓝领工人则被机器人成批驱逐。他们亲手制造了潘多拉的魔盒，禁不住诱惑后掀开盒盖，却发现盒中的瘟疫已经长出翅膀，再不受造物主的管辖。

这就是那场史无前例的大罢工的缘由，导致这座以重工业为基础的城市死亡的缘由。全机器人生产线（不同于传统意义上的"机器人"生产线，电脑控制的机械手臂与具有主观能动性的机器公民不可相提并论）能够将生产效率提高 4 倍到 5 倍，厂房必须重新设计以适应高效化与极度精确的工作流程，厂区不再需要臃肿的生活配套区，只要留有足够的停放空间（州议会立法规定机器人的最小休息空间为该款机器人体积的 1.5 倍）即可。改造旧厂区意味着天文数字的投入，重型企业已经因解约赔偿而元气大伤，它们不约而同地选择在更靠近罗斯巴特集团总部的城市新建厂区，放弃了这座戈壁滩中央的孤城。许多未能顺应时代潮流雇佣机器人工作的企业很快倒闭，失业率扶摇直上，社会动荡，城市衰落……不过用州政府的话说，这只是走向新时代必须经历的阵痛而已。

我远走他乡，进入大公司工作，直到两年后才知道所供职的企业是罗斯巴特集团的下属企业。在那座崭新的城市，汽车厂、钢铁厂、精密设备厂、机床厂、数码仪器厂已经以崭新的姿态重生。那些新生的工厂都有着低矮洁净的白色厂房，厂区充满电流的嗡嗡噪声和万向轮碾过地面的吱吱声。

我喜欢机器秘书和机器巡警，喜欢代表先进生产力的机器人技术。一想起现在脚下这座笼罩着迷雾的钢铁城市，我就尝到肺中驱之不尽油烟的苦涩味道，感觉指甲缝里塞满黑黑的油泥，想起父亲临死前强颜欢笑的卑微样子，听见汽车制造厂最后一次下班汽笛声的清鸣。

是的，我离开了这个鬼地方，同其他上百万人一样。这样做有什么不对？

我紧紧捏着手中的照片，穿过窄街，大踏步走向双足机器人的方向。如果答案存在的话，一定就在那个地方。

## 06：12

"二人羽织"这种表演的意义到底是什么？是笨拙的喜剧、和谐的正剧，还是滑稽的悲剧？这种源自东方的奇异文化我最终都没能理解。第十四届世界机器人大会在凉爽的夏夜开幕，中央展馆大舞台的幕布缓缓拉开，六盏聚光灯穿透厚厚的棉被射出粉红色的辉光，喧哗声渐渐平息，奇异的静谧统治了会场，即使躲在她的背后，我也能感觉到5000名观众视线的灼热。

"别怕，"名叫琉璃的女孩对我说，"有我在。"

我什么都看不见。在这个棉被制造的小小空间里，我拥着让我神魂颠倒的女孩的柔软躯体，却紧张地弓起后背，保持着尴尬而礼貌的距离。我垂在琉璃身前的双手能感觉到空气的温度，幸好一万只窥探的眼睛被棉被关在外面的世界。我的鼻尖埋在她的发中，嗅着让人迷醉的甜蜜桃子味道，整张脸都因紧张和幸福而充血、发热。我能感觉到她的身体也在微微颤抖，那是12岁少女面对5000名旁观者的天然恐惧，也是从小听着古老摇滚乐长大的灵魂面对5000名观众的天然亢奋。忽然间，颤抖停止了，她自言自语道:"突然肚子饿了……那么就吃一碗面吧。"

这是表演开始的信号。我轻轻地活动了一下僵硬的手指,开始摸索装满面条的大碗。奇怪的是,那时我却完全没有想着表演本身,脑中莫名其妙地蹦出一个念头:如果她身上能够散发成熟桃子的味道,那是不是说明所有女孩都是水果口味的?隔壁班的凯茜·布雷迪是不是草莓味道的?班主任提摩西夫人应该闻起来像坚果吧?我自己又是什么味道的?如果我与琉璃结婚,会不会生下一大堆桃子味道的可爱女孩?

许多年以后,我拥有了一个闻起来像香奈儿5号香水的妻子,养了一条酸奶油味道的大狗。我决心不再回忆这座雾气笼罩的钢铁之城,却在偶尔闻到桃子味道的时候心中一荡,胸腔中的某个部位传来针刺般的疼痛感——比如现在。

如果心电图和冠脉造影解释不了心脏的疼痛,那么只能相信那是灵魂借宿的地方吧。

我踏上纪念广场的黑白两色地砖。整座纪念广场由第十四届机器人大会的几栋主体建筑改建而成,棋盘状的地砖应该是对"深蓝"电脑的致敬,而环绕整座广场的单轨轨道,是地球环日轨道的拙劣模仿。在我12岁那年,这条轨道上有着骑单车的人形机器人不停穿梭往返,向世人展示其高妙的平衡感;如今铁轨早已锈迹斑斑,在那个脏兮兮的移动物体高速驶来时,松动的螺栓发出不祥的嗒嗒震动,铁锈簌簌掉落,整条轨道都在上下起伏,看起来像泡在咖啡里的早餐麦圈,随时可能粉碎坠落。但悬浮在永磁场之上的轨道不可能原地坠落,就算那些七零八落的碳纳米系带全部断裂,它也只会被高高弹起来,扭成麻花形散落到鬼才知道的什么地方去。

我停下脚步,放下行李箱,干脆把领带扯掉揉成一团塞进衣兜,松开了衬衣上的三颗纽扣。一个嗡嗡作响的家伙沿着轨道驰来,吱的一声停在我面前。这个轨道机器人形状像个饭盒,一停下来就开始叮叮咚咚地播放《献给爱丽丝》,将盒中售卖的物品展示给我看。左边一半是平凡无奇的旅游纪念品,右边一半是冷冻的速食品,包括饮料和水果。我望向哪种食品,机器人就殷勤地放出一丝含有对应食品味道的香氛喷雾。当视线掠过水蜜桃,化学合成的桃子味道令我悚然一惊。

"仅售3元，先生，保证新鲜的南方农场水蜜桃，从采摘到冷冻保存只用了5分钟，就连南方农场充满阳光味道的美味空气都被一起冻了起来呢，先生！"机器人用不知藏在哪里的摄像头捕捉到我的神态，随后用不知藏在哪里的扬声器发出欢快的合成音。

"好吧。"我犹豫了一瞬间，掏出皮夹数出三张零钞递过去。

"感谢光临！T00485LL发自CPU地感谢您，先生！"唰的一声，钞票被不知藏在哪里的触手夺走了，一颗速冻的大桃子弹出机器，在空中漾出一团水蒸气似的云雾，接着轻轻跌落在托盘上，零下18摄氏度急冻的水果被定向微波快速解冻，休眠与唤醒都只用了短短一秒钟。"这是您买下的南方农场水蜜桃，先生，如果愿意的话我可以介绍一下这些可爱的纪念品，比如可以自动下楼梯的势能转换器、能够看护婴儿的恐龙玩偶、印有'大卫'图案的夜光纪念章……"托盘升起在我面前，桃子同屏幕上显示的样品一样饱满可爱，新鲜得像刚从树上摘下来。

"不必了。"我拿起那颗水蜜桃。

没有味道。看似美味多汁的桃子没有任何味道，水蜜桃底部有个小小的标签，上面的日期显示这颗桃子已经在机器人的冷库中沉睡了4年零11个月，但距离保质期限还有很长一段时间。

按照食品安全法规定，桃子的营养成分流失最多只能在5%，它本质上还是一颗营养丰富、汁水充盈、健康纯粹的桃子——这就是文明的力量。

我随手将只咬了一口的水果丢进垃圾箱，走向纪念广场北侧的巨大人形机器人。饭盒模样的售货机器人乖乖闭嘴不语，但鬼鬼祟祟地沿着轨道跟在我身后，滑轮摩擦铁轨发出难听的刮擦声。无论它还是轨道本身都需要一次从头到脚的保养，否则在不远的某一天就会彻底沦为废铁。

"不要跟着我。"我没有回头，冲身后挥挥手。优先级更高的服从逻辑战胜了求生欲望，售货机器人的身形静止了，孤零零地停在铁轨上，像冬季瑟缩在电线上忘记南飞的孤鸟。

| 拯救世界

整座广场没有其他游客。离得越近，伤痕累累的机器人雕像就显得越发丑陋，我皱起眉头，掏出照片细细观看。一件事突然浮现于脑海，却远远飘在意识的捕捉范围之外，让我摸不到轮廓。照片上是12岁的我和12岁的她，在12岁的夏日与12岁那年的卧室房间，12岁的年纪里，应该还有一个若有若无的阴影存在。

而那个影子，也是我远离这座都市的原因。但现在，我绞尽脑汁也看不清那个影子的面目。一旦意识到这个死角存在，大脑就开始用尽力气破解回忆的谜团，像水蜜桃一样被冻结的往事坚冰慢慢融解，一个接一个画面浮出水面——我和她，我和爸爸，我和提摩西夫人，我和巨大机器人雕像。在浓雾中迷失而被吓坏的孩子，放学后的秘密基地，草稿本上的机器人图纸，用晾衣架、电动车马达和易拉罐制造的机器人，被丢弃的甲壳虫汽车。每个画面里都有那个影子存在，如同无形的手在按下快门将回忆定格的时候，总是将一道徘徊于身边的幽影记录于其中。

越是努力捕捉，神秘的影子就越轻飘飘地溜走，我不禁开始怀疑自己的记忆，怀疑自己的大脑，怀疑内侧颞叶的每一个神经元和神经突触在联合起来欺骗这具身体的主人——童年的记忆如果这么不可靠，为何琉璃肌肤的温热触感和身上散发的甜蜜味道显得如此鲜明？

头痛开始袭来。"见鬼……"我从裤兜里摸出尼古丁咀嚼片丢进嘴巴，用咬肌的运动缓解疼痛。胶质中的尼古丁渗透进血管，这种禁烟运动中奇迹般存活下来的安慰剂让我的精神立刻振奋起来，但这无助于思考，我只能暂时将打结的记忆丢在一边。

巨大的机器人塑像遮住朦胧的阳光，庞大的双脚逐渐与我的视线齐平。经过修葺的大理石基座用四种语言刻着拍马屁的美术评论家的华丽辞藻，他们居然认为这一团焦黑扭曲的金属是现代文明史上妙手偶得的极佳创作。作为设计师的一员，我对此实在难以苟同，甚至不大敢直视那丑陋的金属骨架。

机器人塑像凝视着500米外的机器人大会主场馆，我和琉璃曾在那栋蛋壳形的乳白色建筑中登台表演，收获了5000名观众的热烈掌声。当时我们其实演砸好几个地方，却意外地赢得了哄堂大笑，或许这正是这种表演形式的高明之处吧。灯光亮起，大会正式开幕，每一个小舞台都有吸引人的各式机器人登场，我们两个趁没人注意偷偷溜了出去，爬上机器人塑像的基座，望着远处流光溢彩的场馆和亮着灯带的长长轨道，等待烟花升起。

那时我们都说了些什么？12岁的我们，或许正试图表现自己成熟的一面，谈论着音乐、电影、书籍，也许聊起学校中发生的事情，更可能谈着关于机器人的话题，想象着我们的未来将会是什么样子。

到如今，我已经知道我的未来是什么样子，而她的未来呢？

我在我们曾经并肩坐着、悬空摇晃双腿的地方找到了一枚白色的信封。当年我们花了很大力气才爬上高高的基座，如今看来，那不过是齐胸高的台阶罢了。我的心境非常复杂，但走到这一步，除了打开信封之外没有其他选择。

撕开信封，薄薄的信纸上只写着一个名字：乔。

## 05：36

乔是谁？

这个名字没能将沉睡的记忆唤醒，短短三个字母看起来有点儿陌生。"乔"应当是"约瑟夫"的缩写，现在几乎已没有人将男孩命名为约瑟夫了，因为那听起来又老气又陈旧，一点不时髦。我的交际圈当中没有人叫作乔或者约瑟夫，与琉璃共同认识的熟人更是屈指可数。我静下来梳理了一遍记忆，确实没有这么一个名字存在。

死去城市的铁灰色遗骸像一个魔咒，逃离的念头一次又一次升起，我的身体却一次又一次背叛意志，不管望向哪里，都能看到童年的我的影子。我一边想着姓名的谜题，一边漫无目的地慢慢行走，圆形轨道上的寂寞机

| 拯救世界

器人进入我的视野,我脑中突然升起了一个念头。"喂。"我开口道,"可以帮个忙吗?"

"当然,先生! T00485LL竭诚为您服务!"机器人立刻欢快地冲了过来,它似乎并不理解人类对字符串的差劲记忆力,总是重复自己那毫无意义的名字,可怜巴巴地想让我以姓名来称呼它。

我犹豫了一下,"有没有名叫'乔'的歌手或歌名?"

这个广场、这个名字产生了某种关联,有隐约的曲调在脑中响起,此情此景突然令我觉得相当熟悉,似乎在某个不知是真是幻的记忆片段里,我就坐在这里,听着广场上的音乐声。

"以Joe为关键词查询得出153328个结果,您要找的是不是Joe Cocker、Joe Jonas、Joe Nichols……"T00485LL欢快地唠叨着,我赶紧摆手加以制止,"不不,我想想……"

音乐声由弱而强,来自我深深的脑髓。

"Joe Brown, Joe Lattice……"

音乐声越来越响,越来越响。

我用力回想模糊的片段,直至一阵剧烈的头痛突如其来地爆发,轰的一声在头盖骨里爆炸,浑身上下的每一个神经末梢都接收到了短暂而强烈的疼痛脉冲。

"先生?您怎么了,先生?您需要帮助吗,先生?需要我为您叫救护车或者联系家人吗,先生?"T00485LL欢快地呼喊道,我知道那不是它的本意,毕竟一个语音合成器只有一种基调,最适合售货员的就是这种该死的乐天派语气。

"我没事……我没事。"我深深屈着身子,将头藏在双膝之间,直到难挨的疼痛过去。这种疼痛我一点都不陌生,自从离开这座城市之后,有许多次,我尖叫着从噩梦中醒来,因头痛而彻夜难眠。医生说我的检查结果完全正常—— 一如我的心脏——健康得可以活到世界末日的那一天。随着年纪增长,头痛的次数逐渐减少,自从结婚以后,这种电击般的苦刑已经

084

极少干扰我的生活，我也乐于在妻子面前将秘密深深埋藏。

我知道两分钟过后疼痛就会暂时退去，像潮汐暂时远离沙滩，如果此时立刻服下安眠药入睡，就可以阻止下一拨疼痛袭来。但这次我所做的是猛地站了起来，双手抓住机器人的铁盒子摇晃着，"我想起来了！我不知道歌手的名字或者歌的名字，但我想起了一段旋律，你可以通过旋律找到相关歌曲吗？"

"您这样做让我很困扰，先生，通常来说，我们是不太喜欢身体接触的，您身上的汗液对我的皮肤——我是说烤漆——有害。不过我确实能提供哼唱旋律找歌的服务，只需2.99元即可，只要激活服务，一份已付费的App拷贝就会出现在您的移动终端中……"T00485LL轻快地答复道。

我立刻哼出那段曲子。在头痛的黑暗深海中微微发光的是一小段歌曲的旋律，非常简单的曲调，短短两句，没有歌词。在遗忘之前，我将这段旋律连续哼唱了三遍，然后紧张地盯着机器人的显示屏。

"有15个近似结果，先生，如果有歌词或者下一段旋律的话……"T00485LL犹豫道。

"对了对了，类似于二重唱，不不，我是说两个短句每个都重复两遍……"我立刻补充道。

"啊，这就好多了！"机器人快乐地叫道，"匹配结果是唯一的，这是一首创作于1911年的歌曲，歌名是《牧师与奴隶》，作者是乔·希尔，您非常幸运，先生，这首歌的原版录音没有留下，幸好有另一名歌手犹他·菲利普斯在整整一个世纪之前翻唱的版本，现在为您播放30秒试听。"

沙沙的背景噪声响起，接着音乐声传来，伴奏只有一把吉他，一个苍老的男声唱道：

长发的牧师每晚出来布道
告诉你善恶是非
但每当你伸手祈求食物
他们就会微笑着推诿

# 拯救世界

你们终会吃到的
在天国的荣耀所在
工作、祈祷，简朴维生
当你死后就可以吃到天上的派

伴随着撕裂般的声响和天旋地转的失重感，记忆的冰山轰然崩塌。"乔"这个名字是一颗铁钉，音乐是将名字敲进冰山的铁锤，小小的裂缝不断扩大，悬浮在记忆之海中的坚硬核心终于分崩离析。在失去意识之前，我想起来了。

乔，琉璃，我的父亲，10年前的那一天，"大卫"身上熊熊燃烧的火焰，鲜血和汽油，这座城市的最后一日。

我想起来了。

05：11

我从昏迷中醒来，T00485LL刚好数到第580秒，"先生！先生！你醒了！"它大声嚷道，"若是10分钟之后你还不醒来，我就必须联系医疗卫生部门，并作为第一旁观者接受警察部门的讯问了……你没事吧，先生？需不需要药品？我认识一个在附近卖药的家伙，它的药瓶上没有条形码，不过对治疗头痛非常有效……"

"我没事，我要走了。"我用力一撑地面站起来，忍受着眉心后面一阵阵的刺痛，用手拍打身上的灰尘。

"您确定不是因为我提供的食物或者音乐而感到不适？"机器人可怜巴巴地问，屏幕上播放着绿色和蓝色的波纹以表示情绪，"我已经有两次不良信用记录了，如果被那些官僚发现……"

"与你没有关系。谢谢你，再见。"我将西装外套搭在肩上，眺望四周景物确认一下方向，然后大踏步走去。

"谢谢！你的箱子，先生！"T00485LL 叫道，伸出软管手臂拎起那只行李箱，沿着轨道追来。但我前进的方向与圆形轨道垂直相切，铁盒子机器人焦急地左右横移，用最大音量播放《献给爱丽丝》，希望能唤起我的注意。

我没有回头。

我想起了许多东西。模糊的阴影显露出面目，那是一张我无论如何也不应该遗忘的脸庞。我与琉璃坐在卧室的床上开心微笑，是他用相机将这一刻定格；我第一次骑上父亲的自行车，是他在旁边帮我保持平衡；我惹怒提摩西夫人，是他陪我留堂罚站；我在雾气稠密的清晨迷路，是他用手电筒的光芒引导我走上正确的方向；我放学后的秘密基地是他一手建造的；我在草稿本上画下机器人图纸，是他用晾衣架、电动车马达和易拉罐将潦草的蓝图化为实物；我们共同玩耍、长大，看着被丢弃的甲壳虫汽车一天天被灌木丛吞噬，看着琉璃从邻家女孩成长为窈窕淑女。

属于我与她两人的瞬间是虚假的，每一个画面都有他的存在，是他为我们讲解"二人羽织"的表演要领，在上台前为我们鼓气加油，也是他带我们逃出热闹的中央展馆，坐在"大卫"的大理石基座上望着灯火辉煌的城市，等待烟花升起。我们三个人讨论着关于音乐的话题，我们都喜欢老歌，我爱迈克尔·杰克逊、蕾哈娜，琉璃喜欢皇后乐队、蝎子乐队、邦·乔维和涅槃，而他的播放器里装满鲍勃·迪伦、琼·贝兹和朱蒂·考林斯。

那是我在这个小小的群体中第一次被疏远。或许，也是最后一次。

琉璃身上的甜蜜桃子香味还残留在鼻腔里，但她却不再向我看一眼，只用亮闪闪的眼神望着那个男孩，同他谈论着音乐中的力量与反抗精神。我试图插进对话，却发现他们在用一种我不理解的语言交谈。

"民谣与摇滚的精神核心是重合的，它们拥有同一个根源。"

"如果说根源的话，应该是'日升之屋'吧？"

"啊，你一定要听一听'动物乐队'的版本，在那个年代的英国乐队当中算是最棒的另类。我的播放器里应该有的……就在这里。"

他们分享同一副耳机，身体凑得那么近，以至于我听不清他们的窃窃私语。我无聊地望着天空，直到第一朵烟花在夜空绽放。"放烟火了！快看啊！"我大叫道，扭过头，发现他们之间的最后一丝距离已经借由双唇轻轻闭合。

乔。

他的名字叫作乔，我怎能忘记他？我最好的童年玩伴，我的朋友，我的兄弟，我最敬佩的人。他是个心灵手巧的人，在秘密基地简陋的环境中制造出那么精致的双足机器人，那早就超过了手工课的范畴，简直可以拿到现代艺术品画廊中去展览。他学习成绩极好，喜爱摄影，会弹吉他，拥有一头浓密的褐色头发和一双明亮的灰绿色眼睛。在12岁那年，他就长到一米七，拥有强壮的肌肉和敏捷的身形。他是个值得信赖的人，具有领袖的天然气质，身边从不缺乏追随者，我不知道他为什么喜欢和我厮混在一起，只知道与他一起玩耍的日子，我快乐得像国王身边受宠的小丑。

有一次我问乔，为什么那么喜爱上世纪的古老民歌？他对我说，在遥远的20世纪初，有一位诗人、作曲家、工会组织者为工人运动写出无数振奋人心的民谣歌曲，最终被资本家以杀人罪处决。那个人的名字叫作乔·希尔。现在可能没人记得这位民歌复兴运动的精神领袖，但这个名字将永远铭刻于反叛者的墓碑上，永不褪色。

"我和他名字相同。"乔笑着说，"有时候我觉得，这是上帝的安排。"说这话的时候，他的脸上带着与年纪不相称的成熟。

自从12岁那年世界机器人大会烟花飞舞的夏夜之后，乔与琉璃逐渐淡出了我的生活。乔并不理解我的冷淡，下课后依旧来找我玩，但我心中已经筑起高高的墙壁，将国王的邀约一次次拒绝。终于，三个人之间疏远了，12岁男孩的自尊让我不得不独自品尝被遗弃的苦果，躺在床上想起他们出双入对的影子，痛苦地屈起身体忍受深深的孤独。

我恨他，恨国王将他的小丑遗弃（尽管那是我自己的选择），恨他与琉璃在一起的每一秒。

日子过得很快，我们渐渐长大，琉璃在高中毕业之后进入汽车制造厂控股的维修公司实习，乔依照父亲的意愿进入职业技术学院学习机械电子工程,而我在社区大学攻读现代工业设计学位,准备在取得学位之后考入著名大学的研究生院,彻底离开这座嘈杂而阴沉的城市。

那一年,白色的高塔用了短短一个月就出现在城市的正中心,罗斯巴特集团的盾形徽标高高悬在塔楼顶端,像一只奇怪的眼睛在俯瞰整座城市。街道上开始出现各式各样的机器人,起先,机器人做着一些机械性的简单工作,随着州议会政策的逐渐宽松,这些怪模怪样的家伙开始走上正式工作岗位——说是机器人,其实没有一个是人形的,只是一些会移动、能举起物体和发出声音的机械而已,当然,据说还会思考。

也就是从那时起,萧条的气氛开始笼罩街道,工人们不安地议论着减薪和裁员。我的父亲说一切都会好起来的,历史就是这样,城市已经挨过了那么多次经济危机,不会被暂时的不景气击倒。

终于,裁员计划被提前泄露,工业区即将整体关闭的消息如同重磅炸弹爆炸,令一切都乱了套。工会立刻组织罢工——事后想想,资本家早已做好了割掉古老工业体系、建立新秩序的心理准备,罢工和游行又能威胁到谁呢?

我就是在这样一场游行中听到了唤醒记忆的那首歌曲,乔·希尔在1911年为工人运动创作的《牧师与奴隶》。对了,那天我穿过街道从社区大学回家,被游行示威的人流席卷其中。"喔,老克劳福特的儿子!"有人认出了我,我的手中立刻就多出了标语牌、头巾和啤酒,"为什么没有人发给你啤酒?喝光啤酒,举起牌子,再走20分钟我们就吃午饭!"

我不想参与,但没能说出拒绝的话。人群呐喊着口号走过国王大街、绿洲路和铜矿路,兜了个圈子到达纪念广场,在这里休息、午餐。吵吵闹闹的工人坐满了圆形轨道基座,就像下雨时电线上密密麻麻地挤满了麻雀。有人往我手中塞热狗与冰啤酒,广场中心搭起临时高台,四个巨大的马绍尔牌音箱接通话筒,有人登上台向大家讲解下午的游行路线。接着,另一个人花了10分钟宣讲机器人末世论,说这些拥有了身份的铁块终有一天会反过来成为人类的主人。最后,乔和琉璃双双出现在台上,乔抱着他的吉他,琉璃穿着白色棉质T恤衫和蓝色背带裤,短短的头发用红色头巾扎起。

| 拯救世界

"乔！乔！"工人们举起啤酒喊道。

"这首歌叫作《牧师与奴隶》。今天，资本家说用钞票买断我们未来的工作年限，将我们安置在新移民城市，让我们可以在机器人的服务下舒舒服服地过完一辈子，每日做着虚幻的工作，而明天，我们，我们的儿子，我们的女儿，我们的孙子、孙女和所有后代，就会成为被世界遗弃的垃圾！"乔已经成长为一个英雄般的高大男人，他握着话筒，整个广场的光仿佛都集中在他身上，让他吐出的每一个字眼都带着来自天堂的雄浑力量。"这些资本家正在用无所不在的机器人抢走我们的工作、我们的土地、我们的生活和我们的城市！两百年前，我们的祖先在戈壁滩中央建立了这座城市，如今城市的灵魂就要死去，高炉不再流出铁水，水压机不再锻打金属，石油不再流动，蒸汽不再喷发，一切将在我们的手中终结……全部终结。"

全场鸦雀无声，音箱中传来空洞的啸音，空气紧绷了，我望着乔和他身边的女人，艰难地咽下口中的食物。

乔没有多说一个字。他引燃了3000名工人的炙热情绪，又任由它在等待中发酵、膨胀，演变为超过临界力量的风暴。所有人都在等待他继续说下去，他却退后一步，抱起怀中的吉他。琉璃轻轻握住话筒，闭上眼睛，轻启朱唇。

纤弱而有力的女声响起——

长发的牧师每晚出来布道
告诉你善恶是非

吉他扫弦声响起，如遥远天边隐隐滚动的雷雨。

但每当你伸手祈求食物
他们就会微笑着推诿
……

乔开口了,充满力量感的男声接替了女声。

你们终会吃到的
在天国的荣耀所在
工作、祈祷,简朴维生
当你死后就可以吃到天上的派
……

随着简单旋律的不断重复,工人们开始加入叠复句的合唱。

工作、祈祷!工作、祈祷!简朴维生!简朴维生!

当你死后就可以吃到天上的派
各国的工人弟兄团结起来!团结起来!
当我们夺回我们创造的财富那天
我们可以告诉那些寄生虫!寄生虫!
你得学会劳动才能吃饭!

纪念广场沸腾了。音乐的力量让这些卑微的、绝望的、疲倦的工人发出海啸般的怒吼,我相信即使远在那座白色高塔中,大人物们也听得到这种震耳欲聋的呼喊。

在这一刻,我却感觉到彻底的绝望。他与她站在高高的台上,唱着一百年前的歌,他是她的约翰·列侬,她是他的小野洋子,他是鲍勃·迪伦,她是琼·贝兹,他们是一体,彼此契合,无法分割。

我恨自己打开了记忆的封印,让这种痛苦再次置我的灵魂于嫉妒的炼狱。我沿着国王大街快步向前,走过肮脏的街道、破碎的路灯和飘满纸屑的路口。我已经知道琉璃尝试将我引向何方,最后一封信一定藏在那里,

| 拯救世界 ——

我曾经忘却、又终于想起来的开始与终结之地。

我们的秘密基地。

也是乔死去的地方。

03：54

我不知道儿时的记忆缘何被封闭，只知道随着回忆的恢复，某种东西悄悄改变了。这破败的城市、无精打采的阳光、朦胧的雾气开始变得熟悉而亲切，空气中有一种让人心惊的温暖味道。快步走了20分钟，我才发现行李箱和外套被丢在了纪念广场，但那些已经无关紧要，我最需要的是一个答案，而答案就在前方。

邮电大楼出现在街角，这栋六层的楼房表面的绿色油漆已经剥落，大门紧紧锁着。我的心脏不由自主地加快跳动，左右看看，街上并没有行人，远方一台清洁工机器人懒洋洋地挪动八条吸盘腿在一栋建筑物的外立面上行走，街对面的消防栓损坏了，一摊污水汩汩地冒着气泡。

我咽下唾液，慢慢绕到邮电大楼侧面。在这栋大楼与隔壁"罗姆尼螺丝世界"五层楼房的夹缝处，摆着一个立体花坛，这种砖木混合结构的花坛在城市兴盛的时代大量出现于街头巷尾，花坛分为七层到十二层，层架上装有培养土或水槽，里面种植着三色堇、毛蕊花、波斯菊和蝴蝶兰，每个季节都有不同的鲜花开放，让花坛看起来像一道依序移动的彩虹。当然，现在的花坛只是一堆腐朽的木头和生满杂草的泥土罢了。

我蹲下来，一眼就看出新近有人来过的痕迹。这座花坛是我们秘密基地的入口，钻进花架底下，抽出六块底座的红砖，就可以钻进两栋大楼之间的夹缝，那是专属于我与乔两个人的天地。在热衷于机器人的童年时代，我们每天放学后来到这个秘密基地，在机械图纸、组合玩具和稀奇古怪的电子零件上消磨时光。我居然会忘了这美妙的一切，这简直匪夷所思——就像我居然会忘记乔一样离奇。

我挽起袖子,手足并用地爬进花架下方,四周阴暗下来,能勉强看清布满灰土和烟蒂的地面。那六块砖只是搁在原本的位置,轻轻一抽就掉了出来。但我没办法穿过砖墙的洞口,一次冒失的尝试差点让我卡死在秘密基地的入口处,红砖挤压着我的胸腔,肋骨在咯吱作响,昂贵的真丝衬衣被砖块磨破,我用尽全身力气才退了出来,在灰蒙蒙的花架下大口喘息。

花了 15 分钟时间,我才用钥匙链上的袖珍军刀撬下四块红砖,将洞口扩大到适合成年人的宽度。这次我顺利地爬了进去,手脚接触到秘密基地的一刹那,我彻底放松了,一转身仰跌在地,呼哧呼哧地喘着气。这里几乎一片漆黑,两栋楼房相接的遮雨棚没有留下一丝天光,几尺宽的夹缝被两侧的花坛完全封闭起来,或许是设计的疏漏,或许是规划问题,原本应该毗邻建造的两栋大楼并未实际贴合起来,除了城市建筑管理委员会之外,没人知道这个隐秘空间的存在。

知道这里的只有我和乔两个人。在我们逐渐疏远的日子里,我不时会回到这里独自玩耍,也会看到他曾来过的痕迹,秘密基地成了维系我们关系的最后纽带。

直至 10 年前的那一天。

我的记忆从未如此鲜明,以至于一闭上眼睛,就能看到死去的乔那张英俊面孔上的诡异表情。他一只眼闭着、另一只半睁,眸子变成一种雾蒙蒙的灰色,鼻孔微微张开,嘴角上翘,露出几颗沾血的牙齿,齿缝里咬着一截黑色的物体,后来花了好久我才想到,那应该是他的舌头。因为被殴打的痛苦,乔咬断了自己的舌头。

那是一个雾气弥漫的清晨,大罢工的第 16 天,由产业工人掀起的大规模罢工运动已经由这座城市扩展到这个州所有的工业城市。人们扎着红色头巾,挥舞着标语牌、大号扳手和铁锤走在街上,唱着一个半世纪以前那个名叫乔的男人写下的歌谣。我不知道资本家和政客们是否感到害怕,电视上看不到真实的信息,即使人群包围了罗斯巴特集团的白色通天塔,也无法看清高居塔上大人物们的表情。

我也不再去社区大学上课,整日混在游行的队伍里。我的父亲非常反

## 拯救世界

对我参加游行，严厉地训斥我，说那不是我该干的事，可我选择无视他的意见。参加罢工运动对我来说并非出于阶级、道德或政治原因，回头想想，或许我只是想喝到免费的啤酒，然后远远地看琉璃一眼罢了。

那时，乔和琉璃每天都会登台演唱，将乔·希尔的歌曲教给大家，当台下的声音掩盖了音箱的音量、每个人开始挥舞拳头大声歌唱时，琉璃脸上的那种光芒令我无法直视。我心碎地、痛苦地、嫉妒得快要发狂地望着那对高高在上的恋人，品尝着扭曲的蜜水与漆黑的毒药。

我恨他。

我爱她。

所以更恨他。

后来，他们的位置似乎被另一伙人取代了，为首的人整天喊着蛊惑人心的口号，罢工运动正在悄悄向极端的方向发展，乔和琉璃不再出现在台上，工人们也不再唱歌。

第15日夜间，一场冲突发生了，没人知道混乱因何而生，只看见血与火笼罩了钢铁之城，整座城市都在熊熊燃烧。电力供应中断，手机失去信号，电视新闻没有报道，无数人在呐喊，汽车爆炸的火光在一条条街道上如烟花般闪烁，烟雾升起，星空黯淡，每个人都疯狂了。我对这一天的记忆非常模糊，只从很久以后的新闻片段中看到了那可怕的画面。

第16天，由工人组成的城市防卫队——那时，刚刚问世服役的机器人警察已经全部被砸毁了——在巡察中发现了乔的尸体。他倒在邮电大楼旁边，身体因被殴打和践踏已经不成形状，左手藏在身下，右手伸向花坛的方向，指甲在地面留下长长血痕。在发现他之前，我所在的这支防卫队已经找到了60名遇难者的尸体，其中包括我的父亲。在这一刻，我很奇怪地陷入了游离的精神状态，镇定自若地用酒精棉球擦去乔脸上的血污，将他装入黑色的裹尸袋。

我知道他最后想要到达的地方，不是那座花坛，而是花坛背后的秘密基地，但我没有任何反应，甚至没有去思考其中的意义。

剧烈的头痛突然袭来，阻止我继续回忆下去。我慢慢站起来，掏出手机照亮秘密基地狭长的空间。这里的一切都没有变，我们用硬纸板分隔的工作间、储藏室、书房、食品间和机械库依然如旧，只是以成年人的视角来看，这里的一切都像幼稚的过家家游戏的道具。

一个洁白的信封摆在工作间的书桌上，那张桌子是我们费了好大力气偷偷运来的，桌上积满厚厚灰尘的机器人画册、图纸和照片曾是我们最珍贵的宝物。我拈起信封，撕开封皮取出信纸，纸上写着：

你终于做到了，大熊。你想起一切了吗？我在工作地点等你，你知道我在哪里。

PS：这是最后一次反悔的机会。

03：20

我当然知道琉璃在哪里工作。事实上，我曾不止一次在那个隶属于汽车制造厂的机械维修公司外面驻足观望，希望在裸着上身的机修工人、冒着热气的液压举升机、坏掉的汽车和沾满机油的墙壁中间找到那个黑发女人的轮廓。我从没看到过她，她也未曾察觉我灼热的视线，这是件好事，我心中一直迷恋着这个遥不可及的女人，却不知怎样开口说出一句问候。距离12岁已经太遥远，我们之间的距离将我对她的感情酿成有毒的苦酒，将她对我的回忆装进疏离的坟墓。

手表显示还有3小时20分，那是她给我的最后期限。游戏已经结束了，只要沿着铜矿路走到尽头，就能在右手边找到"吉姆-吉姆尼"机械维修公司的大楼，找到那个有着水蜜桃味道、穿着白色棉袜子的东方女孩。

铜矿路是贯穿城市中心的主干道，我背后矗立着罗斯巴特集团分公司的白色高塔，前方是空阔无比、被迷雾覆盖的道路。这时候阳光隐去，雾气仿佛变得更加浓密，一辆布满灰尘的汽车从雾中驶来，有气无力地响了一声喇叭，掠过我的身边，卷起刚刚落下的一捧黄叶。一台体型跟雪纳瑞犬差不多大的机器人不知从哪儿钻出来，利索地将落叶吸进集尘器，然后

| 拯救世界

用盒装身体上顶着的摄像头眼巴巴地瞅着我。

我知道它在等我吐出口中的尼古丁咀嚼片,"不。"我做出拒绝的手势继续前进。机器人失望地垂下摄像头,钻回道边的排水沟。现在的我感觉疲惫、头痛、胸口疼(应当是爬进秘密基地时弄伤了肋骨)、心慌意乱,此时口腔中释放的每一毫克尼古丁对我来说都无比重要,用力咀嚼着口中的东西,我咽下带着薄荷味道的口水,佯装这能够带给我力量。

回忆仍然在不断苏醒,乱哄哄地挤进我的脑袋,我竭力什么都不想,机械地抬起脚、落下,抬起脚、落下,经过一间又一间贴着封条的店铺,在一台又一台清洁机器人的注视中前进,就这样走完了整条铜矿路。橙红色的建筑醒目地出现在右前方,"吉姆-吉姆尼"机械修理公司大楼看起来像一个超大号的圆柱形油桶,当时算是这座严肃城市中最新潮的建筑物之一,这里除了修理汽车、工程机械、机床设备之外,还开展了机器人的保养与维修服务,不过自从罗斯巴特公司的白色高塔出现,就没有过一名机器人顾客光顾。

几名吸毒者在路边谈着什么,一看到我就隐入雾中,不见踪影。机械修理公司大楼没有如整座城市般褪色,依然是耀眼的橙红,不过楼顶似乎有些异样。我眯起眼睛望去,发现那是一大群黑压压的乌鸦,无数乌鸦安静地站在大楼顶端一动不动,如同一顶古怪的黑色花冠。

这可不是什么好兆头。我的脑袋又开始疼痛。

大楼的门紧紧锁着,贴着黄色封条,透过蒙尘的落地玻璃我看到了自己的形象:穿着卷起袖子的肮脏衬衫,头发散乱,满脸污痕。短短几个小时,我就从系着真丝领带、端坐在办公室里啜饮咖啡的中产者变成了这副狼狈模样。够了,5秒钟以后,我就能让这一切结束。见到她,拒绝她,无论她提出什么要求。

我从地上捡起吸毒者丢下的空酒瓶,用力向玻璃门砸去,砰!瓶子立刻粉碎,警铃声响起,接着迅速微弱下去,一定是这一声最后的呐喊令其电池耗尽了能量。

"要跟人打架的话,酒瓶可以随时变成刀子,但一定要记得,用整瓶啤酒去砸才能造出锋利的刃口，空瓶子的话，会碎得只剩下一个瓶颈握在手中。"放学的路上，乔如此对我说道——他似乎什么都懂，见鬼。

我开始捶打那扇门，捶得如此用力，以至于整条街道都回荡着拳头与玻璃碰撞发出的闷响声。我不知道警察是否会赶来，铜矿路是这座荒芜城市中机器人最密集的地方，州财政拨款维护着这条主干道，为破产的城市留下最后的尊严。在这一刻，我心中甚至生出一个想法：如果警察现在能够将我拘捕，也未尝不是一件好事，在缴纳罚金之后，我就可以乘坐警车前往中央车站，头也不回地离开这里，再不回来。

"喂！"

琉璃的声音响起。

心脏传来熟悉的疼痛悸动，这一声呼唤犹如闪电击穿灵魂。

我的动作静止了，透过玻璃门看到自己目光游移的倒影。我这一生从未感到如此狂喜，也从未感到如此恐惧。直到这一刻，我才明白一路彷徨只是自欺欺人的伪装，深藏心底的炙热情感一旦打开缺口，冲动就化为滚滚流淌、散发着毒气的熔岩，为了见到她，我愿意与魔鬼签订契约抛弃一切！但她是真实的吗？在这么多年之后？是否我抬起头来，看到的只是镜花水月的幻影？

"喂，上来吧，别闹了。一楼的门是打不开的。"

我慢慢抬起头，动作如此缓慢，以至于全身上下每一条肌肉都因为僵硬而颤抖。

午后的阳光穿过雾气，洒下柔软的金黄辉光，二楼一扇窗子打开了，她在那里，带着笑，轻轻挥动手臂。

我听到自己胸口传来爆裂的声音。格林童话《青蛙王子》中王子的仆人亨利看到主人变成一只青蛙之后，悲痛欲绝，在自己的胸口套上了三个铁箍，免得他的心因为悲伤而破碎。当王子被公主唤醒，忠心耿耿的亨利扶着他的主人和王妃上了车厢，然后自己又站到了车后边去。他们上路后刚走了不远，突然听见噼里啪啦的响声，好像有什么东西断裂了。路上，噼里啪啦声响了一次又一次，每次王子和王妃听见响声，都以为是车上的什么东西坏了。其实，忠心耿耿的亨利见主人如此幸福而感到欣喜若狂，于是，那几个铁箍就从他的胸口上一个接一个地崩掉了。

此时此刻，我胸口的铁箍正因无限巨大的幸福而一个接一个地爆裂，那些为了不再想起她而筑起的钢铁樊篱都——碎去。我是爱上公主而背叛王子的亨利，3650个自我逃避的日子过去，这一刻，我获得了新生。

"消防楼梯在大楼后面，慢慢爬，有些地方生出了青苔，有点儿滑。"她说。

"知道了。"

懊恼、疼痛、疲惫、失望、愤怒如初雪融化，心情瞬间平静得如同冬季月光下的密歇根湖。这种改变让我觉得奇怪，但又不纠结为何奇怪，仿佛知道任何不合理的事情都一定可以得到合理的解释，也就不再在意解释本身了。此刻，我的心脏仍在剧烈地跳动，但手指已不再颤抖。

我绕到大楼背后，在遍地垃圾中找到消防梯，小心地踏着滑腻腻的苔藓攀上二层。跨过一道门槛（也可能是一道窗棂），我见到了琉璃。

她穿着白色棉质T恤衫、蓝色背带裤，戴着白色耳机，头发短短的，明亮的眼中带着笑意。在这一刻，我突然发觉其实一直以来我都不记得琉璃的样子，就算刚看过她与我12岁夏日的合影，一转眼，她的脸孔就会变得模糊；但我如此确定现在站在眼前的人就是她，她并非泛黄照片上的空洞笑脸，而是温热的、活生生的、散发着水蜜桃香味的氤氲光影，就算闭上眼睛，也能感到她的存在，那个12岁女孩笑靥如花的灵魂。

一种名为"幸福"的甜蜜物质被心脏泵入四肢百骸，我心中充满了舒适的温暖与辛酸的疲惫，打量着对面的女人，不愿挪动视线一秒。

"大熊，我以为你会变很多，没想到还是这副模样。"琉璃歪着脑袋打量我，露出尽力忍住笑的表情。她脸上擦着几道黑黑的机油痕迹，手上戴着脏兮兮的工装手套，看起来刚才还在工作。

"那个，全都弄脏了，还划破了几处……谁让你把信藏在那种地方的？"我有点儿尴尬地掸着衬衫上的泥土，鼓足勇气反过来质问道。

"我怕你的记忆不容易恢复，就想办法尽量帮帮你。看来你都想起来了，对吗?"琉璃的眼睛弯弯的,几道俏皮的鱼尾纹出现在眼角。

"想起了很多。"我回答道,"我居然会彻底忘掉乔的存在,真是太奇怪了……还有惨剧发生的那天晚上。乔是死于暴动的游行者手中吗?对不起,我不应该提起的。"

琉璃用黑色的眸子盯着我,"没关系。这么说,你还没完全想起来。或许只到这个程度就够了吧……大熊,你愿意为我做一件事情吗?"

"愿意。"我回答道。

"可我还没有说是什么事情。"琉璃惊讶道。

"那你说说看。"我说。

"是关于……"琉璃开口。

"愿意。"我再次回答道。

"让我说完!"琉璃怒道。

"好吧。"我说。

"我要你陪我去做一件事情,可能会死的——不,应该说一定会死的吧。"琉璃犹豫地说。

"愿意。"我说。

"为什么?"琉璃显得有些不解,"我知道你和乔的关系,如果你想起了最要好的兄弟的事情,应该会帮助我的,但你明明没有全想起来……"

"想起什么?你可以告诉我吗?"我问。

"不,别人告诉你的话,你会认为那是一个谎言。"琉璃指着自己的太阳穴,"只有相信这里。靠自己吧,大熊。在此之前,你还愿意帮我吗?"

"愿意。"我说。

"好吧。"她说。

她带着我穿过房间。房间乱糟糟地堆满图纸,一台老旧的电脑显示着机械的复杂蓝图,墙角高高摞着罐头盒子和啤酒易拉罐,空气中有一种机油混合了烟草的熟悉味道。"啊,抽烟吗?"她掏出烟盒抛过来,"在大城

## 拯救世界

市不太容易买到香烟吧。"

我很自然地吐出尼古丁凝胶,抽出一根烟衔在嘴里,"有火吗?"

"什么?"琉璃停下脚步转回头,"哦,抱歉。"她摘下耳机揉成一团塞进兜里,"正在听歌。喏,打火机。"

"谢谢。"我接过打火机,点燃香烟。在我所居住的城市,这一举动意味着高达 50 元的烟草税、环境税与健康税,还要加上体检报告上的鲜红图章。不过此时,我感觉到的只有醇厚的舒适感。让咀嚼片见鬼去吧!这才是真正的尼古丁!

琉璃在前面带路,我跟在后面。她的头顶只到我下巴的高度,从这个角度可以看到她如男孩一样的短短发梢、长长的脖颈和裹在 T 恤衫里纤细的背影。我今年 32 岁,那么她今年也 32 岁了。不再交谈的 20 年,未曾见面的 10 年,她都经历了什么?她是否嫁人生子?为什么她还逗留在这座毫无希望的城市?她为何要给我写信?她要我帮忙的事情又是什么?

这些问题我一个都不想问。就这样一起行走,望着她的背影,就够了。

我们走出房间,穿过一条短短的回廊,推开一扇门,来到一个平台。

"喏,就是这个。"琉璃指指前方,倚在护栏上望着我,"希望你喜欢。"

我没有说话。

"吉姆-吉姆尼"机械修理公司的圆柱形大楼是中空的,房间呈环状附着在楼壁,中央是一个巨大的柱形空间。我先看到许多大口径不锈钢管被电缆、液压机构和油管缠绕着向上延伸,抬起头,就发现那其实只是一截小腿而已,膝部轴承关节以上是直径更粗的钢管和液压机构,在胯部与联动机构相接,具有应力结构的多节脊椎托起不锈钢栅板覆盖的胸腔和凯芙拉多层垂帘防护的腹腔,胸腔中装有动力核心,而腹腔则安放着变速器和传动装置,肩部轴承通过锁骨结构连接胸腔与上臂,手臂的液压结构更加复杂,能直接将动力输送到每一根手指末梢,脊椎顶端带有减震系统,上面安放着半球形的头颅,头颅处敞开一扇气密门,露出乘员舱的点点灯光。

巨大的机器人静静地站在大楼内,看起来像剥去皮肤与肌肉的金属巨人标本，又像放大千万倍的小学生劳动课手工模型。它的外形毫无美感可言，比例失调，管线外露，而结构设计更充满了幼稚可笑的缺陷，那是只有小学生才能想出的异想天开的设计语言。

但我对它是如此熟悉。

这是我和乔花费大量时间在秘密基地中设计出的巨大机器人，我们管它叫"阿丹"，那是伊斯兰教经典里全世界第一个男人的名字。我们画下无数图纸，对每一个数据详细推敲，激烈讨论着动力系统的配备，为乘员舱的位置伤透脑筋……这是我们最棒的作品，而那些日子是我们最好的时光。

如今，"阿丹"从少年涂鸦的稿纸走入现实，它是如此巨大，以至于我一直仰头观看，几乎弄伤了脖子。

"喜欢吗？"琉璃微笑问道。

02∶58

"就连数据……都与图纸上的一样吗？"我望着巨大的机器人，声音在空洞的楼内回响。

"高24米，重190吨，臂展17.4米，步幅9米。"琉璃靠在护栏上点燃一根香烟，介绍着这个庞然大物。

"动力系统呢？"我努力回想着当时的设计，空想的世界里不需要什么逻辑性，我们完全可以给"阿丹"安装一台10万马力的核裂变发动机，再在它的全身装满火神机关炮、导弹、激光发射器和电磁炮，但当时，我与乔只是非常谨慎地设计了一台峰值输出为3.5万马力的氢能源燃料电池发动机，使用传统的轴传动加液压系统，而不是更加方便的发电机——电动机结构。

这时，头顶有振翅声传来，几只乌鸦围绕着机器人盘旋几圈，嘴里衔着亮晶晶的螺丝钉和铜线，穿过半透明太阳能天花板的破洞飞走。

"这些小偷很喜欢发光的东西，慢慢就越聚越多了。"琉璃吹了声口哨驱赶乌鸦，"抱歉啦，大熊，就算拼了老命我也找不到合适的动力核心，现在安装的是来自报废坦克车的两台罗尔斯·罗伊斯牌V12共轨增压柴油机，最大输出功率4200马力；变速器则来自海岸警卫队的德尔塔IV巡逻快艇残骸，是ZF公司出产的9挡液压变速箱，修复它花了我很大力气！胸口部分两台柴油机的输出功率经液力变矩器传递至腹部的变速箱，从变速器经万向传动装置输出至裆部的分动器，分动器再经万向传动装置送往各个驱动桥。轴输出提供轴向力，头颈、四肢一共有5个液压系统，液压系统提供径向力。"

"才4000多马力，这样的马力重量比只能让它勉强动起来而已吧。"我脱口道，同时心中默默计算着数据。

"喂喂，端正一下态度吧，老兄。"琉璃探出身子拍拍机器人的大腿，"在没有任何人帮助的情况下，我一个人做成了这么厉害的大家伙，你是要继续吹毛求疵下去，还是动脑子想想你面前的女人应该得到什么样的称赞？"

"这太棒了，琉璃。我不知道该怎么表达。"我说，"我小时候做过的无数梦里面最酷的一个，就是驾驶着巨大机器人与坏人展开殊死搏斗……但你做了一件毫无意义的事情，这样的机器人，一点价值都没有！"

对面的女人突然眉目弯弯地露出微笑，"好吧，反正还有一点时间，我们可以好好聊聊这个话题，你喝啤酒吗？虽然不冰，不过幸好还在保质期之内——我们有多久没见面了，十几年？"她一边说着话，一边从背带裤兜中掏出控制板，在上面点了几下，嗡嗡的电动机工作声传来，我们脚下的平台开始沿着大楼内壁的螺旋形轨道旋转上升。

"10年整。"我回答道。随着平台的移动，我可以自下而上将巨大机器人的细节一览无余。所有的非标准件应该都是身边的这个女人用车床手工制造的，精度很差，也没有经过打磨抛光，焊接点显得非常粗糙，电路和油路走线混乱，应当由凯夫拉防弹材料覆盖的腹部其实只是挂上了几层破烂帆布而已，让机器人更像一具缠着裹尸布的骷髅。长期从事的职业让我不得不以挑剔的眼光审视这个作品，从设计师的角度来说，这简直是一个灾难。

但同时，我的心脏在剧烈跳动，仿佛童年的自己想要跃出胸膛、将这伟大的造物拥入怀中。我无法表达心中的激动，全身上下每一个细胞都在惊叹、战栗，就算故作镇静，说话还是会带上颤抖的尾音。乔当年制作的那个精美机器人模型正是按照"阿丹"的设计图完成的，如果他如今还在世，会不会同我一样，在这个巨大的机器人面前欣喜若狂？

平台升至轨道顶端，"咔嗒"一声停止下来，从这个角度可以清楚看到机器人头部乘员舱的内部构造，同设计图一样，里面的空间非常狭小，一张座椅悬浮在200支柔性液压支撑杆中间，星罗棋布的仪表和按钮布满座椅前的操作台，几盏绿灯亮着，象征着机器人处于电路自检完毕、可以启动的状态。这一切都与我们当时的设计一模一样，甚至连指示灯的位置都没有改变。

"你没有对图纸做一点改进吗？12岁孩子画出的图纸？"我悄悄攥紧衬衣一角，以防自己发出激动的喊声，口中吐出的却是挑剔的言语。

"不用怀疑了，这就是你们的'阿丹'，大熊。"琉璃轻轻抚摸着机器人的钢铁皮肤，"无论合理还是不合理的地方，我都完全重现了。"

"可是……'阿丹'它并不科学，从理性的角度……"我艰难地挤出几个字。

"那又怎么样呢？"秘密基地里的充电应急灯照亮乔的脸庞，12岁男孩扬起眉头，那种充满理想主义精神的天真表情并未死去，穿越漫长的时间，在20年后的黑发女人脸上重生。

02：30

我的工作是为罗斯巴特公司设计机器人。在机器人三定律的基础上，

## 拯救世界

罗斯巴特集团生产的模拟神经元中枢处理器给机器人带来独立思考的能力，这种生物计算机具有 2.5 亿万个神经细胞，其工作原理与人脑相当类似——尽管与具有 1000 亿神经元的人脑相比，它在归纳、判断、联想与抽象化思考等方面远远不足。

在州议会修改宪法之后，机器人的生存权利得到了承认，与此同时，"制造"机器人转变为机器人的"生殖"。之前罗斯巴特公司制造的 200 万名具有人工智能中枢的机器人成为原始族群，它们开始竞争社会工作岗位，为自己的生存赚取金钱，自由结合为伴侣。有人担心这些由金属和集成电路组成的异类不具有繁衍后代的自然责任，但事实证明这种担心是多余的，即使不加以规定，机器公民也很愿意建立"家庭"，并且共同抚育后代。200 万名原始机器人分为 1025 种型号，每种型号的外形与功能都完全不同，而同种型号间又由于批次、零配件和装配工艺等原因出现差异，这些差异成了某种遗传基因，在"生殖"过程中被保留且放大，最终形成了家族的决定性特征。

两名机器公民伴侣联合提出生殖申请，经州立管理委员会通过后转交罗斯巴特集团高级定制部门办理，定制部门将根据机器人伴侣的主观意愿（在允许范围内对某种特征的强调）及客观因素（显著特征、付出的金钱）计算出下一代机器人各项数据的模糊边界，将关于外观设计的部分外包给控股子公司完成，最终由集团工业机械部门完成制造。

我的工作就是根据高级定制部门给出的数据边界，设计出崭新的机器人，从某个方面来看，这与上帝的工作并无不同。多年以来，成千上万的新时代机器人从我工作室电脑屏幕上的草图变为实体，遗传显示出恐怖的力量：崭新的机器人形态开始出现，旧式的机器人被社会淘汰，用尽最后一丝电力，变为阴暗小巷里生锈的废铁；结构更合理、效率更高、更美观的机器人走上工作岗位，用勤恳高效的态度赢得雇主欢心。由人类控制生育率和生殖过程，这是州政府锁在机器人脖颈上的最后一根锁链，没有人能否认机器人正在让这个世界变得越来越好，但直至今日之前，我都没有认真考虑过机器人存在的意义。归根结底，作为人类的创造物，它们的自然使命到底是什么？

这个问题的答案曾经非常简单。

琉璃坐在我身边，喝着一瓶温热的啤酒，她身上的气味没有丝毫变化，挂着两道油泥的侧脸被阳光照亮，尘粒在她鼻尖短短的绒毛上轻盈飞舞。"呸！真难喝。"她有些恼怒地放下瓶子，"明明还有几个小时才到保质期的，却已经酸成这个样子了！"

"我是说，人形机器人是最不科学的东西。"我说。我裸露在外的手肘不小心触到她的臂膀，比20年前更加强烈的电流透过皮肤、肌肉和骨骼，闪电般刺穿了我的心脏。

"为什么？说说看。"琉璃侧过头来问。

我们肩并肩坐在一张双人床垫上，半透明天花板上站满了乌鸦，浑浊不清的阳光穿透雾气和太阳能玻璃照进室内，把这间起居室割成光暗分明的两半。阳光已经倾斜了，或许用不了多久就会天黑。床垫、衣柜、冰箱、水槽、电脑、工作台和电唱机，屋里的一切显得陈旧而凌乱，没有任何带有女性特质的物品，甚至没有一面化妆镜。只有靠近琉璃身边，那种淡而甜蜜的水蜜桃香味才会提醒我主人的身份，房间也因此变得温暖起来。

"还需要说明吗？一直以来，人形机器人都只是科技企业向社会展示技术的手段而已，双足行走是人类在进化过程中为了解放双手而必须承受的原罪，机器人没有任何理由花费大量资源重现这种不科学的行进方式，双足机器人能够胜任的工作，更廉价且可靠的履带或多足机器人可以完成得更好。而巨大的人形机器人，那只是动漫作品中不切实际的幻想吧……"我想了想，如此回答道。

"那你和乔当初为什么对巨大的人形机器人那么痴迷？"

琉璃的这句话问得我哑口无言。

我们一起沉默下来。琉璃抬手用遥控器打开电唱机，扬声器传出齐柏林飞艇的《十年飞逝》，我们静静地听吉米·佩吉令人心碎的吉他声在昏黄的阳光里回荡。一曲终了，下一首歌曲的前奏响起，手表上的鲜红数字不断跳动，提醒我必须得主动开口说些什么。"距离那天正好10年，真是个巧合呢。"我说，"你的父亲……他还好吗？"

| 拯救世界

"和他的老工友一起住在400千米外的新移民城市,依靠遣散金生活,每天进行8小时的虚拟工作,赚取一点儿网络信用点。他挺后悔当初的选择,不过人一旦选择了放弃,就再也没有机会了。"琉璃淡淡地回答道,"有一次他在电话中说起他很羡慕你爸爸,'死在最好时候的幸运老杂种'——这是他的原话。"

我苦笑着摇摇头,"毕竟我们还活着,不是吗……我突然想起我与乔对巨大双足机器人着迷的原因了。"

"因为那很酷。"琉璃放下啤酒瓶哈哈大笑起来,"对吗?"

"没错。"我不由得随之露出笑容。

我想了很多。"机器人"一词由"苦役"、"奴隶"的词根变化而来,其存在的原始意义是为人类提供服务,但没有人会否认,这种人造物其实也是孤独人类自我欲望的表达,巨大双足机器人是对人类存在形态的极端夸张,是充满雄性特质的钢铁图腾柱。崇拜巨大机器人,实际上就是崇拜人类之存在本身。

然而,机器人的定义究竟是什么?现代文明将它定义为某种自动控制装置,具有在不确定情况下进行感知、决策、行动能力的活动机械,人工智能是这个定义的最佳表达。按照这个标准,我与乔设计出的"阿丹"根本就不是机器人,仅仅是一架人类手动操纵的大型机械而已,其本质与挖掘机并无不同。然而,自从见到这惊人的巨物之后,我未曾有一刻怀疑"阿丹"的身份,它不仅是机器人,而且是我所见过最纯粹、最粗糙与最美丽的机器人。

是的,12岁的我们认为所谓"机器人",就是具有人类形态的机器,它明明由钢铁制成,却拥有人的体形与灵活的手指,可以大步奔跑,每个关节都能够灵活转动。长大之后,形态为功能服务的古怪机器人充斥社会,我早已忘记了孩提时的想法——这真是可笑,还有什么能比巨大的人形机器人更酷?

01∶59

我们像昨天刚见过面的老友一样毫不陌生，聊的却是阔别 10 年的遥远话题。我们听着枪花、黑色安息日、滚石、涅槃和皇后的老歌，谈着笑着，喝光了半打临近保质期的啤酒。阳光逐渐西斜，室内昏暗下来，我突然想起一个问题，"你给我的最后期限是什么意思？我的手表显示还有一个多小时就到了，会有什么事情发生吗？"

"啊，对不起。"琉璃不好意思地说，"我这个人不大容易做决定，所以喜欢定下一些期限帮助自己下定决心，那个期限只是这些啤酒的保质期到期时间而已，好在我们把它们喝光了。"

"帮助你下定什么决心？"我举起空啤酒瓶，借着暗淡的阳光瞧了瞧，果然马上就要过期了。我丢下酒瓶后问。

"下定决心启动'阿丹'。"她回答道。

"它还从来没有启动过吗？就算引擎试机也没有？"我问道。

琉璃点点头。暮色中看不太清她的脸孔，只有一双明亮的眼睛在发光。"维修公司关闭以后，每个人都离开了，只有我偷偷留了下来，如果被警察发现的话，一定会被判非法入侵罪吧……幸好后面的解体厂还有很多零件留下来，而机器警察对低于 55 分贝的噪声没什么反应，我才能慢慢地建造这台机器人，就算这样，也才刚刚完成呢。"她说道。

"你独自在这里生活了 10 年？就为了这台人形机器人吗？你的生活来源是什么？"我惊讶地问。

女人露出了笑容："废弃的城市可是一座金矿呢，你不知道那些黑市商人肯为一个小小的机床轴承花上多少钱……这并不重要，重要的是，你现在出现在这里，愿意帮助我一起启动机器人。10 年前我决定独自完成这一切，可几个月前，'阿丹'即将竣工时我才发现，一个人根本没办法操纵这样复杂的机械，机器人的原始图纸上没有电脑控制的总线结构，'阿丹'没办法自动保持姿态，要改为程序控制的话，相当于将'阿丹'重新建造一遍，而且……那样做的话，'阿丹'又与那些杀人犯有什么差别呢？"

"杀人犯？你说那些机器人？"

"没错。造成惨案的人，住在白色高塔里的怪物，杀死乔和你父亲的元凶，毁掉这座城市的家伙。"琉璃平静地吐出带着深深仇恨的字眼，"那些能够思考的机械。"

"所以，你要做的是……"我脑中产生不祥的预感。

"为乔复仇，为你的父亲和我的父亲复仇，为这座城市复仇。"琉璃伸手指着窗外，透过积满尘埃的玻璃窗，在雾气沉沉的城市中央，罗斯巴特公司的白色高塔静静矗立在暮色中。

我不知该说些什么。自从见到"阿丹"的那一刻起，我就想到了这种可能性，但当可能性真的成为事实，这疯狂的想法还是令我震惊。"琉璃，在现在的法律框架里，机器公民与人类具有基本同等的权利，毁灭机器人的存储芯片等同于一级谋杀的重罪！就在前几天，一名专门向流浪机器人下手的零件贩子因35桩机器人谋杀案件而被判处605年监禁，大陪审团全票宣判罪行成立！这些你知道吗？"我猛地站了起来，大声说道。

"那你还愿意帮我吗？"她露出了熟悉的表情，微微挑起眉毛，抿着嘴，用眼睛直直盯着我的双瞳，那种倔强而决绝的表情20年来未曾改变。一旦认定一件事情，就算上帝也不能迫使她改变意愿。

"我愿意。"在大脑反应过来之前，一个声音脱口而出，替我做出回答。

在这一刻，我不知道自己在想些什么，只看到面前女人嘴角的曲线慢慢舒展，绽放出一个破冰的灿烂笑容。"从小就是这样，我一直搞不懂你，但不知道为什么，有事的时候又总想找你帮忙。"她伸手拍拍我的肩膀，"我与乔在一起的时候很多次想去找你，不过乔说你是要考上大学、走出这座城市的人物，不想耽误你前进的脚步……其实你一点都没变呢，大熊。"

这个时候，千百个念头突然涌进我的大脑。我的地位，我在另一座城市高尚而安逸的生活，我崭新的公寓，我的汽车，我的职业，我的狗，我的妻子——哦，我可爱的大狗。脑中的天平开始倾斜，理性的天使开始在托盘上迅速增加砝码。那些砝码，是我如今拥有的一切；而突然间，感性的恶魔浮现于脑海，用一句话就改变了微妙的平衡：别蠢了，自从接到信的那一刻起，你的命运就已经注定了，你奔波千里回到这座城市的原因，不就在于此吗？在你曾经被封锁、如今破茧而出的记忆里，不是藏着对这个你一手塑造出来的现实世界的深深仇恨吗？你以为已经彻底改头换面，可光鲜的外表下又藏了些什么？你躲得掉那些阴暗的回忆吗？戴上眼镜就看不到机器公民身上的鲜血了吗？你的灵魂，不正在死去的城市那郁郁不散的雾气中夜夜挣扎，想要找到一个彻底的解脱吗？

西装革履的我在脑中捂脸哭泣，满面纯真的12岁少年撕开考究的手工西服，从自己体内出生，接着幻化为22岁青年扭曲的脸。大火燃起，城市在呻吟，高大的机器人塑像"大卫"成为明亮的火炬。那一夜，我并非旁观者，我的喉咙很痛，因为整夜在嘶吼毫无意义的言语，我的手中握着沉重的不锈钢撬棍，撬棍上沾着鲜红的血，不知属于谁的鲜血。无论从城市的哪个角落抬头望去，都能看到那座白色的高塔，机器人警察消失无踪，撬棍落下，溅起腥臭的霓虹。

"要我做些什么？"我缓缓抬起头，"另外……那一夜到底发生了什么？"

"你马上就会知道。"两个问题，得到了一个答案。

01 : 35

她带着我走出房间，乘坐移动平台来到巨大机器人的头部，"乘员舱是为一名驾驶员设计的，所以会很挤，这得怪你，毕竟图纸是你画的。"琉璃抱怨了一句，伸手抓住扶手，身体灵巧地荡进驾驶舱，陷进柔软的座椅中。"过来，坐在我后面。"她招手道。

"现在看来，这应该是很幼稚的设计吧……"我苦笑着上前，踩着横七竖八的液压支撑杆走入驾驶舱，勉强在她的身后挤下，我们俩的身体立刻紧紧地贴在一处，连一丝空隙都没有，我得努力扭转脖颈，才能避免把鼻子埋在她的发丝中。

"因为这是乔的心愿。"琉璃说,"他曾经无意中提起你们的秘密基地,所以当见他最后一面的时候,我完全明白他最后的遗言。'进入秘密基地,拿到图纸,造出巨大的机器人,然后……复仇!'这是他的心愿,我没办法拒绝。"

她按下一个按钮,舱门缓缓下降,接着"砰"的一声完全闭合,换气扇嗡嗡启动,四周变得一片漆黑,唯有狭窄的瞭望窗有光线射入。

几秒钟后,星星点点的灯光从黑暗中亮起,无数萤火虫般的五彩指示灯将我们包围其中,仪表、按钮、旋钮、拨杆和手柄浮现四周,这一切都与我童年的梦想一模一样。而在那些羞于启齿的梦里,我并不是独自驾驶机器人奔驰于高楼之间,在我身边,就有着这样一个水蜜桃味道的女孩。

我甚至不用询问那些仪表和按钮的功能,这一切都太熟悉了。我拨动座椅右上方的开关,座椅传来微微的颤动。"这是开启液压减震的开关,对吗?"我确认道。

"没错,不过发动机还没有启动,现在油泵是没有动力输入的。"琉璃回答道,"头顶上有一个操纵杆,把它拉下来,那就是我要你负责的事情。"

我伸出双手,从天花板上拉下操纵杆,由于座位上挤了两个人,操纵杆很别扭地垂在琉璃胸前,我只能从她腋下伸出手去握住左右两个手柄。"抱歉。"我说。"没事。"她说。这个操纵杆是设计来控制武器系统的,不过,我没在"阿丹"身上看到任何武器。

"我用尽办法,都没能搞到重型武器,管制实在太严格了。"琉璃果然如此说道,"现在这个手柄是用来控制机器人的上半身动作的。人形机器人的平衡很难掌握,我只能尽量操纵双腿双足完成走路、小跑和跳跃的动作而已,没办法兼顾上肢,无数次模拟都失败了。当没有任何办法的时候……想起的就是你。"

我试着扭动一下左右手柄,手柄各分为三节,末端有五个小拨杆,不难理解它与手臂关节、手指的对应关系。"我懂了,当时我们设计由驾驶员的双脚负责脚步动作,双手通过这种手柄控制手部动作,但我们把双足机器人的下肢平衡看得太简单了，仅仅是慢走就要花费很大精力去控制，随时根据陀螺仪和角速度传感器的读数进行微小调整。真是幼稚的想法。"我感叹道。

"不仅如此，还要根据上半身的重量转移进行相应调整，注意脚下平面的坡度、高度差和障碍物高度，控制步幅和功率输出。"琉璃握着复杂的操纵杆摇摇头，短短的头发弄得我鼻子痒痒的，"真是让人手忙脚乱呀……"

"对了，油箱的续航力怎么样，以80%功率输出的话？"我在右侧找到油量表、功率表、转速表、水温表和油温表，由于没有启动，这些仪表都还没有读数。

琉璃想了想，"大约够运行一个小时吧，油箱再大的话，重心就不平衡了。"

我点点头，"那么我总结一下，你想用依照12岁儿童画的图纸、由一名女工程师独立建造、没有任何武器装备、管线全部裸露在外面、装甲薄得像纸片一样、续航时间只有一个小时、机械传动、手动操纵、从来没有经过试机、连能不能发动起来都成问题的人形机器人，来对抗罗斯巴特集团成千上万的机器人，包括巨大的工业机器人、全副武装的警察，甚至自动推土机？"

"没错！"听到这些话，琉璃的情绪反而高涨了起来，"就是这样！我的目标是推倒那座高塔，把这个罗斯巴特集团的阳具狠狠地折断！而且是用乔留下的宝贵财富——这架真真正正的机器人来做，让他们瞧一瞧什么叫蓝领工人的真正力量！"

过于露骨的话听得我哭笑不得，"我们做不到的，琉璃，在走到白色高塔之前，我们就会被击倒在地，从七层楼的高度跌得粉身碎骨！"

"这么说，你还是没想起来。"琉璃突然冒出一句话。

"没想起什么？"我莫名其妙地问。

"算了。"她说，"总之，计划就是这个样子，还有什么问题吗？"

我知道无法劝阻她，只能答道："没问题了，我们什么时候开始？如果现在开始熟悉操作，在你的模拟舱里试运行几次，我想 3 天后就可以正式启动了。当然也要做好最坏的打算，万一出现水温过高、漏油、总线及冗余总线失效等状况，要有应急预案。另外，我可以回一趟家把事情安排好，然后帮你改进几个地方，其实油管可以藏在骨架内的，钢管本身预留了走线的空间，不过设计图上为了表现出油路与电路，没有做隐藏处理……"

"现在就干。"

"好的……什么？"我愣住了。

"我们现在就出发，大熊。"琉璃没有回头，"如果说这世界上有个我最对不起的人，那么一定就是你了。我知道你故意与我们疏远，这令我也很痛心，我不想把乔从你身边夺走，甚至跟你成为陌生人……可是我不后悔自己的选择，乔是我遇见过的最出色的男人，直到现在，我都记得我们肩并着肩坐在纪念广场观看烟花的情景，那是我这辈子心跳得最厉害的时刻。"

我没有作声。

"我知道你总在某个角落瞧着我。就算在台上唱歌的时候，我也能看到人群中的你。我什么都明白，大熊，我令你伤心了。过去那么多年之后，我又把你叫过来，害你抛下所有的一切，帮助我去做一件彻头彻尾的蠢事……我是个自私的坏女人，大熊。除了你之外，我想不到任何人可以依赖，而你……"

"真啰唆。"我说，"现在就出发的话，我得先把手机关掉，以防一会儿有人打扰。"

琉璃的肩膀微微颤动着，透过紧紧依偎的身体，我能感觉到她细微的颤抖。甜蜜的桃子味道从她的领口传入我的鼻尖，穿过她腋下的双臂能感觉她肌肤的细腻与温暖，这些感觉犹如苦涩的毒药，随着血液传遍每一条血管，我默默咬着牙关，装出一副满不在乎的样子。

过了好一会儿，她突然开口道："大熊，你结婚了吗？"

"结婚了，妻子是个不错的女人。我还有一条总是嚼遥控器的大狗，名叫布鲁托。"我回答道，"你呢？"

"当然，我的丈夫是个不怎么喜欢回家的男人，不过非常帅气。你们俩没准儿会很投缘。"她笑着说。

"我猜也是。"我说，佯装没有看到她侧脸上滚落的液滴。

她笑道："不用给家里打个电话吗？"

我说："不用啦，都是大人了，狗也很乖。"

她说："那么我们数一、二、三，一起按下启动开关，好吗？"

我说："好啊，要踩离合器吗？"

她说："虽然是自动变速箱，启动时也是要踩离合器的。"

我说："那么是数到三的时候按，还是数完三以后才按呢？"

她说："干脆就数到二的时候按吧。"

这是我们小时候常有的对话。

"一，二。"

我们的手指在红色启动按钮处汇合。这一瞬间忽然感觉非常安静，我几乎以为启动电机不会工作了，几秒钟之后，迟来的机件运转声传入耳鼓，两台罗尔斯·罗伊斯牌V12高压共轨涡轮增压柴油机的第一和第十二气缸活塞同时压缩，燃油被高压点燃，紧接着，所有的气缸依序燃起，雄浑有力的机械噪声从驾驶舱下方传来，两台V12发动机奏出令人心旌动摇的低沉鼓点，毫不掩饰的响亮排气声从机器人背部的四个排气管爆裂而出。琉璃松开离合器，缓缓提升转速，来自装甲车的大功率柴油机如同群狮咆哮，排气管响起一连串急促如马蹄落地的爆鸣声。

在这一刻，我几乎能想象整座城市的机器人警察同时放下手中的工作，转动摄像头向这个方向望来，一万只乌鸦轰然飞起，数不清的传感器纷纷传递异常数据，白色高塔里开始出现不安悸动的场景。

两百支柔性液压支撑杆温柔地托起座椅，让我们悬浮在驾驶舱中央。我与琉璃分别握紧操纵杆，以非常别扭的姿势相视一笑。

她说："第一步。"

00∶40

我按下左手边的按钮，八块悬浮在座椅周围的液晶屏幕将八个方向的画面投射在座舱内部，简单的摄像头算是机器人身上最高科技的玩意儿了吧。随着琉璃拉起手柄，油门传感器将提速信号发送给柴油机的ECU（电子控制单元），两台巨兽的鼓点噪声逐渐变得密集起来。

"转速700rpm、800rpm、900rpm……990rpm，水温60℃，机油温度80℃。"我报出头顶仪表的读数，"达到最大扭矩点了，释放固定机构吧。"

"你说那些挂钩、钢索和管线？"我怀中的女人回答道，"那不是可活动机构，直接破坏掉就好了。"

"我猜你也没有设计一扇大门。"我叹道。

"就像鸡蛋壳里的小鸡一样，我们就自己啄个口子出去吧！"琉璃的声音颤抖着，我不知那代表着恐惧、激动还是喜悦。

我身上的肌肉从未如此僵硬。全身的力气都集中在指尖，以最轻柔的动作拉起左手手柄。液力变矩器将扭矩输出给分动器，位于肩部、肘部、腕部和指部的万象传动装置获得了力量，轴承转动，油压升高，双足机器人的指尖微微收缩，完成了自己诞生以来的第一个微小动作。

紧接着，噼里啪啦的断裂声连珠响起，扯断的电线在支撑架间四处乱甩，爆出金色的电火花，高压软管喷出雪白蒸汽，数不清的固定钢索一一崩断，在齿轮、传动轴和液压系统的共同作用下，由25吨钢铁构成的巨大手臂缓缓抬高，又缓缓放下。

透过观察窗，我着迷地望着机器人的手指一次次屈伸，如同初生婴儿第一次发现自己身体般充满好奇。

"太棒了！"语言已经不能表达我内心的情绪，"这太棒了，琉璃！"我语无伦次地说道，试着控制那只巨大的手臂伸向楼壁，只是指尖的轻轻一触，整扇钢化玻璃窗就碎成颗粒纷纷坠落，金黄色的夕照从窗口洒进大楼，给这惊人的庞大造物镀上圣洁的颜色。

"冲吧，大熊！"琉璃喊道。

"好，我们上！"

我挥舞双拳。我的拳头由钢铁铸造，却比钢铁更加坚硬，一拳，两拳，钢筋水泥的大楼如同黏土模型般不堪一击，墙壁崩塌，天顶坠落，旋转楼梯像抽去骨头的蛇一样跌落尘埃。我用双手分开钢制支撑架，将"吉姆－吉姆尼"机械维修公司的橙红色大楼剖成两半。在这一刻，我就是这世界上所有的神祇，我在如雨坠落的玻璃和沙尘中昂然站立，迎接普照天地的明亮夕阳。

城市出现在我们面前。透过瞭望窗望出去，这雾霭弥漫的城市变得低矮可笑，街道显得如此狭窄，车辆显得如此微小，高楼大厦不过是触手可及的障碍物，远方延绵的废弃厂房则变为匍匐于地的墓碑。

"好，第一步！"琉璃拉起手柄，机器人左腿的髋关节、膝关节与踝关节依次运动，"轰隆！"巨大的脚掌从楼宇的废墟中拔出，横跨 8 米距离，稳稳地落在水泥路面上，发出惊人的金属撞击声。沥青路面立刻塌陷了，碎石从机器人脚掌边缘如喷泉一样涌出，紧接着，"阿丹"的右腿也迈出断壁残垣，在 10 米外沉重地落地，机器人前进三步之后停了下来，留下 4 个深陷于地面的巨大脚印。

我能感觉机器人行走时的姿态，不过，冲击和倾斜被柔性液压支撑杆抵消掉了，没想到琉璃如此完美地实现了空想中的减震结构，这可以说是巨大机器人最重要的组成部分，若没有这个结构，"阿丹"每一个简单的行走动作都会使驾驶者受到强烈冲击，令我们的大脑在颅腔内震荡引起脑出血，更严重的是导致死亡。

"没问题吧？"我问。

"没问题，状态正好！"琉璃抹去额头的汗珠，大声回答。

我们站在铜矿路中央，这条宽阔道路的尽头就是罗斯巴特公司的白色高塔，雾气遮住高塔的基座，让这栋建筑看起来像是悬浮在空中的海市蜃楼。

## 拯救世界

夕阳把一切染成金红色,一大群乌鸦盘旋在机器人头顶,发出刺耳的噪声。四五名机器人警察出现在机器人脚下,头顶闪烁着红蓝色警灯,履带底盘上的众多摄像头上下打量着"阿丹",显得有些犹豫不定。

"有一首琼·贝兹的歌,你介意听听吗?"琉璃突然说道。

"当然不介意。"我没有拒绝。

她掏出播放器,戴上一只耳塞,反手摸索着帮我戴上另一只。民谣女歌手平静的声音在耳边响起:"昨夜我梦到乔,他如同你我一般活着。"

"没有比这更合适的歌了吧。有空,我也会唱给你听。"琉璃说。

柴油发动机发出怒吼,排气管冒出浓烟,机器人的左脚高高抬起,遮蔽了机器警察头顶的最后一丝阳光。刺耳的警笛声刚刚响起就化为蜂鸣器破碎的电流噪声,受惊的机器警察立刻四散逃走,全然不顾被踩扁变成电子垃圾的同伴。几乎立刻,城市的每一个角落都响起警报,城市的死寂被砰然打碎,每一个留在这里苟延残喘的人类与机器人都竖起耳朵,倾听10年未曾出现的混乱之声。

琉璃迈出第二步,接着是第三步、第四步。她很小心地维持着机器人的平衡,我也试着摆动手臂配合她的动作。刚开始,"阿丹"的动作还像一个笨拙的提线木偶,可才走完一个街区,它就成为灵巧的匹诺曹了。我们是如此默契,以至于有时忘掉了是谁在操控,感觉是"阿丹"自己在大踏步前进。

琼·贝兹质朴而高亢地唱道:

昨夜我梦到乔,他如同你我一般活着。
可是乔,你已经死去10年了,我说;
我从未死去,乔说,
我从未死去。

那些铜矿主杀死了你,乔,

他们开枪射中了你，我说；

仅仅用枪是杀不死一个男人的，

我从未死去，乔说，

我从未死去。

前方的雾气中冲出大量机器警察，它们形状不同、装备各异，看得出来基本都是缺乏保养的前几代机器公民，或许它们之中还有我一手设计的独特个体，但那又怎样呢？如今它们只是前进道路上不起眼的阻碍罢了。橡胶子弹噼里啪啦地打在"阿丹"的胸部装甲板上，对付人类暴徒的震撼弹和凝胶弹一个接一个地爆炸开来，在"阿丹"身上留下五颜六色的涂鸦。

我随手折断一根信号塔，像打高尔夫球一样将这些警察击飞出去，它们发出凄厉的警笛声旋转飞远，带着红蓝相间的尾迹坠落于雾气当中。

"右臂的油压不太稳定，不要超过液压系统负荷。"琉璃提醒道，"你的动作太剧烈了，柴油机的水温也会升高得太快的。"

我举起大拇指做出回应。

他站在那里高大如昔，

眼带笑意。

乔说：他们杀不死的那些东西，

组织起来，

在此聚集！

踩过机器警察的残骸，前方暂时没有阻碍，距离罗斯巴特公司的高塔还有两个街区的距离，对"阿丹"来说，这只是几分钟的路程。

听着琼·贝兹歌声中那个熟悉的名字，突然，一阵突如其来的剧痛击穿了我的大脑，冰山彻底融化，回忆的最后一丝迷雾被风吹走，10年前那个夜晚的记忆瞬间清晰。

我终于想起了一切。

"等等……是我……杀死了乔?"

我终于想起了一切。

00 : 25

长久以来主宰机器人行为的是阿西莫夫的机器人三定律,但就是在那场旷日持久的工人运动中,罗斯巴特集团意识到了三定律的不足:人类将机器人狠狠砸毁,而第一原则阻止机器人出手反抗。随着新公民阶层的形成,定律得到了多方面的扩展,比如第四定律"在不违背以上原则的前提下,机器人必须参加劳动以维持自己的存在",第五定律"在不违背以上原则的前提下,机器人拥有生殖的权利及义务",当然最关键的是第零定律"机器人须保护人类的整体利益不被伤害",这条置于一切原则之上的模糊原则赋予了机器公民很大的自由度,最直观的体现,是机器人警察现在可以攻击破坏社会秩序、违背法律的人类公民。

10年前的那个夜晚,工人运动达到了最高潮,人们心底的怪物被唤醒了,情绪激动的工人将"大卫"塑像浇满汽油点燃,掀翻汽车,砸碎玻璃,冲进每一家店铺,用钢管和扳手将所有没有系红色头巾的人狠狠击倒……

这些人踏着机器人警察的碎片,高举火把拥向市中心,每一条街道都陷入混乱,流动的火焰从四面八方向城市中央集中,罗斯巴特集团的白色高塔成为暴动者的聚集点。几台大型机器警察立刻被人流冲毁,工人们开始冲击罗斯巴特大楼的正门,人群像旋涡一样暴躁不安地转动,石块如雨点般砸向玻璃幕墙,火焰燃烧声、玻璃碎裂声、咒骂声、吼叫声、爆炸声纠缠成末日的交响曲。

我本来只是这场运动的旁观者,但不知为何,当暴力成为主旋律,我也不由自主地抓起武器,融入暴乱的洪流。

这时，乔在人群中出现了。他费力地爬上一只空油桶，用扩音喇叭大声喊道："停下！这不是我们该做的事情！暴力是不能解决问题的！你们正在伤害无辜的人！"

人们暂时停下动作，广场安静下来，脸上沾着油污和血迹的工人表情木然地望着他，望着曾经被众人拥戴、后来却因观点不够激进而遭遇冷落的运动领袖。这场运动已经持续得太久，州政府、工业企业集团大财阀们与罗斯巴特集团的态度暧昧不明，尽管一个又一个补偿方案出台，遣散金不断提高，有人也对新移民城市养老安置的远景抱有了希望，可大多数人的情绪却在失望中不断发酵，最终酿成绝望的风暴。

乔一把扯下红色头巾，用尽全身力气喊叫着，导致声音支离破碎："瞧瞧你们自己的手，兄弟们！你们的手上沾满了血！那是你们父亲的血！你们妻子的血！你们孩子的血！睁开眼睛看清楚！"

无数支火把熊熊燃烧，不安的气氛在人群中传递，我茫然环视四周，每个人脸上都带着和我一样的迷茫表情。我的手中握着撬棍，撬棍上沾着不知属于谁的血迹，我记不清刚才做了些什么，只知道有种罪恶的快感在心底升高、升高……透过层层叠叠的人影，我看到琉璃站在那里，尽量扶稳那只红色的空油桶，她的身边还有许多熟悉的面孔，我的父亲也在其中。

这时，另一个方向传来呼叫声："现在我们是不可能停下的，你这个懦弱的投降者！这场运动的最高潮正在到来，如果不随着我们前进，你会连同罗斯巴特集团一起被革命的大潮完全淹没！"

乔摇摇头，"这是一条完全错误的道路，停下吧，趁现在还来得及！只要放下手中的武器……"

他的话没有说完，我偷偷拾起一块石头，用力砸了过去！

石块砸在他的额头，又落在油桶上发出惊人的巨响。

我从未如此憎恨过一个人，现在愤怒的毒药烧红了我的眼睛。永远高高在上的他，永远道貌岸然的他，永远讲着大道理的他，优秀的他，光明的他，拥有一切的他……被琉璃深情注视的他。琉璃的眸子映射着火炬的光芒，视线中载满刻骨的柔情，只要这一个眼神，就能让我的灵魂冰冻成铁，

## 拯救世界

粉碎成沙。

乔伸手捂住额头,一丝鲜血从指缝中流下,他带着诧异的表情望向这边,我立刻低下头,将自己藏在人群之中。"放下武器,永远不会太迟……还要多少死亡,才能意识到已有太多人死去,我的兄弟们?"他没有理会流血的伤口,俯下身接过木吉他,拨出一个熟悉的 G 和弦,那是鲍勃·迪伦《答案在风中飘扬》的歌词与旋律。

"打倒他!"另一个声音叫道。

歌声响起,人群稍微平静,扩音喇叭传出并不清晰的扫弦声和歌声。

"打倒他!"我突然大喊一声,高高举起手中的撬棍。

"打倒他!"安定了一瞬间的旋涡开始转动,不知是谁抛出一块大石头,准确地砸在乔的胸口。他痛楚地屈起身体,口中却仍吟唱着沙哑的民谣。在这一刻,这个站在油桶上面对一万名暴徒执着歌唱的男人显得如此幼稚,如此渺小。

第三块石头呼啸而去,我看到琉璃奋力伸出手想要挡住这次攻击,但石头还是砸中了乔的肩膀。一个趔趄后,他跌倒了下来,接着立刻被人潮淹没,最后一个和弦还在夜空中回响,音符的主人已不见影踪。

就这样,我杀死了乔。

反对的声音消失了,人流席卷了整座城市。那个夜晚的细节,我记不清楚了,只知道夜越来越深,城市被大火笼罩,每个人都累了,丢下沾血的武器坐倒在路边。工人运动领袖从燃烧街道的彼端走来,身后带着一群穿白衣的男人,还有几台怪模怪样的履带式机械。

"你们是真正的英雄,历史必将因你们而改写。"一个白衣男人的脸上带着笑意,"这是你们争取来的东西——罗斯巴特集团与州政府提供的福利。只要接受一个简单的测试,服下蓝色药丸,你们这段不太美好的记忆将会与身上的指控一起烟消云散。明天,在接受联邦政府的测谎检查之后,你们将作为斗争胜利的工人代表接受州长、工业企业集团代表与罗斯巴特集团总裁的接见,带着优厚的遣散金,在其他城市得到良好的教育机会与梦寐以求的工作。当然,这颗药丸还附带一个美妙的能力,它能消除你最想要忘掉的事情，不要浪费，兄弟们，享受无罪的胜利果实吧！"

当时，我没理解他说的是什么意思，也没有思考他与支持机器人的大人物之间的关系，甚至对他身后那台会自己行动、抽血、传递药丸和水杯的机械毫无反应。我已经累得没有力气动一动手指，更别说思考这么复杂的问题。

"老兄，那是机器人吗？"身边有人问。

"谁知道，管他呢。"另一个人回答。

机器走过来，用细小针头抽走我的血液，片刻之后将蓝色药丸递了过来。

我勉强抬起右手接过托盘，"这里面是什么玩意儿？"

"500个非常原始的纳米机器人，先生。它们解冻之后的生命周期只有100秒钟，在烧灼您的大脑海马体、封锁24小时之内记忆之后，就会自动分解，完全无副作用。当然，它也可以同时探测记忆区域中最活跃的信号，将相关的记忆链冻结起来，帮助您忘记现在脑中想到的最强烈的一系列回忆。"机器回答道。

"随便吧。"我吞下药丸。

这时，愤怒已经消退，恐惧、悲伤、悔恨的情绪开始蚕食我的灵魂，我仰面朝天地躺在马路上，望着被火焰映得通红的夜空……

我都干了些什么？乔还活着吗？琉璃……她还好吗？至于我的父亲……

乔，我亲手杀死了他，我的兄弟。

不！我只是报复了那个抢走琉璃的人而已……

我有错吗？能是我的错吗？

乔……

第2天，一片狼藉的城市和遍地的尸骸让所有人震惊欲绝，作为城市象征的"大卫"塑像被烧成了黑色的骷髅骨架，罗斯巴特集团的白色高塔找不出一块完整的玻璃。穿过冒着青烟的汽车残骸，我们找到亲人的尸体，也找到了乔。

# 拯救世界

没有人知道昨夜究竟发生了什么。事件升级了，罢工运动变为集团暴力行为，州政府很快以武力接管了城市，全副武装的国民警卫队开进城市，将丧失斗志的工人们狠狠镇压。重压之下，运动领袖无法再保持立场，只得向州政府与工业企业集团财阀们做出让步，大部分人接受了新移民城市的提案，搬迁到400千米以外的居住区，过着衣食无忧的生活，享受无报酬工作的美好幻象。

埋葬父亲之后，我拿到一笔数额惊人的遣散金，头也不回地离开这座城市，从此再未回来。

原来，那被抹去的24小时的回忆与有关乔的记忆链，就是10年来无数个噩梦的起因。

我终于想起了一切。

00 : 10

"我杀死了乔。"我说。

"不，是他们。"琉璃目视前方，透过颜色越发暗沉的雾霾，白色高塔在静静等待。

"对不起。"我说。

"应该说对不起的是他们。"琉璃平静地回答。

金属的脚掌降落在10年前浸透鲜血的地面，巨大的机器人昂然前进，用9米步幅丈量着宽阔长街。在前面一个街角，我看到邮电大楼的绿色轮廓，在那里有着我们的秘密基地，那是埋葬我纯真童年梦想和乔生命的地方。

雾中传来震耳欲聋的噪声，高大的工程机器人被第零定律驱使而来，挥舞着摇臂、铅锤和铁铲发动攻击，无数微小的清洁机器人从履带和车轮底下钻出，像潮水一样涌来，纷纷爬上"阿丹"的双腿，开始啃噬着电缆和油管。

砰！沉重的吊锤击中胸部装甲，巨大机器人的身形歪斜了，观察窗里出现深蓝色的天空。琉璃咒骂一声，用一连串操作让机器人恢复平衡。

"阿丹"抬起左腿，狠狠地踩扁一台吊车机器人，同时将小小的钢铁寄生虫们震掉在地。我用手中的信号发射塔击打着敌人，把载重卡车掀翻在路旁，用吊锤把一辆又一辆工程机械砸成铁饼。两台柴油发动机发出不安的抖动，燃烧不良的黑烟从背后排气管喷出。"阿丹"腿部开始泄漏油液，右腿液压系统的油压正在下降，但我们还在前进，机器人的残骸在身后燃起火焰，抵达目的地只剩下一个街区的距离。

"当时在乔身边的人，反对暴行的人，活下来的……"手中的信号铁塔与最后一台工程机械同时粉碎，我长长地做了几个深呼吸，开口道。

"一个都没有。"琉璃回答道，"当时我的心跳停止了，但在送往停尸房的路上奇迹般醒了过来。我想，是乔给予了我力量吧。"

"我曾四处找你。"我说。

"我藏了起来，直到所有人都离开。"琉璃说。

"我杀死了乔。"我说，"是我掷出了第一块石头。"

"你是他最好的朋友。"琉璃说。

"对不起。"我说。

"也是我最好的朋友。"琉璃说。

远方的天幕出现几个小小的黑点，我知道那是受雇于国民警卫队的飞行机器人，这种类型的机器人是近期才出现的，我肯定自己参与过它们其中几位的设计过程。尽管没有常规武器，它们却多数携带着EMP电磁脉冲导弹，这东西对机器人和人类驾驶的机械来说都是致命的威胁。愈来愈多的机器人出现在前方的道路上，更多的阴影潜藏在雾气当中，没人知道这座死去的城市里究竟藏着多少机器人，就像尸骸中暗藏的蛆虫因骚动而现身。

无数盏灯光亮起，无数个声音响起，前方密密麻麻的机器人将宽阔的铜矿路牢牢堵死。清洁机器人沿着两侧高楼的外壁爬行而来，蠕虫形状的管道机器人在雾气中扭曲不定，服务机器人点亮照明灯，零售机器人喷出

| 拯救世界

热水与液氮……每个机器公民都在用自己的方式表达对巨大机器人的愤怒以及对生存的渴望。我相信在其中看到了 T00485LL 的影子，脱离了轨道的单轨机器人笨拙地跳跃着，欢快地叫嚷着："立刻停下来！否则你们会受到制裁！"

这时我突然想到，若换个角度来看，这些会思考的机器何尝不是人类原罪的受害者？它们并没有选择来到这个世界，若不是人类这万恶的父轻率地赋予钢铁以灵魂，它们何以要承受漫长的苦刑？

它们不断地扑上来，试图在"阿丹"身上留下一点伤痕。一台清洁机器人灵巧地跃上驾驶舱，开始用旋转刀片切割瞭望窗，我奋力甩开许多敌人的纠缠，用左手拍打"阿丹"的头部。啪！破碎的躯体无力坠落，龟裂的玻璃上留下深红色的油液，就像真实的鲜血。

轰！脚掌碾过机器人组成的地毯，元件横飞，火花四溅。每一个仪表上的指针都开始进入红色区域，两台老旧的柴油机已经不堪重负，胸部装甲板整个破裂了，露出冒着黑烟的机械，腹部的帆布被撕成褴褛的布条。"阿丹"浑身上下每一根破损的油管都在喷出液体，每一个关节都在发出润滑不良的摩擦噪声，巨大机器人的步伐变得越来越缓慢，但距离白色高塔只剩下 100 米、90 米、80 米，我们能够清楚看到罗斯巴特集团的盾形标志，看到那些关闭着的、藏着怯懦无助的人类的玻璃窗。

或许我们能在飞行机器人到达前抵达目的地，倾尽全力将高塔的支撑柱一根一根折断；或许我们在那之前就会被机器人所淹没，化作第零定律下的飞灰；或许琉璃能够原谅我；或许她真的没有恨过我；或许……乔此时正在天上看着我们。

"就算真的将高塔折断，又能怎样呢？10 年前，他们……不，我们冲进了那座高楼，将里面的一切都砸得稀巴烂，但最后什么都没有改变。"我说。

"不，我们一定能改变什么的。"她说，"此时会有无数人望着我们，听着我们的声音，责备着我们，讽刺着我们，可有一天，他们会找到事情的真相，就像你一样；然后做出一点改变，即使只是一点点，就像我们一样，这个世界就会变得不同。乔这样告诉我，我也想这样告诉全世界。"

"只能用这种方法吗？"我说。

"这是我唯一能做到的。"她说。

"我是个罪人。"我说。

"谁不是呢？"她说。

"我们会死的。"我说。

"谁不会呢？"她说。

## 00：01

我紧紧拥着此生最爱的女人，用每一寸肌肤感觉她的温度，贪婪地嗅着那蜜桃般甜蜜的滋味，带着最深刻的恐惧和最战栗的满足，就像20年前那个温暖的夏日，我们在卧室的床上如此紧紧依偎，以"二人羽织"的方式面对整个世界。我藏在她的背后，被棉被保护着，隐藏着自己的懦弱和自卑，希望这一刻延长到时间的尽头；而她，勇敢地直视着卧室窗外的甲壳虫汽车残骸，直视着机器人大会中的数千名观众，直视着铺天盖地冲来的机器人大潮。

"对不起，琉璃。"我说。

"谢谢你，大熊。"她说。

乔在天国抱着吉他微笑。

"阿丹"伸出残破的双手，穿过无数阻拦，终于拥抱到了那座沉默无言的白色高塔。

夕阳中，飞行机器人的影子升起，火光闪烁，烟花灿烂。

机器人大会上的夜空升起灿烂花火，照亮三个孩子的身影，亲密的两个，孤独的一个，那是我此生看过最美的焰火。

**拯救世界** ───・

00∶00

不知从何处而来的风，吹散了这座城市浓厚的烟尘。
即使只是一瞬。


### 后　记

每个男孩的梦里都有机器人、摇滚乐和带着甜蜜水蜜桃气味的女孩。仅以此篇幼稚童话向浦泽直树、木城雪户等大神致敬。另外，每章节标题的倒数时间其实是与 Bon Jovi 的 *Dry County* 对应的，不妨找来当背景音乐听，即使是流行摇滚乐队，也应该因这首歌而被永远敬仰。

宝树 ● 人人都爱查尔斯
　　　　　虚拟世界中的沉醉

# 拯救世界

## 一

他进入了太空,宛如获得自由的鱼儿跃入了水中。

透过"飞马座号"的舷窗向下看去,最初是灰色的城市和棕色的小镇,然后是绿色的农田和黄色的沙漠,很快一切都被白茫茫的云海覆盖。等他钻出云海,已经在太平洋上空,世界变成了一个蔚蓝色的曲面,隐约显出巨大的球体轮廓,北美大陆是天边一线,亚洲隐藏在弯曲的海天线下面,整个地球被裹在一层朦胧的光晕中,那是大气层。而在他头顶,点点星光已经从暗黑色的天穹露出头。随着引力的减弱,他感到了失重,虽然身体被牢牢固定在座椅上,但是仍然感到自己在飘浮着。飞行器仿佛翻了个儿,太平洋的无尽海水悬在他头顶,而身下是黑暗的无底深渊,让他有一种错觉,觉得自己不是在太空,而是安睡在大海的底部,一切显得恬静而悠远。有那么几秒钟,查尔斯·曼觉得自己是世界上最远离尘嚣的人,似乎可以永远就这样飘荡在地球之外的空间里,融入大自然的高远纯净。

但他很快想起来,不,应该说他一直都知道,这是一个不可实现的幻想,整个世界都在看着他,至少有10亿人在观看他的"直播"。"飞马座号"正在世界最高规格的航天飞行大赛——跨太平洋锦标赛之中。现在飞船正在大气层外以9.7马赫的高速射向太平洋西岸,目的地——日本东京。

像弹道导弹一样，参加比赛的飞行器往往在飞行中途进入太空，以便最大限度减少空气阻力。在太空中，为节省燃料，飞行器基本依靠惯性飞行，重新进入大气层后才会启动发动机。因此有那么几分钟，查尔斯悠闲自在地观赏着窗外的蓝色星球，听着座舱里的爵士乐，甚至发布了一条脑写的"维博"：

"我感到自己离地球前所未有的远，在这一刻，'我'的存在，世界和我，变成了相对的两极，我就是我，不再是地球上芸芸众生的一分子，而是孤独的宇宙流浪者……"

"飞马座号"的电脑屏幕上清楚地显示出了他的位置，他大约在阿留申群岛上空，一大队蓝色光点正从星星点点的岛屿上空向西移动，一个醒目的红点在它们前列——正是"飞马座号"。他的背后有100多架飞行器，前面有3架，"飞马座号"排在第四，还算不错，但还不足以取得名次。最前面的飞行器已经在100多千米外，排第三的那架离他也有10多千米。似乎是为了提醒他，背后一架银白色的飞碟迅速接近，很快从只有300多米的近处悠然掠过他的左面，像一颗流星那样划过。那是乔治·斯蒂尔的"仙女座号"。

"查尔斯，今天怎么不行了？"通话频道中传来斯蒂尔的讥笑，"泡妞花的时间太多了吧？"

"乔治，我只是在休息，欣赏欣赏太空美景，对我来说，比赛尚未开始。"

"恐怕对你来说，比赛已经结束了，伙计。"乔治反唇相讥。

"不，比赛现在刚刚开始。"查尔斯冷冷地说，接着按下了一个按钮。

骤然间，"飞马座号"抛掉了整个尾部，宛如蜕皮新生的蝴蝶。新露出的尾部喷管中吐出蓝色的强光，标志着核聚变发动机启动了！查尔斯感到了加速效应，有一股力量压着他，让他几乎喘不过气来，这种熟悉的感觉却让他热血沸腾。减轻了一小半重量之后，"飞马座号"的速度短时间内提升了2.2个马赫，轻松地反超了"仙女座号"。

"嘘！"查尔斯吹了一声口哨。

"这不可能！你怎么可能有……12马赫的速度！"

**拯救世界**

"东京见,乔治。"查尔斯说,"如果你的小飞碟能撑到那里的话。千万别掉海里,我可不想在庆祝酒会上的生鱼片里吃到你的戒指。"他知道上亿人都通过广播听到了这句俏皮话,嘴角泛起得意的微笑。

似乎为了印证他的预言,身后的"仙女座号"颤抖起来,显示出自己已经达到速度的极限,但它仍加速了一小段,进行了一番绝望的尝试,最后不得不放弃。

"你等着吧,查尔斯,总有一天……"乔治在电波里气急败坏地叫喊着。

查尔斯大笑着,风驰电掣,飞向前方,核聚变发动机全力运转着,将飞行器的速度推向顶峰。

"卡伦斯基!哈米尔!田中!游戏开始了!"

以梦幻般的速度,"飞马座号"超过了一架又一架飞行器,很快重新进入大气,启动了防护罩。空气在它周围燃烧起来,"飞马座号"宛如灿烂的火流星划过太平洋的天空,落向日本列岛。

在离东京不远的海上,"飞马座号"最后超过了田中隆之的"天照号"。为了安全降落,"天照号"不得不在离东京还很远的时候就开始减速,而"飞马座号"却嚣张地没有减速,从"天照号"的头顶飞过去,然后飞过了东京上空。

"查尔斯,你去哪里?再不停下来就要飞到西伯利亚了!"耳机里传来教练的警告。

但查尔斯在飞过东京后才开始全力减速,绕了一个圈子再飞回来,仍然赶在"天照号"之前降落在东京奥林匹克体育场的草坪上。查尔斯看到,满场的观众都起身为他鼓掌欢呼。

"查尔斯,恭喜你蝉联了冠军!"教练在耳机里说,"颁奖仪式将在一个小时以后举行,你准备一下致辞吧。"

"你代我领奖好了,"查尔斯说,"我还有一个浪漫的樱花约会。"

"别耍性子,这次是爱子天皇亲自颁奖!晚上还有日本读者的见面会,你要赏樱花,明天我们会安排的。"

"我对这些没兴趣，"查尔斯大笑，"仓井雅在等我。"

"查尔斯，你实在是太……"

然而"飞马座号"已经再度起飞，在众目睽睽之下升到高空中，消失在东京的高楼广厦间。

## 二

突如其来的微微刺痛让宅见直人睁开眼睛，有好半天他都没反应过来自己身在何处。这是他的房间，只有七八平方米，一张榻榻米就占了一半，另一半是一张电脑桌，没有别的家具，不过他需要的也就只是这两样东西。

直人坐起身来，才意识到自己已经有七八个小时躺在床上，膀胱憋得有点儿发疼。许久没有进食，血糖已经低到了危险的程度，所以手腕上的健康监测仪才会报警，如果再不吃点儿东西，健康监测仪就会断定他已经昏迷，直接向附近的医院发出求救信号。

直人去厕所撒了泡尿，倒了一杯矿泉水，打开放在电脑桌上的药瓶，瓶子里是满满的高纯营养片，富含人体所需要的主要营养成分，并且能抑制胃酸的分泌，吃五片就相当于一顿饭。当然这玩意儿的味道不敢恭维，和塑料泡沫差不多，但是既然每天都可以享受鹅肝、松露和鱼子酱之类的顶级大餐，谁还在乎这些！

直人倒了十片营养片，就着冷水吞服下去，然后打开电脑，调出一个界面，分秒必争地敲打着对一般人来说毫无意义的数字和符号。他在为一个金融管理软件编写代码，这份工作枯燥无味，好在收入不菲。但他每天最多工作两个小时，这是能够维持他每天在这个小房间里靠吃营养片活下去的最低工作时间。他不想为这种生活付出更多劳动，但也没法干得更少了。

"必须赶快，"直人一边干活一边想，"不能再这么割裂了，这会破坏好不容易形成的内在协调性，必须快点回去……最多再有5分钟……"

| 拯救世界

但是偏偏有人呼叫他，直人皱了皱眉头，打开对话视频，一个胖胖的短发女孩子蹦了出来，是住在隔壁的朝仓南。她做了一个表示可爱的表情，"直人，你在吗？"

废话。"在啊。"

"告诉你一个好消息，你知道吗？查尔斯来了！"

又是废话，直人想，"我听说了，怎么？"

"是查！尔！斯！"朝仓强调说，"查尔斯·曼，你的偶像！他刚才拒绝了天皇的颁奖，说去和仓井雅约会了，现在这新闻轰动了整个网络！不过听说晚上他在银座那边还有一个读者见面会和签名售书活动，这是千载难逢的机会，不如我们去看他好不好？我有一本他写的《彼岸之国》，想让他签名呢！"

"对不起，"直人根本没想就拒绝了，"我很忙，我要工作。"

"可你每天都在房间里工作，花两小时出去走走都不行吗？何况今天是查尔斯——"

"我赶着要交任务呢。"

"可是——"

"对不起，再见！"直人径自关掉了视频对话。

幼稚的女人，浪费我的宝贵时间，直人想。他知道朝仓暗地里喜欢他，可是在和伊丽莎白·怀特、玛丽安娜·金斯顿、宝拉·克劳齐亚、杨紫薇等世界各地的艳星名媛有过肌肤之亲后，再对着朝仓那张小圆脸，他实在提不起兴趣。何况朝仓的存在总让他想起自己到底是谁，而他现在最不需要的就是找到自我。

不行，不能再在这个房间里待下去了。多待一秒钟都会令人发疯。直人草草地结束工作，推开电脑，在榻榻米上躺下去，闭上眼睛，营养片已经开始消化，虽然胃里并不舒服，但是至少没那么饥饿了，可以再撑七八个小时。

建立连接通路，他感觉到信息在传递，脑电波变为电磁波，又变成中微子束，然后再次变为电磁波和脑电波。

重力感同步：我站在什么地方。

触觉同步：微风从我身上吹过，带着春天的暖意和海洋的潮润。

听觉同步：风声和婉转的鸟啼。

视觉同步：满目粉红粉白，凝结为千万树樱花，在春天的绿意中绽放，一个穿着和服的女郎跪坐在樱树下，眉目如画，绽放笑靥，是仓井雅！

而我是查尔斯，独一无二的查尔斯。

## 三

"飞马座号"在箱根的一个小湖边降落。

仓井雅在湖边的一片樱花林中等他。正值春深，这里的樱花开得艳如云霞。地下已经铺上了洁白的野餐布，上面摆好了精致的鱼片、海胆刺身和清酒。仓井雅穿着宽松的青缎和服跪坐在一棵樱树下，见到他，温柔而不失妩媚地一笑，"嗨，查尔斯。"她用流利的英语说。

"嗨，小雅。"查尔斯在她身边坐下，揽住了她纤细柔美的腰肢。

"我刚刚看了直播，"仓井雅说，"查尔斯，恭喜你再次蝉联世界冠军，干一杯？"她用白皙的手托起了小巧的酒杯。

"那个吗？算不了什么。"查尔斯接过酒杯一饮而尽，顺便在她吹弹可破的脸上亲了一下，"你知道，我这么快飞过来，全是为了见你……"

"骗人！"仓井雅笑盈盈地说。

"真的，我们已经有好几个月没见了，我一直在想着你。"

"想着我？"仓井雅歪着头，似笑非笑地说，"哼，那你和克劳齐亚小姐是怎么回事？"

查尔斯微微有些尴尬，含含糊糊地说："她……其实你们都是很好的姑娘，都跟我的亲人一样……"

仓井雅聪明地没问下去，换了个话题："对了，我最近拍的那部电影你看了吗？我送了你首映式的票，不过你没来。电影叫作《北海道之恋》。"最后五个字她咬得字正腔圆。

"当然！你演得棒极了，宝贝。"查尔斯抚摸着她散发着樱花清香的秀发，"我非常喜欢……"他努力回忆仓井雅扮演的人物名字，可惜想不起来，"……你演的那个角色，情感诠释得太到位了。"

仓井雅的嘴边露出了一丝浅笑，她知道这意味着世界上已经至少有1000万人听到了这句话，很快就会有上亿人在网上查询她演的电影，好莱坞仿佛已经在向她招手。"那查尔斯你说，你最喜欢哪一段呢？"她撒娇地问道。

"当然是……是结尾的那段，我觉得非常、非常感人……"查尔斯说，忙设法岔开话题，"对了，这里不是风景区吗，怎么一个人也没有？"

"这一带是私人的地产，地主是三上集团的总裁，他听说你要来，所以免费让我们在这里约会，不会有人打扰的。"

"替我谢谢他，这里真的很美。"查尔斯望向四周，富士山头的皑皑白雪在远处发亮，千树万树的樱花在春风中摇曳着，落樱如雨，飘向凝碧的湖面，空气中都是清新的芬芳。

"这里会让梭罗妒忌得发狂，"查尔斯深深吸了口气，"我有一种预感，如果我住在这里，或许可以写一部比《瓦尔登湖》更优美的作品。"

"瓦尔登湖？是什么？"仓井雅不解地问。

"是……没什么。"查尔斯露出狡黠的笑容，"小雅，你尝试过在樱花树下……"他咬着仓井雅的耳朵说了一句悄悄话，当然世界上无数人还是听到了。

"坏蛋，就知道你不肯放过我。"仓井雅咯咯笑了起来。

查尔斯搂住了半推半就的仓井雅，这古怪的和服是从哪里解开来着？哦，是在后面……

远处传来马达声响，打破了湖边的宁静。查尔斯回过头，看到一个蓝色的小点在天边出现。"不会又是那些狂热的粉丝跟踪吧……"他咕哝着。

但那个小点迅速变大，旁边出现了双翼。查尔斯很快看到了机身上的日本国旗和下面的一行英文，这居然是东京警视厅的空中警车。

警车在湖边降落，就停在"飞马座号"边上，一名女警从警车里出来，大步走到他们面前。

"先生，你是查尔斯·曼？"她用口音很重的英文问。

"是的，你是要来签名吗，小姐？"查尔斯嬉皮笑脸地盯着面前的女警，她很年轻，算不上美丽，但身材挺拔，神态庄重，自有一种英姿飒爽的气质。

"查尔斯·曼先生，"女警面无表情地说，"我们怀疑你涉嫌从事恐怖活动，按照我国的反恐法律，请你跟我们回去协助调查，你有权保持沉默……"

我？恐怖活动？难道这是某个拙劣的恶作剧？查尔斯回头望向仓井雅，但仓井雅也是一脸莫名其妙的表情。

"等等，什么恐怖活动？"

"低空超速飞行，"女警简略地解释说，"超过2马赫已经违法，超过5马赫就是对城市的严重威胁，被视为有恐怖袭击的可能，而你刚才的速度超过了10马赫！按照《日本反恐特别条例》第七章第八十二款，必须立刻拘留审问。"

"开什么玩笑，你不知道今天有比赛吗！"

"是的，比赛有特殊规定，在一定区域内可以获得豁免，但是你很快再次起飞，速度仍然超过了法定额度，且这次飞行不在比赛的范围内，所以我们必须逮捕你。"

"你们要逮捕我？就因为超速飞行？这简直……"查尔斯怒气上涌，忍不住要大骂，但他很快控制住了自己。查尔斯，保持风度，记住有1000万人在你身后。

"你们不能这么做，这太荒谬了！"仓井雅匆匆穿好了衣服，上前护着查尔斯，然后她开始用日语和女警快速交涉起来，伴随着各种激动的手势。

不过查尔斯看出来这没有意义，对方不会退让的，警车里还有几个膀大腰圆的男警员。"好吧，"他平静下来，做了个打住的手势，耸了耸肩，"有机会参观一下日本的警察机构也不错,小姐,我将来可要把你写到小说里,你不会反对吧?"

"随您的便,"女警似乎松了口气,"如果您需要和律师联络的话……"

"已经找了,"查尔斯指了指自己的脑袋,意思是他的律师已经看到了直播,"对了,能否请问你的芳名?"他已经看到了她的胸牌,但上面是他不认识的汉字。

女警犹豫了一下,然后微微垂下眼睛,"细川穗美。"

"细川——穗美,"查尔斯重复了一遍,"你能否答应我一件事?"

细川穗美用询问的目光望着他,查尔斯摊了摊手说:"你破坏了我的一个约会,所以等这件事完了之后,你可要赔我一个。"

"查尔斯先生,"细川说,脸有些发红,忘记了其实应该称呼他为"曼先生","让我提醒你,骚扰警官在日本可是重罪。"细川的语气中带着几分恼怒。

但查尔斯分明在她的眼神中看到了一丝喜悦。

一股狩猎的兴奋从他的心底升起。


四

按照规矩,查尔斯被戴上手铐,在几名警员的押解下坐上空中警车,被送往东京警视厅,仓井雅被警方拒绝随行。一路上,查尔斯一直和穗美搭讪,穗美冷冷地不理他,但脸上偶尔也会露出笑意,旁边几个男警员的脸色自然要多难看有多难看。

当他们到达警视厅大厦的楼顶停车场时,几家本地新闻社的空中采访车已经闻讯赶来。还有一群粉丝不顾阻拦,喊着支持查尔斯的口号,驾着私人飞行器强行在楼顶降落,警视厅不得不又出动了七八辆空中警车,调来了几十名警员维护秩序,场面一团混乱。查尔斯在一群警察的簇拥下向入口走去。穗美在他身边,由于拥挤,常常尴尬地碰到查尔斯,触到他健美的身体。

"你知道吗,"查尔斯对穗美笑着说,"上次我在马尼拉搞签售会的时候,一大群菲律宾人冲过来要我签名,简直是人山人海……我倒没什么,人群中一个女人摔倒了,后来才知道被挤得流产了,真可怜。"

"真的?那太不幸了。"穗美忍不住说。

"真的,不过也有一个好消息,我边上一个女孩被挤怀孕了。"

"啊?"穗美一愣才反应过来,好不容易才忍住笑,"又编瞎话。"

"真的!"查尔斯一脸无辜,"最倒霉的是,她居然说那孩子是我的!"

穗美终于忍不住扑哧一声笑了出来,然后说了句什么。但查尔斯什么也没有听见。周围突然奇怪地死寂下来,一点声音也没有。只看到人头攒动,闪光灯此起彼伏。随后,重力感也没有了,查尔斯如同悬在自己的身体里,仿佛要飞起来,触觉也随之而消失。

然后画面变为一片花白。他缓缓睁开眼睛,只觉得头脑昏沉沉的,头顶是陋室斑驳的天花板,身边的机箱还在嗡嗡作响。

他过了片刻才想起来,他不是查尔斯,只是宅见直人。

直人不知道发生了什么事,摇摇晃晃站起来,坐到电脑前上网查询,看到网上也在议论纷纷,无数人在破口大骂警方无事生非,不但看不成仓井雅的激情戏,还导致直播中断。不过很快有人给出了答案,东京警视厅出于保密原则,进行了中微子屏蔽,外界暂时无法接收到查尔斯的直播了。

"可恶的条子,正事不干,就知道妨碍大家!"直人大声咒骂着,在房间里转着圈。天知道直播要中断多长时间,2小时?8小时?难道要超过24小时?那他该怎么办?整整一天里他不能再成为查尔斯,他们为什么不干脆戳瞎他的眼睛,扎聋他的耳朵?

他平静了一下,打开编程软件,想再编一段程序,但怎么也集中不起精神,一行内连着出了好几个错,根本干不下去。直人绝望地摔下键盘,躺回到榻榻米上,辗转反侧,只觉得每一块肌肉都不自在,像毒瘾发作一样难受。周围的一切感知都是陌生的,查尔斯的感觉离他越来越远,他本

## 拯救世界

该高高飞翔的灵魂被困在宅见直人的卑微肉体之中。

门铃突然响起来。

终于有可以转移注意力的东西了。直人跳起来,走到门口,在门边的显示屏上看了一眼门口站着的人,一个矮矮胖胖的女孩,是朝仓南。

"怎么是你?"直人拉开门,没好气地问。

"我……"朝仓窘迫地提起手上的一个饭盒,"我下午做了便当,想请你尝尝。"

"我不……"直人看了看朝仓涨红的脸,终于把冲到嘴边的拒绝收了回去,"好吧,谢谢你。"

他去接便当,但是笨手笨脚地竟没接住,饭盒摔在地上,热腾腾的鳗鱼饭和油炸天妇罗撒了一地。"对不起,"朝仓忙蹲下收拾,"我怎么没拿稳……"

直人突然感到一阵惭愧,"不不,没有的事,是我没接住。"他赶忙也蹲下来收拾起来。

他们手忙脚乱地弄了半天,总算把地板收拾干净了,朝仓很沮丧,"唉,可惜这些饭都不能吃了。"

"没事,其实我吃过了,一点儿不饿……"直人犹豫了一下,"那个,进来坐坐吧。"

朝仓走进房间,四下看着,直人觉得脸上有点儿发烧,"不好意思,房间太乱……"

朝仓却嘻嘻而笑,"男生的房间都是这样的嘛……我是这么听说的。宅见君,你每天就在房间里工作吗?"

"嗯,"直人倒了杯矿泉水给她,"如今在家里工作的人很多,何况我的工作只需要一台电脑就够了。"

"那你每天不出门,不和外面的人接触,难道不闷吗?"

"一点儿不闷,我可以……上网。"直人犹豫了一下说,"网上什么都看得到。"

"那是两码事,"朝仓认真地看着他,眼中充满了关怀,"你应该多活动活动,我看你脸色不太好,好像很久没出门了?"

"我没事……"直人含含糊糊地说。这时朝仓看到了床头一个硕大的黑色六边形箱体,"这是什么?"

"没什么,这是电脑配的设备……"直人不想多说,但朝仓已经认出来了,"这是……中微子波转换器!难道你在接收感官直播?"

"这个……你怎么知道?"直人反问。

"我朋友里美家有个一模一样的。"朝仓说,"她说是用来收看感官直播的,可是我不知道具体怎么用。"

"这是一种接收中微子波并转换成电磁波的装置,"直人解释说,"用中微子通信可以直接穿过整个地球,延时最少,所以是最方便的,但因为技术原因,脑桥芯片无法接上笨重的中微子发射器,只能以电磁波的形式发送信号,通过附近的转换器变成中微子波束,再通过另一端的转换器变成电磁波。对了,你收看过感官直播吗?"

"没有。"朝仓叹了口气,"我一直觉得这东西很可怕。"

"可怕?怎么会?"

"别人的视觉、听觉、触觉传到你的大脑里,感觉好像是被妖魔附体了一样。"

"哈,哪有那么严重……"直人笑着摆手,"恰恰相反,是你附在别人身上,你可以看到他看到的,听到他听到的,知道他生活的每一个细节,多有意思!"

"说得倒也是,像我最喜欢的言真旭和金东俊,要能知道他们在干什么也挺好的。"

"言真旭好像没有开通感官直播,金东俊……我帮你上网查查,"直人在键盘上敲击了一阵,"有了,他去年开通了直播,每天大约有两个小时直播时间。"

朝仓也挤到电脑前,念着弹出视窗上的几行大字:"你想和东俊哥合体

## 拯救世界

吗？在东俊哥深邃的脑海里触摸他的灵魂，和东俊哥一起生活和工作，向你揭示韩国演艺圈不为人知的秘密……"

"哇！好厉害！"但她很快又露出了害怕的神色，"可是听说接收广播要切开大脑做手术，很疼的，这我可不敢。"

"没那么吓人，只是一个小手术，植入一块带发射器的脑桥芯片，并且和各感官对应的脑神经连接，如果没有它，你不可能收到外来的广播，也不可能建立感官协调性。现在全世界有上亿人都做过这个手术了，日本就有将近 500 万人呢。"

"可是手术费用应该会很贵吧？"

"不贵，你肯定能负担，不过要接收金东俊的直播倒是价值不菲，你看这里写着——这些优惠条款都是虚的，不用管——每小时 998 日元。如果你每天都接收两小时的话，一个月得要六七万日元。"

"这么贵啊？"

"要不然金东俊为什么会开感官直播呢？"直人冷笑，"多少粉丝想要知道偶像的生活是什么样的，他眼中的世界又是什么样子，用他的眼睛和耳朵去感知是什么感觉，就是 10 万日元一小时也有许多人愿意，当然财源广进了。这还是韩国的，好莱坞那些大牌明星的直播价格更高得离谱。不过你放心，在他们设定的直播时间里，你不可能看到任何真实的东西，那些宴会啊、旅行啊、慈善活动啊，一切都是刻意美化的，只不过是变相的演戏罢了。"

"这么说感官直播也没什么意思嘛……"

"那些娱乐明星当然没有意思……"直人眼中闪着热烈的光，"但是也有一些非常有意思的直播。有一个名人，他每天基本 24 小时打开直播，而且全免费，你可以看到他生活中任何一个细节，完全是真实的人生，光明磊落，绝无虚假。他不是那些脑子空空如也的明星，他有思想，有情趣，是一名才华横溢的作家，还是一名飞行家，而且还投入了慈善事业——"

"等等，你说的就是查尔斯？"

"是的，就是……"直人勉强把那个"我"字咽下去，"……查尔斯·曼，世上独一无二的查尔斯，那个大写的'人'。"他轻轻叹息了一声，脸色沉了下来。

查尔斯，我真正的自己，你现在怎么样了？

五

"你可以走了。"细川穗美的身影出现在拘留室门口，冷冷地说。

查尔斯一副早在意料之中的样子，他从椅子上站起来，看了看表："还不到7点，晚上一起吃饭？"

"我还有工作。"穗美还是淡淡的样子，"走这边。"

"你刚才不是说不能保释吗？怎么现在又放我走了？"

"你的那些崇拜者，"穗美没好气地说，"至少有10万人堵在警视厅门口，简直要把整座大厦给拆了。他们要求立刻恢复你的直播，半个东京的交通都瘫痪了。真不知道你这样的人怎么会有那么多人喜欢！"

"因为有支持者抗议，你们就放了我？"

"既然你不是恐怖分子，上面决定这件事就不必追究了，警方不会起诉你，走吧。"

"不，"查尔斯摇头，"如果你们不打算起诉我，又为什么要抓我？我要求一个合理的解释，否则我不会离开警视厅。"

"你……"穗美瞪着查尔斯。一个高大的金发女人适时出现在她背后，"这完全是日本警方的失误造成的，你们应当向曼先生道歉。"

"丽莎，"查尔斯招呼自己的经纪人，"我等了你半天，你怎么现在才到？"

"麦克唐纳那边已经处理好了，"丽莎对查尔斯点点头，"查尔斯，因为你当时并没有离开飞行器，所以可以视为比赛并未结束，顶多是意外偏离航线，在箱根迫降……你没有违反日本法律，他们无权扣留你。日本警方应该为浪费你的宝贵时间正式道歉,我们将在各大媒体发表声明,并保留法律追究的权利。"

"算了,"查尔斯大度地说,"只要这位美丽的小姐和我共进晚餐,警方那边我可以全都既往不咎。"

穗美忍不住想反唇相讥,但电话铃声急促地在她耳边响起,接通之后,她的脸色微微变了,是警视总监亲自打来的。

"查尔斯,"丽莎拉过他,低声说,"你必须尽快离开这里,恢复直播。现在有几百万人在网上抗议了。"

"干吗那么急?难得清静几分钟。"

"不,你必须尽快恢复直播。"丽莎的口吻不容拒绝。

查尔斯看了丽莎一眼,她脸色平静,看不出喜怒。查尔斯不禁有些发怵。当他刚刚出道,诸事不顺遇到人生最大瓶颈的时候,丽莎·古德斯坦主动来到他身边,帮他打理一切,无论是比赛、写作还是公众活动,都是她安排的。在查尔斯的灿烂星途上,丽莎功不可没。但查尔斯一直谈不上喜欢丽莎,甚至有些怕她,可他知道自己离不开她。近年来,随着查尔斯的事业越来越如日中天,丽莎也越来越多地顺从他的意思,但每当丽莎坚决表示自己意见的时候,查尔斯还是无力否决。

"好吧。"他不情愿地说。

丽莎也放缓了口吻,"查尔斯,你知道随时有1000多万人收看你的直播,有120万人每天收看5个小时以上,有30万人差不多无时无刻不在收看你。因为你的广播几乎从不中断。人们信任这一点,刚才的广播中断了一会儿,已经有很多人无法忍受了。"

"但他们可以收看别人的,全世界至少有10万人开着直播。"

丽莎笑了,"别人怎么能跟你比?你可是独一无二的查尔斯。不过别忘了,每天都开直播的人可不少,许多人想取代你,如果你再不继续直播,可能有很多人会转向其他直播者,这对你会很不利。"

"是的,我……明白了。"穗美挂断了电话,板着脸对查尔斯说,"查尔斯先生，我在此代表东京警视厅向你郑重道歉。"说完，她深深鞠了一躬。

查尔斯笑了："没关系，我想尝尝日本的小吃，现在你能陪我一起去吧？"

穗美不置可否，"请这边走。"

丽莎脸上现出了暧昧的笑容，侧过头在查尔斯耳边低声说："整个世界都在看着你们，征服她，收视率会再翻一番的。"

六

"宅见君，你怎么了？"

"嗯？"直人回过神来，发现朝仓正关切地看着自己，"对不起，你说什么？"

"我是问你，收看别人的感官直播是什么感觉？"

"这个很有趣，"直人想了想说，"首先需要一个磨合阶段，无论收看谁的直播都是这样。一开始不会很顺利，你看到的颜色不像颜色，声音不像声音，好像是在看20世纪的2D电影，有一种无法形容的古怪。人与人的感官生理上差不多，但神经元结构上总有微妙的差别，所以你必须非常努力才能把握这些感觉的意义，更不用说体会其中的细微差别了。你会有好几天都觉得是云里雾里，很不真切，然后某一天，突然像顿悟一样，你便能真正感到那些感觉是自己的了。"

"你能感到那个人身上所有的感觉吗？"

"差不多是所有的，视觉、听觉、触觉、嗅觉、味觉、重力感、冷热感……以及身体痛苦。比如，如果直播者的手被一根针扎了，你也会感到同样的尖锐刺痛感，不过因为信号经过过滤，在强度上要低一些，这是对接收者大脑的一种保护。你知道英国歌手菲利普·波尔特吧，3年前他在直播的时候，突然被一名狂热的粉丝在其腹部连捅十多刀而死，2万名收看者同时痛得死去活来，其中近500人立刻昏厥，30多人因此猝死……那是轰动世

| 拯救世界

界的大新闻，从那以后国家就加强了对接收者的保护，以防直播者遭遇险情时危及他人。"

"嗯，那么……"朝仓问，"快乐呢？直播能传递快乐吗？"

"这个……"直人想了想，"一般来说，无法直接传递快乐，因为快乐涉及人整体的状态，不是个别的感觉。但某些生理性的愉悦感是可以传递的，比如享用美食的感觉。"

"那你也不知道对方在想什么了？"

"是啊，无法知道。各种感觉都有固定的脑活动区域，但是思想没有，思想是大脑各区域协调工作的产物，不可能定位到具体的部分，而且依赖于特殊的记忆模块，难以一一对应地传递。实际上，正是因为思想无法传递，人们才敢于进行直播，因为他们心中还能保留一块自己的隐私之地。"

"所以，收看一个人的直播是什么感觉呢？"朝仓越发好奇了，"你能看到他看到的，听到他听到的，就像活在他身体里那样，但是你又不知道他在想什么？而且也无法控制他的身体动作？感觉好像自己的身体被别人控制了一样，那应该很别扭吧……"

"你说得不错。"直人的谈兴被勾了起来，突然很想倾诉他这几年的心得，"但请注意，这只是第二阶段！下一阶段就是建立意识协调性。也就是说，你要和他建立同步的思想活动，以配合他的动作，就好像那是你自己的动作一样。"

"这怎么可能呢？"

"有点儿难，但并非完全不可能，你必须尝试。首先得学会放弃自己多余的想法，习惯直播者的生活和做事方式，当然也要学会理解他用的语言。当做到这些之后，你在大部分情况下就可以像直播者那样去思考和行动。实际上，这并不像你想象的那么艰难。人大部分的念头和行动基于身体感受，当把后者视为'自己的'之后，也就得到了打开前者的钥匙。比如面前有杯香喷喷的咖啡，端起来喝一口不是很正常的动作吗？"

"但是……总有一些事情是接收者无法想到的吧？比如一些比较高级的思维过程和决定。"

"呃，是的……所以需要你用心去体会。但也有一些技巧，你必须什么也不去想，把自己的内心空出来，让接收到的感觉带着你走，这样经过一定时间，你会感到自己渐渐和直播者建立了冥冥中的感应，就好像你变成了他本人一样。"

"那你只能和一个直播者建立这种关系吧？"

"理论上当然不止一个人，不过同一个对象是最理想的。如果经常调换接收对象，就很难保持意识协调性了。"

"可这是为什么呢？"朝仓问。

"什么为什么？"

"为什么你要在感觉上成为直播者本人呢？这不是过分的想法吗？我们希望了解直播者，并不代表你要成为他本人啊！何况这也是不可能的。"

"怎么不可能？！"直人有些恼火，"你没有尝试过，所以完全无法体会那种奇妙的感觉，那种灵肉合一的理想状态，那种你真正拥有另一种生活、另一种人生的感受……否则你就不会那么说了。"

"嗯，大概是我不了解，"朝仓无意争辩，"不过直人君，你也应该多出去运动一下啊。附近新开了一家体育馆，我每天都去打球或者游泳，我们一块儿去吧？"

直人觉得有些可笑，他今天刚飞行了上万千米，从地球的一边飞到了另一边，现在这个小姑娘要带自己去运动？她懂得什么！

不过查尔斯的直播看来一时半会儿无法恢复，那么不管怎么说，总需要做点儿什么来打发时间，或许这也是一个不错的选择，总比在家里不知干什么好，不如……

"这么说的话，"直人点点头说，"我就——"

"叮咚"——提示音在他耳边响起，脑桥的芯片将讯息传达进他的脑海，天，查尔斯的直播又开始了！

"我就过两天再去吧，谢谢你！"直人忙打了个哈欠，"对不起，我有点儿累，现在想先睡一会儿……"

"可是……"朝仓无力地抗议,但终于被直人请了出去。

直人关好门,热血沸腾地躺下,觉得眼前的陋室又变得美好而温馨,接下来会发生什么?我会和仓井雅、细川穗美还是其他什么人在一起?做什么事情?怎样打发这个美好的夜晚?

无论如何,真正的生活又开始了。

## 七

查尔斯戴着墨镜,手里拿着一串章鱼丸子,坐在秋叶原街头的一家小吃店里,他津津有味地咀嚼着。细川穗美坐在他对面,面前的一碗豚骨拉面一口也没碰过。虽然稍作掩饰,但店里的不少客人还是认出了他,跟他打招呼,查尔斯也挥手致意。还不时有人来管他要签名或合影,但都礼貌有序。

穗美左右看看,稍稍松了一口气,"你就这么大摇大摆地坐在这里,不怕被那些粉丝围堵?"

"不怕,我的粉丝当然会第一时间收看我的直播,既然他们可以直接看到我在干什么,为什么还要跑来围着我们?对了,你怎么不吃面?"

"我……还是没法适应,"穗美觉得自己脸上在发烧,"这种1000万人都在盯着我们的感觉……"

"不是盯着我们,"查尔斯笑嘻嘻地说,"是盯着你,1000万人在通过我的眼睛看着你。"

"反正感觉很不对劲。"穗美嗔道。

"刚见面的时候,你可没那么紧张。"

"因为我不太清楚这些什么感官直播的玩意儿,刚才你跟我说了我才知道的。这是近几年才兴起的吧?"

"不,有10年了,我是最早进行直播的人之一。"

"哦,对,不过近几年才在东亚普及的。日本是一个重视个人隐私的社会，我很难想象如何完全公开自己的一切。"

"并不是一切，"查尔斯微笑着说，"至少我上厕所的时候一定会暂时关闭直播，要不然可太臭了，没人爱看。"

"但是你的各种生活，甚至那种……事情……"穗美不由吞吞吐吐起来。

"你是说性爱？"查尔斯直言不讳，"这是人正常的生理需要，没什么可隐瞒的。"

"但毕竟是个人的私事呀。"

"但全世界都在看着你酣畅淋漓地享受的感觉也是很棒的，"查尔斯对她眨眼睛，"仓井雅说她很喜欢呢。"

"她？当然喜欢了！"穗美撇了撇嘴，"她就是干这个的。"

查尔斯大胆地继续发动进攻，"也许你应该尝试一下新的生活方式，现在天体运动在日本也流行了，何况——"

"听着，查尔斯先生，"穗美有些羞恼地直视着他，一字一顿地说，"不是所有人都欣赏你这套生活哲学。因为不得已的缘故，我受一些上级人士的嘱咐尽力招待你，但吃完这顿饭，我们从今之后再也没有任何关系，你懂吗？"

看来是块难啃的骨头。查尔斯摊了摊手，"当然，那是你的自由。"

曾经有好些个女孩对我说过类似的话，查尔斯想，因为她们对暴露在公众面前最初有一种本能的恐惧，但是不久后，她们就离不开这种被全世界关注的美妙感觉，她们会一个个爱上这种新生活，放弃之前的固执……细川穗美也许会和她们一样，但如果不一样，或许更有意思……

三个七八岁的男孩蹦蹦跳跳地走到他们身边，打破了两人间的沉默，对查尔斯说："こんばんは！"

"Konbanwa！"查尔斯知道男孩说的是"晚上好"的意思，于是笑着照样学样。

孩子们用日语叽里呱啦地说了一堆话，查尔斯不解地看着穗美，穗美只好充当翻译："他们说下午看了你飞行的直播，说很喜欢你，将来也要做像你这样的大飞行家和作家。"

查尔斯摸了摸一个男孩的小脑袋,"孩子,做不做作家或者飞行家并不重要,重要的是,做你自己,去做你心里想做的。"

"可是我就想当一个飞行家,太帅了!"男孩说。穗美在一旁继续充当着翻译。

"那就先做一个小飞行家!你可以先去三维虚拟机上体验一下,参加虚拟飞行比赛。"

"虚拟的太无聊了,我想开真的飞行器,就像您的'飞马座号'一样!"

"事情总要一步步来,"查尔斯耐心地说,"如果你真的热爱这项运动,首先就会喜欢上虚拟机。或者你也可以多收看我或者其他飞行家的直播,能从中学到很多东西——对了,儿童不宜时段除外。"

一番问答后,孩子们拿着查尔斯送给他们的签名照片高高兴兴地走了,穗美撇了撇嘴:"你还挺能说的。"

查尔斯笑笑:"我只是说出自己内心的想法。这是我一直坚持的价值观,每一个人都该做他自己,实现自己的价值。我不是什么高高在上的偶像,要人去顶礼膜拜。我开放直播的目的和其他人不一样,我只是想让大家都了解,查尔斯就是这样一个人。"

"你不是靠这个赚钱的吗?"穗美尖锐地说。

查尔斯皱起眉头,他最反感这种误解,"你错了,我不用靠这个生活,无论是作为飞行家还是作家,我的收入都可以维持我过一份相当舒适的生活。我的直播是完全免费的,我没有从中获得过一分钱的利润。"

"对不起,我不是那个意思。"

"没关系,"查尔斯耸耸肩,"有很多人都这么看我,我也无力改变别人的想法,我只是不希望我的朋友误解我。如果你了解我,应该知道在开始直播之前,我就发表了好几篇小说,并且拿了跨太平洋飞行赛的季军,我根本不需要靠直播来增加自己的名声。不错,这些年我顺应了直播时代的发展。现在随时都有上千万人收看我的直播,但我一向认为,我作为个人并不重要，重要的是我代表了直播的理念。这个理念并不是要摧毁个人隐私，而是共享更多的信息，分享彼此的苦乐，使得人类作为一个整体。在这个过程中，人们在从直播中丰富自己的生活经验的同时，才能更真切地理解自己的内心，知道自己的价值在哪里。"

"说得也有些道理……"穗美若有所思，"但一直有无数人盯着你的一举一动，还是太……太不自由了。"

"这么想其实是不自信的表现，"查尔斯不以为意，"我就是我，独一无二的查尔斯，即使被亿万人看着，我的自由也一点不会减少。"

"也许因为你是美国人，"穗美说，"你们美国人一向充满了自信，但日本人不是这样，从小父母都教给我们太多的礼仪，我们必须学会在别人的注视下来规范自己的行为，从而更渴望自己的私密空间。我记得，在我读幼儿园的时候，每天我和其他孩子都在一个小花园里面玩耍，说是玩耍，其实还是要遵守很多规矩。那个花园的尽头是一排树，树的后面就是墙，但事实上，在树和墙之前还有一小片空间，只是一般人注意不到。有一次，我发现了那么一小块地方，里面有几丛野花。虽然是树枝下普通的一小块地方，但我开心极了，每次都偷偷爬到那里去自己玩。我不是不愿意和朋友分享，但只有一个人在那里的时候，才会感到安静和放松。我可以一个人傻笑，或者一个人流泪，不会有人打扰。可惜过不了多久，那里被其他人发现了，好多人都跑过来，践踏那些草地，采摘那些野花，我的小世界也就毁了。"穗美有些黯然，她不知道自己为什么会和查尔斯说这些，她和其他人都没有说过，现在倒好，全世界都知道了她的童年秘密。

查尔斯有些动容，想了想说："但那是别人破坏了你的小花园，他们并不只是在一旁看着你。"

"不，有没有破坏区别不大，只要他们在那里，我的感觉就被毁了，我就不再是我自己了。难道你没有过这样的感觉？"

"这个……大概小时候会……"查尔斯第一次有些犹豫，"不过现在早就没了。"

穗美看着他，眼波流动，"那么我倒有一个建议：关掉你的直播，感受一下在自己的世界里，一切只属于你自己的感觉，也许你会感到些许不同。"

"关掉直播？"

"也许只需要一分钟，你就会感到那些不同。"

"不行，这会破坏我对收看者的承诺……"

"查尔斯，你不是说你推崇的价值是做自己想做的事吗？"穗美有些嘲讽地说，"仅仅一个实验，你都不敢？"

"这个……"

"查尔斯，你不能听她的！"查尔斯眼前跳出了一个虚拟视窗，这是丽莎通过脑桥芯片输入他视觉神经的，只有他能看到，直播者那边都被过滤掉了。

"可是，我只是想试一两分钟而已。"查尔斯也将自己的念头通过芯片发射出去。

"一秒钟也不行，几千万人在盯着，这关系到你的形象！"查尔斯仿佛看到丽莎声色俱厉的样子。

穗美察觉到了查尔斯的细微动作，她猜到了他是在用脑桥芯片和他人联络，她似笑非笑地说："我猜，是你老板不让吧？那就算了……"

"老板？"查尔斯被激怒了，"我没有老板，我就是我自己的老板，不需要听其他任何人的！"

他用大脑命令智能芯片停止直播，并在心里念出控制密码进行了确认。刹那间，一种嗡嗡的背景音消失了，四周就这样安静下来。这不是他第一次中止直播，但却是第一次为了中止而中止，感觉似乎确实不同。现在，无论他说什么、做什么，都只有眼前的这个女孩知道了。他和她之间一下子奇妙地亲密起来。

"感觉如何？"穗美问。

"没什么特别嘛，"查尔斯轻描淡写道，"不过还不错。"

不，不是那么简单。仿佛世界消失了，只剩下他和对面的女郎，但又仿佛一个新的维度打开了，通往一个无限延伸的深邃空间。

## 八

　　宅见直人喘着粗气，在一片蕨类丛林中狂奔，身后一头张牙舞爪的霸王龙追赶着他，它每迈出一步，大地都发出震颤。但它走得不快，如同猫戏老鼠一样不紧不慢地跟在他后面。直人几乎能感到它鼻子里喷出的热气。

　　直人竭力迈动步子，想要逃离怪兽的魔爪，但他大汗淋漓，腿脚酸软，脚步不由慢了下来。没多久，霸王龙一个大步就超到了他前面。它转过硕大的身子，张开血盆大口，咬向他的脑袋。直人不由大叫一声，瘫软在地上。

　　霸王龙和丛林消失了，变成了一行行浮动的数据："距离：546 米；时间：116 秒；平均速度：4.7 米／秒；肺活量：1250cc；健康状况：B—……"

　　朝仓的小圆脸朝他俯下来，直人趴倒在三维视景跑步机上，累得说不出一句话。

　　"才跑了五六百米就不行了？"朝仓嘻嘻笑着说，"我都能跑 1000 米呢，直人，你真是太久没锻炼了。"

　　直人总算爬了起来，喘息着说："什么事……都得……有个过程嘛……"

　　"那咱们继续吧，我把恐龙的速度再调低点？"

　　"不行……我得……先歇歇……"

　　他们坐到一边的视景躺椅上，便有凉爽的微风自动吹拂过来，面前出现了碧海蓝天的视景，涛声起伏，旁边还有两杯冰镇柠檬汁，这倒是真的。

　　凉风习习，一大口柠檬汁下肚，直人惬意得似乎每个毛孔都张开了，"好久没有这么舒服过了，运动过以后再来这么一杯，感觉太棒了。"

　　"在看查尔斯的直播时你也会锻炼吗——我的意思是，也会有锻炼的感觉吗？"

　　"倒是有……"直人说，"不过查尔斯的身体永远是那么健康有活力，我这身子没法比，再说因为有痛苦感的阈限，所以从来不会感到太累。"

| 拯救世界

"所以啊，以后跟我多来这里锻炼吧！"朝仓笑盈盈地说，"我们去游泳吗？"

"快看，查尔斯这浑蛋终于滚出来了！"直人还没回答，旁边突然传来一声叫喊。

直人向一旁看去，墙壁上的投射屏正在播报新闻："昨日在东京秋叶原失踪的著名美国飞行家查尔斯·曼在失去联络17个小时后，于今日午间重新现身，他身边还有一位日本女性，亦即最新的绯闻女友细川穗美小姐……"

查尔斯又出现了！

昨天晚上，查尔斯受穗美的怂恿停止了直播，此后一直没有恢复。直人手足无措，最后赶去秋叶原，结果刚出地铁，就看到人山人海涌向查尔斯所在的小吃店，却只看到查尔斯的"飞马座号"拔地飞起，消失在夜空中。据说查尔斯和穗美遨游太空、享受二人世界去了，然后整整一夜都没有消息。直人左等右等，一无所获，今天百无聊赖之中和朝仓一起来健身房，想不到总算有了查尔斯的消息。

"查尔斯拒绝接受采访，只说是飞船失去动力。但据媒体报道，他的飞船在近地轨道上停留了一夜，而细川小姐当时也在舱中……"

"反正我算看出来了，查尔斯说的那套什么自由啊共享啊都是假的，到时候直播还不是想关就关，根本没把我们当自己人。说穿了和其他明星没有什么两样，一样的货色。"旁边有人一边看新闻，一边说。

"你这么说就不对了！"直人忍不住站起来抗议说。

那人也是个20多岁的青年，诧异地看了直人一眼，反唇相讥："我说什么关你屁事？"

"如果你喜欢查尔斯的话，怎么能这么说？你们不了解他吗？很可能只是芯片故障嘛！"

"原来是查尔斯的脑残粉。"青年不屑道，"什么故障，你没听到昨天的直播吗？他说了是自己要停止直播的。"

"这个……就算是，那也只是暂时的，以前他在布拉格和仰光的时候不也有过这样的暂停吗,你难道不理解人家需要有点自己的隐私吗?"

"我又不是那家伙的崇拜者,"青年冷哼道,"我收看他直播,只不过为了看他怎么和那些女星在一起玩,过把干瘾,结果仓井雅他不要,去找这么个女警,还停止了直播,那我还看什么?可笑!"

"你这种素质的收看者,根本就不配去收看查尔斯的直播,你怎么能理解他的生活理想?"

"这么说你倒是理解,可到头来不还是被他一脚踢开?白痴,懒得理你!"对方冷笑一声,扬长而去。

直人气呼呼地坐下,一肚子火不知道往哪里发。

新闻中继续播报着:"查尔斯的经纪人丽莎·古德斯坦女士表示,昨天的直播中断只是由于技术故障引起,目前直播已经完全恢复,她代表查尔斯为给大家引起的不便而致歉……"

"直人,你不会又要赶回去收看查尔斯的直播吧?"朝仓小心翼翼地问。

"别问我,不知道!"直人恶声恶气地说。

"问问而已,你不用这么凶吧?"朝仓咕哝着。

"不好意思,"直人调整了自己,"我只是……"他不知说什么好,又颓然躺在椅子上。

直人的心里也在怨着查尔斯,这家伙凭什么关掉直播,凭什么中断我和他之间的联系?这些日子以来,直人几乎已经能够感到自己融入了查尔斯的灵魂,当他说要关掉直播的时候,直人甚至发出了赞同的呼声,而没有想到自己会被屏蔽在外面,以至于下一秒钟,直人就被抛回了自己的房间里。

那时,真人才痛苦地感到,自己永远无法成为查尔斯,只是依附在查尔斯身上的游魂。

近三四年来,直人几乎无时无刻不在收看查尔斯的直播,每天他都生活在查尔斯的生活里,和他一起面对一切,一起参加竞赛,一起构思和写作,连英语都练得比日语更流利,直人几乎已经忘了自己是谁。只要他仍然把

| 拯救世界

自己当成查尔斯，就可以取得一个个令人瞩目的成就，参加上等阶层的酒会，周游世界，住七星级酒店，享受粉丝的热爱，与许多漂亮女人一夜风流……

但最重要的不是这些，而是查尔斯身上体现出来的个人价值、自由精神和充满自信的生活方式。在查尔斯身上，他才感到自己活得像一个人。而他本人呢，宅见直人，一个不得志的程序员，一个人生的失败者，工作没有前途，日子了无生趣，和父母关系冷漠，女友跟别人跑了，连说得上话的朋友也没有……几年前他甚至想过自杀，如果不是查尔斯拯救了他，他说不定早已经过了黄泉比良坂。

是查尔斯给了他新生和希望，重塑了他的灵魂，让他觉得自己可以有一种有价值和尊严的生活。但现在，这一切又变了。直到昨天，直人才真切感到，查尔斯可以随意停止直播，切断对他来说不可分割的联系。过去的一切不过是自己一厢情愿的臆想，他纵然拥有和查尔斯一样的灵魂，却也无法真正拥有查尔斯的生活。

他还是宅见直人，也只能是他自己。不过，今天的经历让他觉得，或许暂时做回宅见直人自己，也不是什么坏事。当然，他还会收看查尔斯的直播，但不是现在……

直人下定决心，站起来，伸了个懒腰，"朝仓，我们继续跑步去吧！今天我要跑够 3000 米呢。"

"好啊！"朝仓开心地笑了。


## 九

"查尔斯，我再重复一遍，你不能这么做！"丽莎在电话里怒气冲冲地咆哮着。

"丽莎，我跟你说过至少十次了，"查尔斯坚决地重申，"以后我和穗美在一起的私人时间不会进行直播，这是我的决定！"

"所以你每天的直播时间就减少到了不到 8 个小时？这会扯断你和那些粉丝之间的纽带！这一个月来，你的收视率狂跌不已，上周只有不到 200 万人还在收看你的直播了，你已经从收视冠军的宝座跌到第十名以后了，醒醒吧，现在那个中国丑星小金凤的关注者都比你多！"

"那就让他们去关注小金凤好了，对我不会有什么损失。"

"查尔斯，"丽莎像在克制住自己的愤怒，放缓语气说，"听着，我们需要仔细谈谈，越快越好。"

"改日吧，"查尔斯冷冷地说，"今天是我和女友认识 100 天的纪念日，今晚我可不想被人打扰。"

"可是——"

查尔斯不客气地挂断了电话，对面的穗美眉毛一扬，问道："什么事？"

"只不过是工作上的事，没什么大不了的。"

"那我们继续吧！还没玩够呢！"

穗美笑着抓住他，查尔斯拦腰一抱，穗美就半倒在他怀里。看着穗美带着羞意的笑容，查尔斯心神荡漾。突然穗美从他怀里挣脱，查尔斯感到脚下一绊，重心失衡，反而摔倒在地。

"哈哈，你又输了！"穗美拍手大笑。查尔斯不由庆幸自己关闭了直播，要不然自己摔跤输给一个纤纤女郎的样子就会被全世界看到了。穗美毕竟是受过正规格斗训练的，看上去娇小柔弱，但真正玩起摔跤来，总是赢多输少。

"快，认赌服输，变成小马！"不等他站起来，穗美就骑到了他身上。查尔斯只有苦笑着承担了马匹的角色，狼狈地乱爬起来。

从什么时候起，潇洒不羁的查尔斯变成了现在这副模样？

说来也巧，那天查尔斯关闭直播后，一堆无所适从的粉丝跑来围堵他，查尔斯和穗美只好乘着"飞马座号"狼狈离去，却忘了飞船的燃料几乎耗尽，到了太空就动弹不得。查尔斯打开直播，想要呼救时，才发现飞船上的中微子转换器也没有了电力供应，和外界全然失去联络。结果，一次简单的

拯救世界

饭后散步变成了在太空中十几个小时的惊魂飘游。

但也正是那次经历，大大拉近了他和穗美的距离。穗美从没有上过太空，那天因为失重飘来飘去，水都喝不进嘴里，不免有许多尴尬场面。那天并没有像人们想象中那样发生什么，但几天后，查尔斯带着一飞船的玫瑰再次飞到日本，软磨硬泡开始了第二次约会……他们终于成了情侣。只是穗美有一个原则，在他们约会的时候，决不能打开感官直播。查尔斯答应了下来，而不久后，他就在这种私密关系中发现了新的乐趣。他会去做许多从前根本不会想去做的事，扮小猫小狗，说白痴兮兮的情话，像孩童一样打打闹闹……怎么轻松怎么来，而不是在全世界的注视下，在床上完美地展现他的情人风范。

在许多年之前，查尔斯也曾经有过这样放松的人生岁月，只是年深日久的直播生涯让他已经忘了过去的自己。

今晚，在查尔斯新买下来的箱根湖边的别墅里，又是一次温暖而自在的约会，虽然没有那么浪漫，也不一定很激情，但却可以由着他们胡闹。

"喂喂，骑够了没有？"查尔斯抗议着，把背上的穗美掀了下来，压在身下，开始吻她的脖颈："あなた……"他学会了日语中表示老夫老妻的称谓，"我爱你……"

"嗯……"穗美目光迷离，双唇呢喃。整整一个夜晚在等着他们，不会再有其他人注视，这个房间完全是属于他们的……

他伸出手，想要解开穗美的衣襟，却颤抖着指向了另一个方向——

他一记耳光狠狠地抽在了穗美脸上！

穗美的微笑凝固住，她呆住了，一句话也说不出来，双目难以置信地望着查尔斯。

"查尔斯？"过了片刻，穗美才叫了出来，"你疯了？"

查尔斯面目狰狞，脸上的肌肉不住抽动，他抬起手指着门口，言简意赅地说："滚！"

"查尔斯，你怎么能对我——"

查尔斯粗暴地推开她，"出去！"

穗美惊讶不已，怔怔地盯着查尔斯看了半天，终于爬起来，披上外套。"查尔斯，你真是个浑球！"她飞起一脚踢在查尔斯的裆下，然后头也不回地冲了出去。

下体传来的疼痛让查尔斯弯下了腰，然后跪倒在地，双手撑着地板，喉咙痛痒难当，他剧烈地咳嗽起来，几乎连肺都要咳出来，眼中都是泪水，四肢也都在奇异地抽痛着。不知过了多久，当他从肌体的苦楚中稍稍恢复过来时，才发现面前有一双红色的高跟鞋和一对修长的丝袜美腿。

查尔斯抬头望去，看到了丽莎·古德斯坦熟悉的面容。

"丽莎？"查尔斯惊讶地爬起来，"你怎么来了？"

丽莎的表情似笑非笑，"你不肯来找我，我只有自己来了。"

"可是你怎么知道我在这里？我明明是关闭了位置查找的功能，还有——"

丽莎没有回答，却反问道："一巴掌赶走自己的女朋友感觉如何？"

查尔斯又感觉到眼前开始模糊，"你怎么知……这么说，刚才难道是……是你……"

丽莎轻轻抚摸着他的脸颊，用悲悯的口吻说："查尔斯，查尔斯，不要怪我，这是你逼我们的。"

最可怕的怀疑被证实了。查尔斯瞪圆了眼睛，喃喃地说："你能通过芯片控制我的肢体？是你的人在操纵我？可是，那种芯片怎么会……怎么……我以为只是单方面输出的。"

"不存在纯粹的单方面输出，其他人能够通过中微子波束接收到你的脑波，你也能接收到其他人的。"

"可我以为只是感官知觉，想不到居然……"

丽莎的目光中带着不屑和怜悯，"查尔斯，你不知道的事情还很多呢……让我们从头说起吧，你记得几年前的那个秋天吗？那是你初赛告捷之后的第2年，你花了几十万改装飞船，参加飞行比赛，雄心勃勃地想要夺冠。

结果一败涂地，血本无归。你走投无路，打算放弃自己的飞行事业，回家接手你父亲在田纳西乡下的小农庄。"

"我记得，是你在一个小酒吧里找到了喝得烂醉如泥的我。"查尔斯回忆着，那是一段他平素不愿意去想的记忆，"当时你告诉我，你是一个脑科学实验室的工作人员，正在试验一种脑桥芯片，可以实现不同的人之间感知功能的共通。如果自愿参加，成功了可以有 20 万美元的酬劳，如果损害我的健康，更有极其高昂的补偿金。我为了筹集下一次参加比赛的资金，接受了手术，不久就开始了实验性质的直播。"

"但事实上，那不是真正的实验。"丽莎接着说，"15 年前，贝尔实验室发明了一种芯片，可以嵌入人的脑桥部分，本来是用来实现脑机关联，结果不甚理想，但科学家在这个过程中却意外地发现，它可以实现不同的人之间的脑波传递。在你之前已经有过几次实验，动物的、人的，技术上都很成功。然而，这项划时代的发明却派不上用场，没人想在脑子里装一个金属盒子，把自己的意识状态传递给别人，虽然他们并不反对看到别人的。

"为了推广这项技术，我们找了几个普通人，许以优厚的报酬，说服他们进行直播，这倒是问题不大。可问题是，除了个别好奇心过剩的家伙，同样没有人愿意在自己脑子里动一刀，就为了看到区区几个无名小卒的家长里短。

"因此我们想到了一个更好的主意：如果有令人感兴趣的名人愿意直播自己的生活，示范效应是显著的，会带动大批粉丝和其他民众接受脑桥芯片，整个产业就激活了。

"我们和一些电影明星、运动巨星和知名作家接洽过，但是很可惜，没人乐意。这也不奇怪，如果你已经功成名就，生活安逸，干吗要冒险把自己头颅打开，装上那么一个古怪玩意儿，让所有人都看着你的一举一动？因此，我们需要物色一个合适的人选成为这场新技术革命的突破口。上头决定，找到一个有潜质的草根少年，包装他，宣传他，让他成为感官直播的代言人。"

十

"所以你们就找到了我。"

"是的,"丽莎直言不讳,"你当时已经小有名气,却陷入事业的瓶颈,你需要钱,因此会接受手术;你从心底渴望那种被万众仰望的感觉,因此对直播不会有很大抵触;你相貌英俊,性格风流,这对我们更有利。只要你的事业能够成功,就能吸引越来越多的人收看你的直播。让自己转眼间和世界上最酷最有型的风云人物合为一体,这个诱惑没有几个人能经得起。"

"原来如此,可是为什么偏偏是我?你们怎么知道我将来能够获得巨大的成功?"

"呵呵,"丽莎笑着摇头,"查尔斯,亲爱的,你果然还是那么自恋。你还不明白吗?"

查尔斯内心已经隐隐明白,浑身一阵冰冷,但丽莎毫不留情地揭穿了这个秘密,"当然并非'偏偏'是你,你只是我们留意的诸多对象之一,选你只不过是偶然。如果我们选中了其他人,一样能把他推向成功的顶峰。查尔斯,你从来不是靠自己而成大事的,没有我们就没有你。"

"这么说不公平,我的成功的确有感官直播的帮助,但也是靠我自己的努力!"查尔斯挣扎着争辩说。

"你的努力?"丽莎冷笑,"查尔斯,你做了10年的美梦,该醒醒了!你真以为自己是不世出的飞行天才?这些年你之所以赢得那些比赛,驾驶经验和技巧只是次要因素,根本原因是你拥有比其他人更好、价格更昂贵的飞船,你可以找到最专业的设计师和各种技术上的顶尖专家,这些都是用钱买的。以你的先进飞船,就算电脑自动驾驶,说不定也可以飞第一。"

查尔斯涨红了脸,却无从反驳,"这……就算是用钱买的,也是我自己的钱!我为许多飞行器厂商做广告,还有厂商赞助,这是我的正当收入。"

## 拯救世界

"无非是鸡生蛋蛋生鸡的老问题，那些赞助是谁为你安排的？那些广告业务是谁为你打理的？那些最新款的飞船，刚从风洞里出来就成为你的座驾，那些最先进的引擎和最高级的主控电脑，最舒适的指令舱和空气调节系统，被最专业的技师以最合理的布局组装在你的飞船上，你觉得这一切都是理所当然的？难道他们就必须为你服务？查尔斯，你不是笨蛋，但是这些年你一直被鲜花和掌声包围，让你看不到许多事情。"

"这么说，这一切背后都是你，还有贝尔实验室在搞鬼？"查尔斯恍然大悟，"怪不得，我一直觉得你有点儿古怪，一开始你代表实验室，后来又到了芯片公司，然后当了我的专业经纪人……你背后的老板究竟是谁？"

"你不用问，问了也没有意义。贝尔实验室，卡特尔纳米技术，高纳利文化娱乐，狮鹫之星传媒，代卡洛斯飞船集团，斯普林格出版社，时代传媒，太平洋电视台，美利坚民主基金会……和你打交道的这些公司和机构，是一个庞大的利益共同体，它们都是其中一分子，但没有谁说了算，如果说有一个幕后大老板，那既不是美国政府也不是罗斯柴尔德家族，而是资本本身。你是整个体系中最重要的环节之一，但绝不是独立的。可如今，你的自作主张危及了这个体系整体的利益。"

"就因为我减少了感官直播？"查尔斯不禁苦笑，"可现在你们已经形成了完善的产业链，有10万人在进行直播！为什么还不肯放过我？"

"但是没有人比得上你，查尔斯。虽然今天许多人开通了直播，但是肯终日直播自己的人还不多，你是其中最重要的一个，是我们打造出来的直播时代的第一位偶像，人们去收看小金凤那些三流货色只不过是猎奇罢了，但你却以自己的生活方式，实现了上亿人的梦想！你对整个事业的重要性无可取代。你那本《我的直播生活》在全球卖了超过3亿册！你象征着一种全新的生活方式，如果你要退回到偶尔直播的状态，直播就变成了一种简单的娱乐和调剂，不会再有那么多人痴迷，也许要花10年、20年才能恢复。"

查尔斯冷哼了一声："嗯，你们不是很能打造偶像吗？再打造一个好了。"

"为什么要重复已经做过的工作？这些年你的名字已经成了世界上最响

亮的品牌，就拿你的小说来说，全球销量随便可以卖到几千万册，但是如果以杰克逊·史密斯的名义出版，可能几千册都卖不掉。"

"等一下，"查尔斯隐隐觉得不妙，狐疑地盯着丽莎，"杰克逊·史密斯是谁？"

"当然了，你从不知道他。"丽莎用一种古怪的腔调说，"杰克逊·丹尼尔·史密斯，得克萨斯州立大学毕业，一个不得志的小说家，好莱坞前编剧，出过两三本总共卖了不到几万册的小说，编过一些没人知道的B级电影，离过两次婚，40岁不到就秃顶了……顺便说说，他还是你大部分小说的作者。"

"你疯了？！"查尔斯再也忍无可忍，"你到底在胡扯什么？"

"你不必那么激动，"丽莎淡淡地说，"回想一下，在你移植芯片之前，虽然你是一个三流文学爱好者，也写过一些散文和小故事，但从未写过长篇小说，为什么在第2年，你的成名作《雅典神殿》就横空出世？"

"我什么时候开始写作和你有什么关系？再说这能说明什么？"

"想想吧，你这些大获成功的小说，每部中关键的绝妙情节不都是突然蹦入你脑海的吗？你认为那是缪斯给你的灵感？事实上，灵感也是一种感知，你大脑中有一小块区域——大约在额叶位置——决定了你的综合思维和自我意识，不可侵入——但它也不是完全无法进入，只是一旦进入后，你会变成思维紊乱的精神病人。其他的部位，无论是感觉和运动皮层，还是语言中枢，都可以转译他人的脑波。我们只是根据史密斯的构思，让你的语言中枢产生出相应的概念，当神经冲动被额叶所综合时，就被你的自我意识认为是自己的灵感了。"

"这不可能！"查尔斯大吼着，"那些灵感，明明是我自己苦思冥想出来的……那种创作的感觉……怎么……怎么会是什么史密斯的？"

"在未来，很快就不会再有'自己'了。所谓自我，只是额叶前端一小片决策神经区域制造出来的幻象，但我们却天真地以为它包含了从感觉到情绪和思维的一切，但感官直播时代撕裂了这些关系。查尔斯，你站在了新时代的开端，你是新时代的使徒。"

| 拯救世界

查尔斯委顿在墙角,忽又爆发出一阵神经质的笑声:"哈哈哈,真有意思,你花了这么长时间告诉我,我是一个一无是处的废人,我所自以为傲的成就,都不过是幻觉……现在你又对我说,我是什么使徒!"

"真相往往是令人刺痛的,"丽莎说,"但是沿着这个方向走下去吧,很快你就会知道,你是废人还是天才并不重要,重要的是你感到你是什么,纵然那些灵感是来自杰克逊·史密斯的,但你仍然感到千真万确是你自己的创作,这就足够让你获得写作的满足感了。

"在外面的世界,有千万人每天都感到,他们就是你,是查尔斯·曼,是大写的人,他们不在乎自己实际上是什么玩意儿,至少有上百万人完全被你同化了,你给了他们本来惨淡的人生以缤纷的色彩。这个数字还将不断增长,没有人能抵抗这至高无上的诱惑。随着脑波传递技术的完善,将来还会有更多的人——几亿、几十亿的人加入这个行列,一旦他们开始收看直播,就会欲罢不能。而不久的将来,有很多更深的感觉和情绪能够传递,甚至是思维,这一行最终会变成什么样没有人知道,但这是一个真正技术奇点的开端。传统的个人生活将一去不复返,世界会变得越来越匪夷所思。"

"可这不是我的理想,我的理念一直是让每一个人成为他自己,追求自己的价值!"

"不。"丽莎摇头,"事实是,即使是你的崇拜者,每个人都愿意成为你,却没多少人愿意成为他自己,这就是人性。"

"好,"查尔斯咬牙切齿地说,"纵然我的一切都是假的,至少我的理念是真的,我不会放弃这个理念。告诉你,我会揭露今天你跟我说的一切。"他试图打开直播,但是不知为何没有反应。

"查尔斯,相信我,你最好不要尝试。"丽莎语带讥讽,"在我们背后,有超过一打人现在正在监视你的一举一动,无论任何时间、任何场合,他们可以远程控制,让你立刻胡言乱语,变成不折不扣的疯子,你忘了自己是怎么赶走你的女朋友吗?"

查尔斯颓然捂住了脸,绝望地瘫倒在地:"既然你们这么强大,为什么不直接控制我的身体,让我说你们想让我说的,做你们想让我做的,让我变成一具行尸走肉？！"

"我们还没有这样的技术能力，感觉和运动涉及的大脑皮层不同，特别是你的肢体运动部分，需要的参量太多，计算量很大，控制起来也很费劲，刚才让你说出那些绝情话已经很困难了，而且相当不自然。"

"可惜穗美没有察觉这些微妙的差异，否则你们做的一切就会穿帮了。"

"不，已经穿帮了。"

一个清脆的女声高声说，查尔斯转过头，穗美明艳的身影又出现在房间门口。

## 十一

"穗……穗美？！"

"我回来了，"穗美对惊讶的查尔斯点点头，"刚才我确实想一走了之，但作为职业警察，我对一个人说话语气是否自然还算有些经验，很快就想到了蹊跷之处，于是我到了门外又重新折返，结果发现还有一个人在这里。我在门口已经听到了你们说的一切，你放心，我没有装什么脑桥芯片，他们对付不了我。"

"查尔斯，你必须让她闭嘴！"丽莎看了一眼穗美，扭头对查尔斯说，语气变得惶恐起来，"如果你不想身败名裂的话。听我的，继续跟我们合作，你还可以享有一切名利和地位。至于保留一些你自己的隐私时间也不是不可以商量……"

"和你们合作？"查尔斯的牙齿咬得咯咯作响，"丽莎，你刚才还威胁要让我变成白痴！"

"查尔斯，你冷静点。那是不得已的选项，你是我们千辛万苦塑造出来的，只要有可能，我们不会碰你，今天我也只是想劝告你。"

"你们必须给查尔斯以自由，把那见鬼的芯片给拆下来。"穗美面对着丽莎,"刚才那些话我已经录下来了,如果查尔斯有什么闪失,我会立刻向媒体曝光整件事。虽然你们财雄势大,但想必还无法控制全世界。舆论不会站在你们这边,如果人们知道脑桥芯片可以侵入他们的大脑,控制他们的行为,你们的事业会立刻崩溃!古德斯坦,你们再也挟制不了查尔斯了。"

丽莎看了看穗美,又看了看查尔斯,无奈地苦笑,"看来我们是陷入僵局了。取下芯片,牌就全攥在你们手上了,没有人会蠢到答应这种自杀式的条件。但如果你们要泄露真相的话,查尔斯也随时会变成一个白痴,穗美小姐,你忍心这么做?"

一时间,室内的三个人都沉默下来,但空气中的紧张却丝毫未有舒缓。

"好吧,无论如何,你们不能再摆布查尔斯了。"过了一会儿,穗美带着让步的语气说。

"对,"查尔斯的声音中充满痛苦,"我希望你和你代表的势力离开我的生活,滚得越远越好!我和你们以后再无瓜葛。"

丽莎的脸色阴晴不定,良久才说:"你的意思是,我们不再干涉你们,而你们也会将一切封在肚子里,决不外泄?"

查尔斯点了点头,现在他唯一想做的只是摆脱这个噩梦,"如果你们能放过我们,这没问题。"

"但你将会从成功的巅峰跌落,从此失去一切。"

查尔斯面色惨白,摇了摇头,"我从来没有什么成功,一直在做一个可笑的美梦,只是今天才终于明白,我想快点结束这个错误。"

丽莎看向穗美,穗美不语,似乎也默认了查尔斯的决定。丽莎终于下定决心,点了点头,"好吧,如你所愿。但你记住,不论你是否打开脑际连接,你的一举一动我们都能看到,不要想在我们眼皮底下玩什么花样。查尔斯,你是聪明人,不会跟我们添乱的,是不是?"

查尔斯缓缓点了点头。

"同样,你们也别想玩花样。"穗美提醒她说,"有关资料,我会妥善存储,如果我和查尔斯有什么问题,网络上很快会铺天盖地都是你们最不想看到的东西。"

一丝冷笑划过丽莎的嘴边,"那就再见了,查尔斯,我的老朋友,希望你不会后悔。"她转过身,大步从穗美身边走过,离开了客厅。不久,外面传来了小型飞车发动的声音。

查尔斯委顿在地,一句话也说不出来。穗美走到他身边,跪坐下来,无言地将手放在他的脸颊上。查尔斯望着穗美,她的眼神充满关切,她的手温暖而绵软,身上的气息芬芳淡雅。

他知道自己失去了一切,但却拥有了这个女人。从今以后,也许他们将像普通的男女一样,度过平凡的一生。

查尔斯抱住穗美,放肆地号啕大哭起来。穗美像母亲安慰孩子一样,轻轻抚摸着他的头发。而查尔斯却抽泣着,将她抱得越来越紧,让她喘不过气来,但那是一种悲恸中闪现的幸福。

等到穗美发现查尔斯实在抱得太紧的时候,已经太晚了。

不知什么时候,查尔斯已经压在她身上,双手紧紧地卡在她的脖颈上,他的两只大手拼命压向她白皙脖颈的深处,力气异乎寻常的大。他的双目奇异地凸起,喉头发出咯咯的声音,仿佛被掐住脖子的是他自己一样。

"查尔斯……放……放开……"穗美无力地叫着,但几乎吐不出一个字。她的身体被紧紧压住了,双手拼命在查尔斯的胳膊上抓挠,但查尔斯好像全无痛觉,目光呆滞。

穗美明白了,是丽莎·古德斯坦下手了!如今事情已经激化,她绝不会放过他们。穗美的眼前一阵阵发黑,意识渐渐模糊,生命即将离她而去,穗美只是本能地蹬踢着双腿,做最后的垂死挣扎——

但猛然间,查尔斯的头俯下来,一口咬在了自己手腕上,鲜血直流,虎口不由稍微松了一下。穗美什么都来不及想,趁机掰开查尔斯的手,将他推开,连滚带爬地向房间另一边跑去。查尔斯摇摇晃晃地想站起来,又站立不稳摔倒在地,手脚剧烈地抽搐着。

"穗美……快走……"查尔斯扭曲的声音从沾满血的嘴里传出来,显然正在和篡夺自己身体的入侵力量搏斗。

穗美不知如何是好,她不敢逗留,但也不能就这么离去,突然她用眼角的余光瞥见墙角一个六角形的黑色机箱,闪念之下,她一个箭步冲过去,将那东西举起来,狠狠砸在地上。一声闷响,箱子在地上翻滚了几下,裂开一条大缝,穗美还不放心,又狠狠踩了几脚,机箱发出一系列清脆的断裂声,冒出了几缕淡淡的青烟。

查尔斯突然不动了,像瘪了的皮球一样瘫在地上,只是张着嘴喘着气。穗美冷静下来后,过去扶起他,"没事了,我已经毁了中微子转换器,现在他们没法再控制你了。"

"但我们现在不能离开这间屋子,"查尔斯的声音虚弱无力,"外面到处都是中微子信号站。"

穗美知道,整栋别墅因为她的坚持,不仅只设了一个中微子转换器,还对外面的信号进行了屏蔽。但只要离开这栋房子,查尔斯随时会再度被丽莎他们所控制。

"那……怎么办?"

"只有打电话,叫记者来,"查尔斯闭上眼睛,"我们要立刻召开新闻发布会。"

一个半小时后,客厅里满满的都是记者,包括20多家日本媒体和十七八家外国驻日媒体,人们好奇地盯着凌乱的房间和身上带伤、狼狈不堪的查尔斯和穗美,想知道究竟发生了什么。大家交头接耳,大部分人的目光中都有"多半是有什么桃色纠纷吧"的猜测。

"晚上好,"查尔斯没有多废话,从沙发上站起身说,"今晚叫大家来是因为——"

人们全神贯注地留意下面的内容,但查尔斯却卡住了,目光透过众人望向后面的什么地方,仿佛看到了某些东西,他的嘴唇微微翕动,仿佛在和看不见的东西说话。

"查尔斯!"穗美觉得不对劲,抢过话头说,"诸位,今晚我们要告诉大家一件——"

"一件重要的事，"查尔斯却仿佛回过神来，又接了下去，神态一下子变得疲惫，"我决定参加下个月的冥王星超远程飞行大赛。"

"什么？"穗美惊诧不已。冥王星超远程飞行大赛只是一个名大于实的噱头，查尔斯这样功成名就的飞行家根本没有必要参加。前几天被询问的时候，查尔斯还明确表示不会参加。

"大家知道，"查尔斯说下去，"这是人类有史以来最长距离的飞行比赛，远超过之前的地球轨道环日拉力赛。虽然现在只是刚刚开始举办，但将来会成为人类的标志性成就之一。我听说现在报名参赛的人很少，我想要拿到第一个冠军应该问题不大，等以后可就难说了。"

人群中发出轻轻的笑声。穗美看到查尔斯说话的神态相当自然，不像是被人控制的样子，几次想打断他，却终于忍了下来。

查尔斯话锋一转，"不过因为冥王星距离地球 30 多个天文单位，整场比赛将持续 2 年。因为光速的限制和信号衰减，在这段时间恐怕无法再进行感官直播了，非常抱歉。"

人群中发出不满的抗议声，显然其中不乏查尔斯的粉丝。

"那细川小姐呢？你们不是要分开两年吗？"有人问。

查尔斯拉住了穗美的手，在她手心饶有深意地捏了一下，"2 年的时光不算久，我相信对我们不是阻碍，我会在冥王星的亿万年冰层上，刻下穗美的名字。"

……

"查尔斯，这是怎么回事？"当记者散去后，穗美不解地问。

查尔斯疲惫地揉着太阳穴，"不知哪个记者带来了便携式中微子转换器，让他们能够重新打开我脑中的视觉对话界面，给我传达了一个信息。"

"难道他们又威胁了你？"

查尔斯摇了摇头，"不是我，是全人类，他们手上有人类的命运……"

"至少 1 亿人，你记住。"他回想起对方在他视野中闪现的信息，"1 亿人的生命安全直接掌握在你的手里，如果事情泄露，我们或许没有能力控制所有的人，但是至少可以在几分钟内传播各种紊乱的脑波，大部分人会暂时精神错乱，还有些人会永久精神失常，不知道会发生多少起车祸和各种事故，也许还有几个人会按下核导弹的发射键……世界将会因此天翻地覆！比起这场浩劫来，世界大战都算不了什么。或许地球会在几天内重返石器时代。"

"所以我只能住口，让你们一步步推广那些可怕的芯片，让所有人变成迷失自我的奴隶，直到你们控制了世界，再也不怕外在的威胁？"

"这是历史前进的方向，或者我们将一直走下去，走向一个崭新的未来，或者将爆发激烈的冲突，那时会有上亿人死亡，世界重返远古蛮荒。最终的选择在你手里，查尔斯。"

"你们手上有1亿个人质，我还有选择的余地吗？"

"这说明你做出了正确的选择，你帮助人类避免了一场大麻烦。不管怎么说，去冥王星的主意不错。我们双方可以不必直接冲突，你也不必担心再被我们暗算。2年后等你回来，你就不再是世界的焦点，可以过自己想过的生活了。"

"而我也可以做出真正属于自己的成就。我要证明自己不是一个傀儡，而是不可战胜的查尔斯……"

"查尔斯？你怎么了？"穗美把他从沉思中唤醒。

"没什么。"查尔斯揽住穗美的腰，抚摸着她长长的头发，怜惜地说，"一切都会好起来的，我保证。"

## 十二

查尔斯的最后一次感官直播，收看者达到了史无前例的3000万人。3000万双眼睛，随着查尔斯的步伐，一步步走进发射场，面对周围沸腾的人群和头顶蔚蓝的天空。

发射场在传统的日本宇航中心鹿儿县种子岛，24艘形态各异的飞船停在巨大的发射场中央。但和旧时代不同，如今飞船发射不再需要庞大笨拙的发射架，随着宇航科技的进步，飞船可以在地球上任何地方起飞，直冲长空，在这里出发只是一个仪式而已。

这是一个不小的进步，但人类的太空探索仍然在初级阶段。今天的这次宇航大赛，并非只是到月球或火星，而是直奔几十亿千米外尚无人类踏上过的冥王星，往返仍然需要2年以上的时间。

比赛中，所有的飞船在离开地球后，将利用太阳光帆和各大行星引力场加速，飞向太阳系尽头的冥王星，再合拢光帆，用剩余的燃料返回。虽然原理并不复杂，但横贯整个太阳系的近百亿千米来回路程，仍然是一场惊心动魄的旅程。

成为第一个踏足冥王星的地球人，将是太阳系探索史上里程碑式的事件。因为冥王星并没有多少科研价值，也被移出了大行星之列，所以各国政府在发射了一些无人探测器后，并没有进一步开展载人登陆冥王星的计划，但毕竟它的名声响亮，民间宇航爱好者前仆后继。几十年中，人类有过七八次载人飞船飞向冥王星的尝试，但大部分都因中途困难无法克服而折返，有的飞船在小行星带被微流星撞毁，有的飞船无声无息地消失在太空深处……冥王星是死亡之星的说法流传开来，近十年没有人敢于再尝试登冥之举。直到这次大赛，才重新唤起了飞行家们征服宇宙的热情。

特别是人气偶像查尔斯·曼的参赛，使得这场比赛变得举世皆知，虽然许多人抱怨以后无法再收看查尔斯的直播，但他的勇气和坚韧仍然打动了亿万民众。本来寥寥无几的参赛者，也迅速增加了2倍，虽然只有20多人，但都是飞行精英，让这次比赛变成了一场真正的大赛。

"查尔斯！"在沸腾的人声中查尔斯听到一个熟悉的声音，转身看去，老对手乔治·斯蒂尔正向他走来。

"乔治，感谢你每次都来当我的陪衬。"查尔斯微笑着说。

"查尔斯，你这个花花公子。"斯蒂尔咧开嘴，轻轻给了他一拳，"告诉

| 拯救世界 ──

你吧,这次你一定会输给我。"

"哦,为什么?"他们一起肩并肩向场中央走去。

"听说你拒绝了卡特尔公司和代卡洛斯集团赞助的高级设备,只是从几个小制造厂那里订购了一些普通装备,甚至飞船的基本布局都是自己设计和组装的?你太自大了,卡特尔的纳米光帆制造技术无与伦比,在同样重量的情况下,其他公司的产品的面积只是它的 1/3,你应该知道这意味着什么。"

"我知道,不过斯蒂尔,我以往太依赖技术优势了,这回我想靠自己的实力赢。"查尔斯诚恳地说。

"这么说,你只能靠不断压缩生活空间来减负,达到一定的速度?"斯蒂尔惊诧的眼神中带上了几分敬意,"虽然是保密的,不过我设法研究过你的飞船构造,结论是如果想要有获胜的可能,你的生活舱必定小得可怜,几乎得和一个棺材差不多,许多娱乐休闲设备都得丢掉,甚至转身都困难,你愿意像苦行僧一样过上 2 年?这可不像你的风格。"

"为了飞向星辰的尽头,这是我们的宿命。"查尔斯说,"斯蒂尔,如果有必要,我相信你也会做同样的事。"

斯蒂尔不由点了点头,然后微微一笑说:"无论怎么做,这回你都够呛了。不过查尔斯,你的确是一个了不起的人物。好了,将来 2 年里,我们可以通过无线电慢慢聊天,也许我们会变成朋友的。"

他们像两个亲密的朋友一样,说笑着走到了各自的飞船前,做最后的检查和准备活动。许多飞行家在和家人朋友话别、亲吻。查尔斯检查引擎的时候,一个身影向他走来,查尔斯抬头望去,是一位纤细柔美的女郎。

"小雅?"他站起身。

"查尔斯,"仓井雅姿态娴雅地走向他,"我是来送你的。"

"谢谢你。"

"不,我该谢谢你,查尔斯。其实……我也是来向你道歉的。"

"道歉?"

"查尔斯，"仓井雅酸楚地说，"你知道，2年前我只是一个名气不大的演员，上不了台面，而且年纪也渐渐大了，所以我在2年前精心安排了和你在马尔代夫的那次所谓'偶遇'，然后我……利用了你，和你有了一夕之缘。全世界都看到了那次直播，我成了整个世界的性感女神，之后我扶摇直上，进军了主流影视界，最近还接了一部好莱坞电影。这些都是你带来的，没有你，我不会有今天。"

"别这么说，这也是你自己努力的结果。"

"但以前那些甜言蜜语……都不是真的。"仓井雅凄然地说，"只是我为了往上爬的手腕，我利用了你，我欠你一个道歉。"

"别这么说，仓井雅小姐，"查尔斯也改了称呼，叹息说，"生活就是这样，我们往往是在逢场作戏，只是有时候自己入戏太深，真的把自己当成了所扮演的角色，这不是谁的错，你也无须道歉。"

"无论如何，"仓井雅掏出一个精致的布包，说道："查尔斯，你是一位很好的朋友，和你在一起我很开心，也学到了很多东西。衷心祝福你能获得胜利，这是我从明治神宫求来的平安符，你带在身上，神明会保佑你的。"

查尔斯深深地看了一眼仓井雅，接过了布包，"谢谢，我会带在身上的。"

"那……我先走了。"仓井雅轻轻拥抱了查尔斯，转身离去。

望着仓井雅的身影，查尔斯的嘴角泛起了一丝复杂的苦笑。他清楚，仓井雅对他说的那些话，仍然是在利用自己最后的剩余价值。他和仓井雅之间的男欢女爱一向不过是各取所需，不仅他们自己，就连每一个直播的观众都心知肚明。但最后仓井雅的表白，无疑大大提升了自己的形象，让人觉得她是一个重情义的好女人。

但这并不是说仓井雅全然虚伪，这些话虽然肯定经过精明的考量，但可能同样是真诚的。我们每个人都在表演，从前是这样，在直播时代更是这样。或许我们的真诚，只是一种真诚的自我表演……

"对了，"仓井雅突然又转过身来，好奇地问，"查尔斯，细川小姐呢？怎么没有见到她？"

"这个……她有点儿不舒服,"查尔斯说,"不能来了。"

"哦,是这样。"仓井雅有些奇怪地看了他一眼,眼神中带着胜利的笑意,没多说什么。但查尔斯知道,仓井雅对穗美"抢走"自己一向心怀怨愤,如今她认为自己和穗美之间一定出了什么问题,所以穗美才没有来,这一定让她感到快意。

但穗美不需要来送他,也不应该来,如今,她藏身在一个绝对安全的地方,掌握着至关重要的证据,以防丽莎和她背后的那些人再趁乱对他们不利,将他们同时杀害。当他离开地球后,对方就再也无法通过脑桥芯片控制自己,穗美会和他每天保持联系,如果对方对穗美下手,自己就可以通过无线电通讯公布一切。目前来看,这是最好的办法了。

查尔斯望向远处欢呼的人群:或许这是我最后一次站在舞台的中央了,最后一次成为人们瞩目的焦点。斯蒂尔很可能是对的,这次我的飞船毫无优势,没有获胜的希望,我终将失败,然后被世界遗忘。

但那又如何?飞向太空,飞到那最遥远的星球,是我一生的梦想。并非只有冠军才有意义,只有当宁愿割舍其他许多东西,你仍然要实现它的时候,它才是真正的梦想。

查尔斯,这是最后的机会,做你自己。在这个星球的喧嚣浮华中失去的,你会在广袤无垠的太空中找回来,那里有真正的宁静和救赎……

最后时刻,几十名经过遴选的幸运观众进入发射场,和各位参赛者合影。大部分人都首选和查尔斯合影,查尔斯微笑着一个个接受了,还一一给他们的书或衬衫签了名。最后站在他面前的,是一个身材平平、衣着朴素的少女,举止中还带着几分羞涩。

"您好,查尔斯先生。"少女局促地说。

"你好,你是……"

"我叫朝仓南。"少女说。

查尔斯点点头,并没有什么反应。但在他思维的背后,另一个意识却突然在震惊中醒来:怎么是她?她在这里干什么呢?她……什么时候变成了查尔斯的粉丝？

"朝仓小姐，很高兴见到你，您要和我合影吗？"

"嗯，好的。"朝仓站在他身边照了张相，但照完相后，却迟迟不肯离去。工作人员上来要拉她离开，被查尔斯用手势阻止了。

"朝仓小姐，我还能帮你做什么？"查尔斯问。

"对不起，查尔斯先生……"朝仓深深地向他鞠了一躬，红着脸说，"我想做一件事，请你帮个忙，可以吗？"

"只要不违法，乐意从命。"

朝仓又手足无措了好一会儿，才抬起头，勇敢地直视着查尔斯的眼睛，张口说："私……私は直人君のことを大好きよ！"

查尔斯不明白她在说什么，但另一个意识却突然明白了，他知道了为什么朝仓会千辛万苦出现在这里，并非为了查尔斯，而只是为了对他说一句话……

"我……我非常喜欢直人君呢。"

但查尔斯还没有反应过来，朝仓已经迈上前两步，勾住了查尔斯的脖颈，踮起脚尖，吻了他的嘴唇。直人感到，她的嘴唇轻薄，绵软而湿润，带着夏日的芬芳和少女的气息。

"直人，"朝仓哀婉地在查尔斯耳边说，"我就在你身边，可你非要通过千里之外的查尔斯，才能感到我的存在吗？"

保安随即冲上来要把朝仓拉开，但查尔斯大概明白发生了什么，让他们不要动手，对朝仓说："小姐，相信你心爱的人会明白你的心意的。"

然后，他轻轻地对他根本不认识的直人说："幸运的家伙，不要错过身边的幸福哦。"

……

不知什么时候，直人退出了脑际连接，望着房间的天花板，觉得泪水充满了眼眶，又从眼角流下。

收看查尔斯的直播许多年，他和无数美丽的女性有过令人艳羡的浪漫且风流的回忆，但他在心底知道，那些和他无关，只是查尔斯的魅力所致。但他宁愿忘记这一点，让自己沉浸在查尔斯的幸福生活里。

然而今天，在最后的这场直播中，在他融入查尔斯的三年中，第一个也是最后一次，一切颠倒过来了：那句话，那个吻，是为了他，宅见直人，而不是查尔斯。

他不是查尔斯，也永远不会是查尔斯。但他仍然可以做他自己，拥有自己渺小却并非卑微的幸福。有些甚至是查尔斯也无法企及的。

直人坐起身，还觉得头脑昏沉沉的，又是自我麻醉的一天。但以后不会了，查尔斯的直播如今已经结束，即使他从冥王星回来，可能也不会再开启。而直人会去寻找新的生活，寻找属于自己的幸福。

直人下定决心，拨打了一个电话，在响了好几声后，终于被那边接起："你好，我是朝仓。"声音中带着几分紧张和期待。

直人还没有说话，蓦然间耳边响起了引擎声和欢呼声，直人望向打开的电脑荧屏，看到发射场上，几十艘飞船拔地而起，射向天外，在空中留下一条条长长的尾迹，如同远去的雁群。查尔斯已经毅然踏上了苍茫太空的漫漫征途，而这一次，直人无法也不想再依附在他的灵魂上，他有更重要的事要做了。

直人深深地吸了一口气，听到自己颤抖的声音说："小南，我喜欢你，请与我交往吧。"

再见了，查尔斯。

### 尾声之后

一年后。

一艘天蓝色的飞船收拢光帆，打开登陆引擎，缓缓落向一颗黑沉沉的、几乎完全浸没在黑暗中的星球。飞行平稳，层层下降，看上去一切正常——

这也意味着第一个地球人即将踏上冥王星的表面。

但当飞船距离星球表面还有大约2000米时，不仅没有降低速度，却突然怪异地猛然加速，旋转着向冥王星表面的厚厚冰层撞去，十几秒钟后，一朵微弱的火花绽放在冥王星表面，如同黑夜中一闪即逝的火柴，然后就是长久的沉寂。

这是中国的冥王星探测器"谛听"拍摄到的图像，大约5个小时后，图像被传送到地球，也传来了太阳系尽头的噩耗。此后40个小时内，任何联络的尝试都归于失败。2天后，另一名比赛选手乔治·斯蒂尔在冥王星成功着陆，发现了面目全非的飞船和被烧成焦炭的查尔斯·曼的尸体。

消息传回地球，唏嘘一片。查尔斯的死因众说纷纭，主流的观点认为是技术故障，查尔斯的飞船是自己改装的，各方面都存在缺陷，出问题并不奇怪，但是问题在哪里，专家们又各执一词，有人说是电脑程序的错误，有人说是引擎本身的故障，还有人说是飞船控制面板的按钮分布过于密集，让查尔斯忙中出错。

也有人认为，查尔斯是自杀的，他们从查尔斯在地球上最后一段时间的若干古怪言行中找出证据，试图证明他已经厌倦了生活，想要离开这个世界，而撞击冥王星就是这位天才精心安排的行为艺术。这也能解释，为什么上一次开新闻发布会的时候，他如此神色古怪。

另外还有一些人认为，查尔斯是被害死的，这个说法最骇人听闻，也最千奇百怪。害死他的主谋从竞争者斯蒂尔、前情人仓井雅到代卡洛斯飞船集团以及贝尔实验室等，可以列成一个长长的名单。一个有力的佐证是查尔斯的女友细川穗美在查尔斯死后第3天，就因为所驾驶的飞车和另一辆飞车对撞而在东京上空爆炸，这个巧合似乎可以被视为阴谋，不过更合理的解释显然是细川伤心过度，神志恍惚所致。

网上也出现了各种各样的流言和稀奇古怪的所谓"证据"，大部分经不起推敲，但也有一些看上去有点分量，有一段录音中似乎是查尔斯在和古德斯坦的吵架，另一段视频似乎是查尔斯在和某个名人老婆偷情，还有他的父亲说他挥霍无度导致没有钱的电话录音……但这些伪造起来并不难，

| 拯救世界 ——

而且也无法证明和查尔斯的死有任何关系。至于有人说查尔斯是因为发现了脑桥芯片公司控制人类的阴谋而被灭口，就更是笑话奇谈了，没人会真的相信。

但无论如何，查尔斯死了。死了，再也不能复活。一个死人，无论是多么名声显赫的死人，被遗忘的速度总是很快的。查尔斯的事被热炒了一两个月，人们为他举办了各种缅怀和纪念仪式。不过全世界很快出现了几名炙手可热的新星，他们也都开通了感官直播，有天才神童、国民美少女，也有草根人士，人们很快又被吸引到新的、更丰富的娱乐生活中去。

但有许多人却仍然无所适从，他们难以理解查尔斯的死。

"我……我就是想不通，"宅见直人喃喃说，给自己斟了一杯啤酒，"查尔斯怎么会死呢？3年来，我熟悉他的一举一动，我有他的几乎每一个记忆，既然我活着，他怎么会死？"

"你是你，查尔斯是查尔斯。"朝仓冷冷地说，对直人她已经越来越没有耐心了。

直人摇头："你不明白，你根本不明白。那种感觉……我还可以清楚地记着查尔斯的一切，他在天上如何风驰电掣，如何在珊瑚丛中潜水，在读者见面会上如何发言，在酒会上如何觥筹交错，在非洲如何赈济灾民……对我来说，就好像是昨天的事一样。我看到地球在我脚下，我听到奥地利金色大厅的音乐，我闻到富士山下樱花的香味，我还……"不知不觉中，他已经从第三人称换成了第一人称。

"你还记得和仓井雅、宝拉和玛丽安娜如何浪漫缠绵吧。"朝仓冷冷地接道。

"当然，"直人憧憬地说，没有注意到女友表情的变化，"那些经历真是永世难忘啊，可惜没有和细川穗美在一起的记忆——"

"宅见直人，你这个浑球！"朝仓终于忍不住痛骂了出来，"你这辈子除了幻想自己是查尔斯之外，还会干什么？"

"小南，你又怎么了？"直人有点儿摸不着头脑。

"查尔斯死了都快半年了吧？你几乎每天都在絮絮叨叨那些和你没有任何关系的往事，怀念那些根本不知道你是谁的女人，跟你说你也不听，我简直要疯了！这日子没法过了！"

"你不懂，我参与了这一切，这些和发生在我身上没有任何区别，我知道自己不是查尔斯，但它们也是我经历的一部分！"

"哼，"朝仓讥讽地笑了，"你的经历就是日复一日地躺在房间里收看直播，本质上，你和那些看了电视然后想象自己是男主角的白痴没什么两样。"

"住口！"直人不由怒火中烧，"每次你都这么说，可是你从来没有过感官直播的经历，有什么资格下判断？再说你是我的什么人，有什么权利告诉我我该干什么、不该干什么？"

"我是你的什么人？"朝仓的眼睛也在愤怒中闪闪发亮，"你说对了，我不是你的什么人。既然你这么说了，我们还是分手吧。"

"分手就分手，当初我就不该接受你！"直人恶狠狠地说。

朝仓没有再和他争吵，沉默地收拾起了自己的衣服和物品，直人在一旁看着，开始有些悔意，却又不好开口。直到朝仓提着几个大包站在了玄关口，他才着急起来，"你这是干什么？大半夜的，有什么事明天——"

"直人，"朝仓的语气平静得令他害怕，"我曾经以为自己可以改变你，但是我错了。也许你是对的，你就是查尔斯，你会永远活在关于查尔斯的记忆里。但是对不起，这不是我想要过的生活。"

"我……我不是……"直人不知说什么好，眼睁睁地看着朝仓打开门，离去，脚步声越来越远，最终消失。

直人犹豫了一会儿，拨打了朝仓的电话，但是朝仓已经关机了，只有长长的忙音。

"走吧，都走！"直人喃喃地骂了几句，坐回到椅子上，继续自斟自饮起来。

为什么生活总是这样，他永远无法和人好好相处？不管他如何尝试，除了失败还是失败，在这个现实的世界，连空气都令人窒息。如果，如果他还能回到查尔斯身上，再过一次那种意气风发的人生，那该多好啊……

直人一边想，一边在电脑上漫不经心地点击着，他进了一个讨论感官直播的论坛，顶上的一行大字顿时吸引了他的注意：

"查尔斯·曼复活了！"

什么意思？

直人点进去一看，发现是时代传媒公司的广告，网页上面用英文写道：

"为缅怀已故的查尔斯·曼先生，本公司从他的继承人那里购买了以往全部直播内容的备份数据，以飨观众。直播内容的总长度达85439个小时，跨度为整整10年。您可以选择收看其中任何一个片段，也可以从头到尾浏览，以便深入了解查尔斯先生的生平和事迹……"

直人的心狂跳起来，10年中所有的数据！也就是整整10年的直播人生！作为收看者，那些中微子波转换成的视觉和听觉会随即消失，也有技术手段防止私下拷贝，但是显然在相关机构内部会有备份，进行"重播"是可能的。对直人来说，他是从最后3年才开始收看查尔斯的，之前的7年都是空白的，但如今他可以从一开始就收看重播，这样的话，也就是说——

直人倒抽一口冷气：他将拥有整整10年查尔斯的人生，他将再一次和查尔斯融为一体，去面对未来（实际上是过去）的精彩人生，而这次，至少10年里不会再担心被单方面中断直播了，他可以放心地将自己融入查尔斯的意识深处。

直人兴奋地扫了一眼下面的条件，这回不再是免费的了，不过也不贵。每小时收费100日元，不过如果购买一天以上会降为50日元，如果全部购买每小时更是只要20日元，他完全可以负担。

他迅速用网上银行付了账，全部购买要将近160万日元，他暂时没有那么多钱，只能先花了20多万购买了头一年的数据，以后的再慢慢付吧。

直人躺回到榻榻米上，打开中微子转换器，电脑语音告诉他正在进行连接，准备接收数据，大约1分钟后可以开始直播，不，重播。

正当直人焦急地等待时，耳机中响起了提示音乐，告诉他收到了朝仓的一条语音短信。这回直人直接关机，根本懒得看一眼。或许朝仓又回心转意了，但那又如何？只要能再度成为查尔斯，我不会再需要这个女人……

中微子波束源源不断地传来，转化为电磁波和脑波，重播开始了：

重力感同步：我平躺在什么地方。

触觉同步：好像在一张床上，软软的很舒服。

嗅觉同步：仿佛有药水的味道，但并不刺鼻。

听觉同步：一个女人的声音在跟我说话，而且越来越清楚了。

视觉同步：一个朦朦胧胧的人影出现在我面前……

他仰望着天花板，看到自己未来的经纪人丽莎·古德斯坦对他俯下头来，"感觉怎么样？"

"我没事……"他有些虚弱地说。

丽莎问："现在应该已经开始直播了，你还记得自己是谁吗？"

一丝自信的笑容出现在他苍白的脸上，"那还用说？我是查尔斯，独一无二的查尔斯。"

宝树 ── 穴居进化史
重回文明原点

| 拯救世界

### 一　公元前 105803245 年

咚！咚！咚！

大地有规律地震颤着，一下又一下，由远而近，由小而大，由轻微而猛烈。

卡卡躲在黑暗中，耳朵贴在洞壁上，警觉地听着来自上面的声音。它知道这意味着什么，一头用两条后腿行走的巨兽正走过它的寓所上方。它知道这是巨兽对自己领土的日常巡视，没什么可怕的。但大地的震动令它没有逻辑思维能力的大脑也直观地意识到，那森林之王拥有何等的体型和重量。有时候，它周围抖动得如此厉害，让它觉得，自己辛辛苦苦建造的房屋仿佛就要在巨兽的践踏下整个崩塌下来，埋入大地深处。

但这并没有发生，巨兽一步步走过它的头顶，慢慢走远了。

卡卡松了一口气，它知道自己暂时安全了，可以上到地面。它迅速穿过自己挖出的复杂隧道，在一丛蕨叶的后面露出毛茸茸的小脑袋和尖鼻子。巨兽刚刚走过，周围一片静谧。卡卡大胆地钻出来，惬意地伸了个懒腰，在清晨的空气中深深嗅着，寻找着食物的气息。

用不着多嗅，它尖锐的眼睛就看到了一块石头上伏着一个褐色的小东西。卡卡顿时兴奋起来，它知道那是一只蜥蜴，肥美而多汁，可以供自己饱餐一顿。一早上就碰到这顿美食，真是好运气。

卡卡蹑着步子，向自己的早餐走去，在蜥蜴觉察到危险之前，就迅捷地按住了它的尾巴。但蜥蜴立刻反应过来，扭动着身体挣断了尾巴，窜入石头下，在蕨丛下的真菌和苔藓间灵活地穿行着。卡卡快步追在它后面，狩猎的本能让它浑身的血液都快要沸腾起来。

但蜥蜴及时钻进一个树洞，很快不见了。卡卡尝试着把头伸进去，但失败了。虽然它自己的体型并不大，但是那个树洞更小。卡卡沮丧极了。不过一分钟后，它就忘了自己在这里干什么。它还嗅得到蜥蜴的味道，但已忘记它在哪里了，只是迷惑地四下打转。

一个长长的影子蓦然出现在它背后，卡卡一转身就看到了，它顿时毛发直竖。那是一只硕大的怪鸟，不过事实上那并不是真正的鸟。它两腿着地，浑身覆盖着羽毛，但没有翅膀，在鸟的翅膀原本所在的地方，是一对灵活的前肢，末端是两只尖锐的长爪。卡卡很熟悉这种动物，它知道这是自己的天敌，它的爪子可以像自己撕开蜥蜴那样轻松地撕裂自己的身体。

卡卡扭头没命地狂奔起来，怪鸟大步跟在它背后，尖声鸣叫着，前爪不住地向下扑击。卡卡感到了背后死亡的腥风，它在苏铁树间绕来绕去，绝望地试图甩掉它，但怪鸟却不依不饶地跟在背后。

卡卡设法寻找着回家的道路，它知道只有那儿才是自己绝对安全的避难所。它有限的大脑储备不足以理解空间结构，但经验让它本能地寻找着熟悉的场景，一棵树引向另一棵树，一块石头后面是一蓬草丛……近了，更近了……

终于，一个亲切的入口出现在面前，谢天谢地，它挖了不止一个洞口，很快就可以回到家里了！

当卡卡正要钻进洞里时，一只冰冷的爪子无情地按住了它，卡卡竭力尖叫着、挣扎着，但是无济于事，它的背已经被划破，鲜血直流，怪鸟硕大的脑袋和狰狞的长吻朝它俯了下来……

这时，卡卡看到，在怪鸟背后出现了另一个更大的黑色头颅，光这个头，就比怪鸟的整个身体还要大，那是森林之王的脑袋。这可怖的巨兽，竟然无声无息地出现在这里，但还不够塞牙缝的卡卡当然不是它的目标。

怪鸟不知怎么，感觉到了身后的危险，它终于放开了卡卡，咯咯叫着，惊恐地向前跑去。

巨兽一声大吼，令整个森林颤抖起来。卡卡浑身瘫软，侧倒在地上。它看到巨兽的大足从自己头顶跨过，落在离它还不到一个身体长度的地方。巨兽的长尾摆动着，扫过整个天空，似乎要将整座苏铁树林都扫倒。没几步，巨兽的獠牙就咬住了可怜的怪鸟。一阵徒劳的挣动和哀鸣之后，刚才还威风凛凛的狩猎者便成为奉献给森林之王的牺牲。

一块鲜血淋漓、热气腾腾的肉从空中掉了下来，落在卡卡身边，还带着几根羽毛，不知道是怪鸟身体的哪个部分。卡卡总算反应过来，敏捷地叼起那块肉，一瘸一拐地跑回了自己的洞穴。

这一次的遭遇让卡卡知道了自己的宿命，它永远只能留在洞穴周围，越少出去越好。外面是巨兽和怪鸟们的天下，而它自己的空间小得可怜。

在黑暗中，卡卡吃饱了，觉得安全而又惬意。背上已经渐渐不疼了，早上的恐怖也已被遗忘，它觉得只要能躲在自己的洞穴里，远离那些危险，日子还是很舒心的。它模糊地想起自己小时候，在另一个洞里，在母亲的怀中，吸吮着乳腺中分泌出来的甘甜汁液……那是多么快乐的时光啊！

当天夜里，卡卡做了一个梦。它梦见有朝一日，自己从洞穴里出来，身体越长越大，变成了一种新的巨兽，它不是四肢着地，而是像巨兽和怪鸟一样用后腿直立行走，成了整个森林的主人，一切都匍匐在它脚下，任它予取予求，并且走得更远更远，征服了地平线以外，那些它既不知道、也无法想象的世界……

据说，那是哺乳动物的第一个梦。

## 二　公元前30492年

阿鲁躺在岩洞深处，远离人们围着的篝火。属于他的那块冰冷石头上没有舒适的兽皮，只有一堆脏兮兮的干草。已经是深夜了，外面下着大雪，气温下降得很厉害。阿鲁感到寒气已经闯入了洞穴，包裹着他的身子，正在侵蚀进裸露的皮肤底下。

阿鲁向篝火望去，他也想躺在篝火边上，享受松木所带来的光明和温暖，但那里围着的都是些强壮有力的猎人和他们的女人。阿鲁只要稍微走近几步，就会被他们揍得鼻青脸肿后一脚踢开。阿鲁已经试了许多次，不敢再去找打了。

火堆边上传来"啪啪"的声音和女人低低的呻吟，阿鲁朝声音传来的方向望去，看到了膀大腰圆的阿熊骑在果果身上，正呼哧呼哧地在她青春气息十足的躯体上发泄着欲望。篝火将一男一女动作的影子映在洞壁上，显得格外魅惑。

阿鲁眼馋地吞了口唾沫，果果是部族里最年轻漂亮的女孩，每个男人都喜欢，当然也包括他，但平常他总凑不到她跟前。前些日子，他总算鼓起勇气，在灌木丛里摘了一把野果送给果果，女孩正要接过的时候，阿熊出现在他背后，一巴掌把他打到边上去，然后把一条血淋淋的鹿腿扔在果果跟前。果果脸上立即出现了惊喜的表情，把鹿腿捧了起来。阿熊咧嘴一笑，一把抱起果果到了一棵松树后面，而被打得晕头转向的阿鲁哼哼唧唧了半天才爬起来……

阿鲁也想弄到一条鹿腿送给果果，但他力气小、跑不快，布陷阱的水平也不敢恭维，打到好猎物的机会微乎其微。有一次他好不容易逮住了一只肥兔子，也被阿熊和阿豹他们一把抢走，打了牙祭。这种情况下，哪儿有他送出去的份？最漂亮的女人归最强壮的猎人，这个世界的游戏规则就是这么简单。

狩猎永远是阿鲁心头的噩梦，他的舅舅就是在打猎时被一头猛犸象活活踩死的；他的哥哥也没能幸免，被一头剑齿虎咬掉了半只胳臂，伤口化脓，没几天就死掉了。每天阿鲁都要和其他男人一起冒着严寒去雪原上集体狩猎，却只能分到骨头和脚掌这样微薄的部分——如果能分到的话。阿鲁害怕打猎，即使对果果的迷恋也没法让他成为一个好猎人，因为他知道他天生不能。对他来说，山洞里是最令他放松的处所。只有在这里，他才能找

拯救世界

到外面没有的安全感。

篝火那边，阿熊发出一声低吼，身体抖动了几下，便搂着果果倒在兽皮上呼呼睡去。寒冷却让阿鲁难以入睡。他坐起身，从干草下拿出半截烧焦的木棒，在岩壁上涂抹了起来，不久，一头栩栩如生的野牛轮廓出现在洞壁上，然后是一只跳跃的小鹿。

这是阿鲁唯一的技能，也是部族里其他任何人都不会的技能，他几乎能够画出任何动物的形象。人们在他画出的线条前都感到困惑，他们知道，这些单薄的形象并不是真的动物，却让他们觉得那是一只动物，他们不知道这是怎么回事。有一次，阿熊看到阿鲁画了一头野牛，迷惑地看了半天，越来越烦躁，最后大吼一声，把阿鲁按倒在地上揍了一顿，禁止他再作画。但凑巧，那天他们居然真的打到了一头野牛。有人说那是阿鲁的奇怪符号带来的好运。阿熊当然嗤之以鼻，不过对阿鲁的古怪行径总算是睁一只眼闭一只眼了。

阿鲁又画了一头狮子，他不是第一次画狮子，但这次在狮子身边，他添了一个男人，拿着一根木叉，叉向狮子。画上的男人只是几笔简略的轮廓，看不出任何特征。但是阿鲁在心里说：那是我，是我阿鲁。看我多厉害！一个人打下了一头狮子。

阿鲁想了想，又在狮子脚下画了一个倒下的人，那是阿熊，不过没有脑袋。脑袋，被狮子吃了，他想。

阿鲁傻呵呵地笑起来，似乎忘却了身边的一切烦恼。他画得兴起，又在画里的"阿鲁"边上添了另一个人形，有着诱人的身体曲线，阿鲁在它的胸口点上了一对丰满的乳房。他心里说，看，那是果果。在他创造的这个世界里，果果是受他保护的女人，当他杀死那头狮子后，就会把狮子扛在身上，和果果一起走回属于他们的洞穴，甜蜜地生活在一起……

对了，还要画一个孩子，他们的孩子……

洞穴外，冰河时代的雪越下越大。

## 三　公元前13390年

底比斯是一座壮丽的都城，法老很怀念在卡尔奈克神庙巨大的百柱殿里沐浴尼罗河水的惬意。不过比起那南方的旧都，法老更喜欢脚下的埃赫塔顿，因为这是他自己建造的，属于他自己的城市。在这里，没有历代先王的陵墓和宫室压在他头顶，也没有讨厌的阿蒙神庙的祭司对他指手画脚，这里的统治者只有他和庇护他的太阳神——阿吞。

整座埃赫塔顿城尚笼罩在黑暗之中，只东方有一线朦胧的光明。法老一早便已起来，站在这座伟大城市的中心——他亲自设计的太阳神殿门口，看着春分日的太阳准确地从两根巨柱间升起，将金色的阳光射进长长的空无一人的柱廊，照亮了挂在头顶的纯金的阿吞神像——没有人的形体，只是一个放射着光明的圆盘——在阳光下熠熠生辉，如同第二个太阳，通过巧妙设置在殿中各处的圆镜，将阳光一一反射，把整个大殿照亮。这是属于他的光明，令他感到欣悦无比。原本如同黑暗洞穴般的大殿，转眼间便成了充满光明的宇宙。

法老在阿吞神像下伫立着，心中充满了宁静的愉悦。

和往年一样，今天的春分祭祀仪式由太子图坦卡蒙代为举行，表面的理由是法老要在圣殿中接受阿吞神的默示，但事实上，法老怀疑其他人也暗中知道真正的原因，其实是他不想在公开场合露面。他身材比一般人高得多，长着狭长的脸、细瘦的四肢和肥大的胸及肚子，身材完全不匀称，看上去像是一个怪物。虽然他由于无可争议的高贵血统得以继位，人们表面上对他毕恭毕敬，但法老知道，不知有多少人在他背后指指点点，传播着各种恶毒的谣言。

为此，法老建筑了新的都城，从底比斯搬到了这里，在埃赫塔顿的新宫廷中，他不用再在人前出现，无论是他的兄弟叔伯，还是大祭司，大多都见不到他。在这里，他可以醉心于和他的阿吞神的精神交流，并且发展

| 拯救世界

各种颂扬新神的艺术：在他的指导下，新风格的绘画、雕塑和诗歌源源不断地涌现出来，他如同建造了一个属于自己的世界。

面对着阿吞发光的神像，法老在无人的大殿里高声吟咏着自己写下的热情颂歌：

> 你在我心目中，
> 没有其他人知道你，
> 只有你的儿子，伟大的国王
> 他来自你的身体
> 代表你统治大地，他爱着他的王后
> 哦，美丽的娜芙蒂蒂
> ……

但有时候，外面的世界仍然要闯进来，打破法老心灵的宁静。

卫士通报后，一名红袍的高级书吏走进大殿，在法老面前跪下行礼。他带来了外部的消息：

"太阳神阿吞的化身，上埃及和下埃及的永恒统治者，伟大的万王之王……"书吏不敢马虎地念诵着法老冗长繁复的神圣头衔。

法老不耐烦地挥了挥手，"说正事吧，有什么消息？"

书吏从镶金的皮袋里抽出一张写满象形文字的纸草卷，展开念了起来："赫梯王的军队已经占领米丹尼王国，我们在幼发拉底河的统治被动摇……

"巴比伦王国也面临入侵，国王向您紧急求援……

"叙利亚的叛乱进一步扩大，达克巴总督被反叛者杀害，目前骚乱已经延伸到了迦南地，反叛者甚至僭越称王……"

"够了！"法老怒气冲冲地说，吓得书吏趴伏在地上，"去年年底，我已经命令驻守孟菲斯的 10 万大军前往亚洲平定局势，并从底比斯增派 3 万援军，为什么到现在局势还没有缓解？是你没有把命令传达下去吗？"

188

"太阳神的化身啊，"书吏哀告说，"我怎么敢违背您神圣的旨意？我第一时间就把消息沿着尼罗河传到了底比斯，但是那些……那些大祭司……"他吞吞吐吐起来。

"说！"

"是，那些大祭司控制了您的各级长官，找出各种理由拒绝执行您神圣的命令，他们说，由于陛下背弃了阿蒙神，埃及上下都人心惶惶，底比斯也骚乱四起。再说，国库的钱都被用于修建新都了，军队也填不饱肚子，对边陲局势无能为力……除非您能够返回底比斯，向阿蒙神忏悔，否则您的旨意他们无法执行。"

"混账！胆敢如此藐视我的权威！"法老的怒火如同要将整座神殿吞没，一只金杯被猛地抛到地下，发出尖锐的声音，"传我的命令，埃赫塔顿的全部军队整装待发，我要御驾亲征这些老鼠一样的叛徒，将邪恶的阿蒙神庙夷为平地！"

书吏浑身发抖，答应着向外退去，法老却又叫住了他："等等……你先下去，让我再想想。"

当愤怒的潮水退去，法老就知道，他的话不可能实现。在过去的十多年中，他和阿蒙神的僧侣们进行了不知多少次的斗争，毁掉了好几座神庙，甚至处死了几名大祭司，却没有撼动对方的根本，反而被他们一步步逼出底比斯，让他退缩到埃赫塔顿这个坚固的壳里，事实上也架空了他。他的实际权力小得可怜，号令也许根本出不了这座城市，御驾亲征？笑话。恐怕到时候他自己的军队会首先哗变。

事实是，几乎没有任何人理解他，他的信仰、他的艺术、他的世界。他是他们的王，但也是这个世界的异类。

除了那个完美的女人……

他的王后，娜芙蒂蒂。

现在，法老急于见到她，向她诉说一切。只有她永远能够理解他，支持他……她是他的"共治者"，在宫廷的壁画上，他和她永远站在一起，仰望天空，接受阿吞神的洗礼。

他走过中庭，走进王后的寝殿，那是他不允许任何人进入的地方。金碧辉煌的寝宫中没有侍女，只有一线金色的阳光从高窗照进寝室，照亮了摆放在案头的一尊精美的彩绘雕像。

高高的蓝色王冠下，是一条缠绕在额头上的金蛇，下面是清丽无瑕的容貌和一对梦幻般的眼睛。

那是他亲自雕琢的，他梦想中的完美女神。娜芙蒂蒂，这个名字就意味着"美丽的人来了"。世界上任何女人都无法和她相比。

但是，不存在这样一个完美的女人，从来不存在。她是法老少年时的梦，一个超出这个与他为敌的世界的奢侈梦想。即使在他成为法老后，也没有办法让这个幻影变为现实存在。

但至少，他能够让这个世界认为她是存在的。提及她的铭文和画像在埃赫塔顿无所不在，他将自己和几个侍女生的儿女都算成是她生的，知道这个秘密的人大多数都被他处死了，剩下的几个未来也将会为他陪葬。他亲自编撰的他们的爱情故事将会被记载在史书上，万世传诵。

法老暂时忘却了尘世的烦恼，坐在寝殿深处，陷入了甜蜜的思绪。

然后，法老埃赫那吞走出房门，向下人发布命令，让他们把自己的养子摩西找来，关于创世神阿吞的伟大，自己有一些新的领悟要告诉他。现在，摩西是唯一可以和自己说上几句话的人了。

### 四 公元 2067 年

马修推开门，走出旅游中心，发现自己站在一块高地上，整座城市在他脚下伸展开来，直抵远处青葱的山麓。

这里不是他想象中那种热带丛林间主要由低矮木屋构成的小镇，而是一座高楼大厦林立、由四通八达的立交桥连接起来的大都市，马修倒是没想到，在非洲腹地，在大森林深处，还有这样现代化的城市，这样一看和美国也没有多大区别，但高楼间仍有大片乌压压的贫民窟，提醒他这里仍是落后的国度。

当然，还有四起的黑色烟柱和几座崩塌的高楼，以及零零散散的火光和枪炮声，表明这座曾经繁华的城市正经历战火摧残。

马修从高地下来，好奇地沿着一条街道走下去。战争中，绝大多数居民已经逃难走了，几乎看不到人，这条街本身倒是没有遭到很大的破坏，道路两旁种着高大的芭蕉树，充满热带风情。

马修一边看，一边用"摄影眼"拍照。路边的建筑上，除了法语和当地语言外，还有许多方块字的招牌，当然马修一个字也看不懂，不过这让他想起了本市的唐人街以及他最爱吃的中餐馆，他决定晚上叫一份宫保鸡丁来吃……

马修漫不经心地走着，忽然一堆黑乎乎的东西映入眼帘，上面有一堆苍蝇嗡嗡盘旋着。他看了良久才看出来，那是一具尸体！他穿着政府军的军服，已经开始腐烂，身体侧卧着，肠子和其他内脏从破烂的肚子里流出来，惨不忍睹。

马修打了个寒战，这就是战争，他想，残酷的战争，已经有两个世纪没有降临美国本土的战争。

民主刚果的内战已经持续了一年多，这场战争表面上是上一次刚果战争的延续，但实际牵涉两大世界强国。这回，对外友好派在大选中获胜，上台组阁，但很快，反对派指责获胜一方选举舞弊，宣布退出联合政府，并在全国范围内发动游行示威，很快演变成暴动，军警弹压时打死了几个人，加之媒体大肆渲染，很快变成了一场人道主义危机。不久，在或明或暗力量的支持下，东部叛军的武装死灰复燃，在源源不断的先进武器帮助下攻城略地，占领了这个国家的半壁山河。

而这座城市，就是这次战争中双方争夺的关键据点之一。不过今天，主要的战争已经结束，只有残余的敌对势力还在反抗。

马修对着尸体拍了好几张照片，然后立刻上传到社交平台，"嘿，快看，我在刚果战场！"

## 拯救世界

路边的尸体渐渐多了起来，有穿着对立双方军服的，也有的明显是平民，大都血肉模糊，死状可怖。还有几部被击毁的坦克和运输车，显示出这里不久前才发生过激烈的战斗。路边甚至有几条棕黄色的鬣狗啃食着尸肉。

这未免太离谱了，马修想，难道反对派武装不收拾尸体吗，就让这些野兽糟蹋？他打开声音模拟器，发出一声响亮的枪声，鬣狗们听到后，呜呜叫着，一哄而散。

马修抽空瞅了一眼社交平台的主页，没人搭理他，他略感扫兴。不过在今天这个网络极度发达的时代，要引起人们关注的兴趣是越来越难了。刚果战争对于文明世界来说，不过是一场边缘的战事，还不如德国最近培养的会说话的转基因猫更惹人关注。

马修已经没有拍这具被鬣狗啃过的尸体的兴趣了，他刚要走开，尸体忽然动了一下。马修吓得退了一步。

这是错觉吧？

但尸体又动了一下，非常轻微，但很明显是尸体本身在动。

马修汗毛直竖。究竟是怎么回事？难道是传说中的僵尸？

不，不可能。或许这人还没死，或许……不管怎么说，他伤害不了我分毫，我随时可以离开这里……

马修想着，上前几步，这回他看清楚了，是尸体下面有个什么东西在动。他轻轻拖开尸首，看到一个衣衫褴褛的黑人女孩，大而发亮的眼睛惊恐地盯着他，只有三四岁。

"你是谁？"原来这就是那些鬣狗围着尸体的原因，马修想后问道，"怎么会在这里？"

女孩更加瑟瑟发抖起来，嘴巴一扁，像要哭泣。

"嘿，你别怕，"马修笨嘴拙舌地试图安慰她，"你别看我长得和你不一样，其实我也是人……我是……美国游客，你知道吗？美国……算了……你不知道……"他沮丧地摇摇头，女孩看来根本不懂英语。

但女孩好像也发现他没有恶意，恐惧渐去，她细声细气地说："pa-pa,

pa-pa。"指了指地下的尸体，又比画了几个手势，马修忽然明白了，"你是说，他是你的爸爸？"

女孩推了推地下的尸体，眼泪汪汪地看着马修，马修明白了她的意思，不由一阵鼻酸，"对不起，孩子，你爸爸已经……我也不能把他叫醒……上帝啊，你的腿！"

他这才看到，女孩的一条腿已经血肉模糊。他明白了，应该是在一次爆炸中，女孩的父亲将女儿扑倒在地，自己被炸死，而女孩也有一条腿被炸伤了，所以她只有蜷缩在父亲的尸体下面，躲避鬣狗的啃食，没有人来救她。

"你要去医院！"马修说，"现在就去！可是，医院……医院是在……"他一时犯了难，他怎么知道医院在哪里？他打开主控电脑的地图功能，在眼前的虚拟界面上查询医院的位置，倒是找到几间，但在战争中估计早就关门了。

"嘿，你，你是什么人，举起手，站起来！"从马修背后传来一声呼喝，典型的美国南方口音，马修用后视眼看到，那是三个一身墨绿色、全副武装的特种士兵，但既不是政府军的，也不是反政府武装的，他想起关于那些保安公司的传说，据说在战争中，反对派的叛军根本不堪一击，真正的顶梁柱，是一批隶属于某些秘密保安公司的特种部队，而这些公司背后真正的主宰是某种神秘的力量……

马修知道是自己刚才发出的枪声把他们招来的，他站起身来，对他们说："别误会，我是美国游客。"

"游客？现在这个国家可不开放旅游，你还是个小屁孩吧？瞒着家里偷偷跑来的？"

"听着，"马修压抑着怒火说，"现在不是说这个的时候。这个孩子伤得很重，你们必须救救她，把她送到医院去！"

"你胡扯什么呢？你以为我是特蕾莎修女吗？滚回你妈怀里吃奶去吧！"一个大兵骂道，众人哄笑了起来。

"嘿！"马修说，"听着，我不懂军事法，但我敢肯定，你们有义务救助这个孩子,如果你们不去做的话,我会向媒体披露这件事。"

大兵们沉默了片刻,马修听到他们交头接耳起来:"别理这小子,我们还有事情要办,赶紧把他们处理掉……"

"最好别惹麻烦,上次罗伯的事,上头好不容易才遮掩过去……"

尖锐的入侵警报忽然在马修的耳边响了起来,提示有人正在解除他的远程感应服。该死!不是现在,不是在这里!马修徒劳地挣扎着,"你们……必须……我说……"在他们诧异的注视下,他缓缓倒了下去。

一阵晕眩过后,马修发现自己躺在费城的家里,身上的VR装备被解了下来,母亲怒气冲冲地站在他面前,"叫了你多少次,下楼吃饭!"

"妈!我有非常重要的事情!十万火急,回头再说!"马修几乎要疯了。

"有什么重要的事?每天就上网干这些乱七八糟的……这些是什么?"

"我跟你说过了,别进我的房间!我已经25岁了!"

马修大吼大叫着,几下把母亲推了出去,还听到母亲絮絮叨叨地说:"25岁了,大学毕业都好几年了,也不好好找个工作,每天就待在家里玩这些活见鬼的游戏……"

马修不去理她,心急如焚地反锁上了门,回到躺椅上,重新穿上VR衣,戴上头罩,大西洋另一边的数据又源源不断地传来。

马修发现自己的临时身体倒在刚才的路边,他挣扎着爬起来,发现一条胳膊已经被打飞了,腿上和身上也多处中弹,好在没有伤到要害,还能走动。他向道路尽头看去,依稀还能看到那几个雇佣兵远去的背影。

但那个女孩呢?她在哪里?

马修转了一圈,很快再次看到了那个女孩。她躺在一片血泊中,眼睛睁得大大的,鲜血正从她刚刚被撕扯成两半的残躯上涌出来。

马修气得发抖,这些浑蛋,就几分钟时间,他们居然用这么残忍的方法杀了她,这是对人道主义的公然践踏!他要告发他们!要让全世界都知道这些畜生的暴行!

但他很快冷静下来。不,这太难了。那些冷血杀手名义上和美国政府没有任何关系，甚至和美国也没有任何关系。他们和自己目前使用的身体一样，属于某个保安公司的人形机装置，真正的操纵者可以在世界任何一个地方，只不过一个军用，一个民用。当然，这些家伙十有八九是退役的美国老兵，没有他们，叛军不可能进展得如此顺利。但他毫无证据。他甚至没有拍下他们行凶的过程。当连接中断后，他的临时身体就自动处于休眠状态。

　　这甚至还会给他自己招来麻烦，谁知道那个女孩是怎么死的？理论上也可能是他杀的。并且，他进入这个国家也是非法的。自从战争爆发后，为防止有人用作间谍、侦察等用途，通过远程操纵的人形机进行旅游的官方业务就中止了。他是偶尔在一个小论坛上看到网友推荐，动了一睹战场的念头，才设法找到那个遮遮掩掩的商人，达成以每小时1000美元的价格使用这部人形机的协议，结果却闹成了这样，机器毁损得不成样子，还死了一个孩子。他怎么能证明，这不是他自己出于某种变态欲望干的好事？

　　但马修还是忍不下这口气，他想了想，拨打了那个商人的网络电话，简略地告诉他情况。

　　"算我倒霉！"对方叹气说，"这件事你千万别闹大了，否则对我也没好处。这些机器是我们公司的，我只是趁没人管私下出租，想赚点小钱养活老婆孩子，如果你告发的话，我的事也得抖出来。"

　　"可是他们杀了人！那个女孩……"

　　"在我们的国家，同样的事情每天都会发生成百上千起，"商人闷声说，"这就是战争！这回你看到了……好了，损坏的机器我自认倒霉，也不用你赔，事情到此为止，好吗？"

　　马修握紧了拳头，很想打人发泄，却无可奈何。

　　马修下楼吃饭的时候，还想着那个女孩，心里很难过，对母亲的唠叨也无心反驳。直到快吃完饭的时候，耳机忽然提示他，他接收到了一封新的声音邮件。

　　"嘿，伙计，"是他的死党肖恩，"好消息，我在网上碰到几个女孩，她们说今晚要去艾尔斯石开party，你知道艾尔斯石吗？她们说那是奥地利沙漠里的一块什么石头，管它在哪儿呢，我约了和她们一起。这回可以好好爽一把了，听说那边的人形机都是仿真的，性爱功能超酷的！"

马修不禁笑了起来，母亲看了他一眼，"你笑什么？"

"没什么。"马修说，在冰箱里拿了一罐啤酒，惬意地喝了起来。有了远程感应服和人形机真好，足不出户，就可以去世界上任何地方做任何事情，有时候闲了闷了，就去伦敦喂鸽子，或者去澳洲泡妞，晚上还能准点下楼吃饭，这才叫生活！以前的那些可怜家伙，他们是怎么活的啊？

正如之前的无数异国经历一样，非洲的那座城市和那个死去的女孩，马修早已抛诸脑后，在这个伟大的时代，长时间想着一件不愉快的事情，可不是生活啊！

## 五　公元 2109 年

"曾经有一份真诚的爱情摆在我的面前，可是我没有珍惜，直到失去后才追悔莫及。人世间最痛苦的事莫过于此……"

电脑荧屏上，脖子上架着剑的至尊宝泪光莹莹地对紫霞仙子说。电脑前，林克目光呆滞地看着，跟着屏幕上的对话喃喃念道："如果上天能够给我一个再来一次的机会，我会对那个女孩说三个字：我爱你。如果要给这份爱加上一个期限，我希望是——一万年。"

紫霞感动地扔下了宝剑，泣不成声，林克也动容地擦了擦眼角，就在这时，电脑上的图像消失了。

林克不满地嘟囔起来："露娜，你在干什么？"

一个柔美却毫无感情的女声从上方传来："您已经连续观看 4 个小时了，通过您体内的微型监测仪，我发现您的身体状况已经处于亚健康水平，之前我已经两次提醒您无效，因此按照基地管理章程第二十五条第三款，强制关闭了视频。"

"你就是一个破电脑,谁给你的这个权力?"林克不满地抱怨说。

"作为本基地的主控电脑,根据章程规定,除了站长之外,我的权力凌驾于任何个人之上,"电脑说,"包括副站长,也就是您。"

"他们都死了,"林克无力地说,"只剩下了你和我,我就是站长,你就不能听我的吗?"

"但是您没有得到上级的任命,按照规定……"

"上级个头!"林克终于爆发了,"你呼叫总部会有人答应吗?这都多少天了!他们全死了,整个地球都完蛋了,哪里还有什么上级!也许我是全世界唯一还活着的人!"

"的确有这种可能。"露娜平静地说。

"所以你应该听我的!"

"但是章程里没有这个规定,并且,如果您是最后一个活着的人类,那么您更应该珍重。"

林克狂笑起来,"有意义吗?珍重自己,为了什么?等外星人来救我?还是你能变成一个活女人出来跟我繁衍后代?"

"一切生物都有延续自己生命的本能。"

"可是人类作为一个物种却没有,"林克苦涩地说,"要不然,也不会有那一场战争了……"

是的,那场战争,林克想。中美两强,或者说东方和西方之间,在30年的冷战后,最后的激烈碰撞,迸发出了壮丽的火花,不,是一场遍及整个地球的大焰火,终极核战之火。48小时内,几万枚核弹——包括少量反物质导弹——在世界上8000个大小城市相继爆炸,几乎所有国家的政治经济军事中心都被摧毁,林克他们顿时与世隔绝,甚至不知道是否有人存活了下来。

但对于大部分人来说,即使熬过了第一波核攻击,也会死在核爆炸带来的辐射尘和次级污染中,更不用说接下去对全球气候和温度的毁灭性影响,没有作物能够生长,只有最坚韧的生命才可能活下来。如今,那场战

## 拯救世界

争已经过去了整整一年,外面却仍然一片寂静。

当然,林克不知道外部世界发生了什么,部分原因是露娜根本不让他离开基地——更确切地说,是这个房间。

林克无神地向周围看去,这是一个大约10平方米的房间,天花板矮得一伸手就可以摸到。墙壁上遍布按钮、电线和控制板,有两个明显的孔洞:食物输入孔和排泄物输出孔。房中散乱地堆放着一些仪器和电脑,没有床,只有一个脏兮兮的睡袋。

在过去的一年中,林克就是在这个狭小肮脏的房间度过的,唯一的活动范围就是这10平方米,唯一的娱乐就是看老电影或者玩弱智游戏,唯一的同伴就是不近人情的人工智能体露娜。

"为了让我活得好一点,至少你也得多开放两个舱室吧?"林克对露娜恳求说,"我在这鬼地方实在待得烦透了!连走两步都不行!不看片还能干吗?光《大话西游》我就看了不下几十遍了!"

"您应该很清楚,"露娜回答说,"自从去年的泄漏事故后,四块太阳能电板损坏了两块,我必须节省电力。目前基地内的生命维持系统只够这一个房间的,如果再开放其他房间,系统有崩溃的危险。"

是啊,那场事故,林克想,他知道那不是一般的事故,是战争爆发后一个受不了刺激的研究员发了疯,进行歇斯底里的大破坏所导致。他本人和另外两个试图阻止他的成员一起死于那场事故,林克的最后一个人类同伴也在一个月后因伤重不治而死。

"至少你应该让我出去。"林克说,"我有权利出去!"

"外面有很强的射线,危险系数很高,"露娜说,"长时间暴露可能对您的身体造成不利影响。并且你知道,章程最重要的规定是,基地本身绝不能处于无人状态。除非有站长或上级的命令,否则我无权放你离开基地。"

"又绕回来了,"林克哭笑不得,"简直是第二十二条军规!你还不明白吗?除了我,不会再有人给你下命令了!这种日子我还要熬到什么时候?"

"您今年35岁,"露娜严肃地回答,"按照现代人的正常寿命,还能活

70年以上，即使考虑到目前生存条件的恶劣，至少也能活 50 年。至于我，如果太阳能电板不出问题并且注意保养的话，我还能正常工作 120 万个小时，也就是 136 年，足够让您度完余生了。"

"哟，那我可真得谢谢你了。"林克讥讽说。

"不用谢，这是我应该做的。"露娜说，"也许这是我能够为人类做的最后一件事，你们人类叫送终吧？"

"少废话！"林克吼道，"我要出去，告诉我怎么才能出去？！"

露娜罕见地沉默了片刻，似乎在思索。

"露娜？"林克又燃起了希望，难道真的有什么路子？

"我在重新检查各功能单元的数据……"露娜说，"现在有一个好消息，如果从宽泛意义上理解'出去'的话，您可以使用三号人形机获得外部体验。"

"不是所有的人形机都毁了吗？"

"不，刚刚接到三号机的数据，"露娜说，"在联络中断了 9 个月后，它还在 1000 千米外的南极地区，看来它的自我修复功能终于起作用了，至少暂时它能够正常使用，您想要远程操控它吗？如果——"

"那还用说！"

露娜还没有说完，林克已经急不可耐地套上了远程感应服。

一片黑暗中，群星渐渐出现了，璀璨的、静谧的、永恒的群星，银河在他头顶无声地流淌着。

林克发现自己呈"大"字形躺在地上，身体半埋在灰尘里，他站了起来，灰尘无声无息地落下。他发现自己是在一道山岭的顶上，他看到自己脚下，暗灰色的山脉起起伏伏，伸向远方微呈弧形的地平线，他知道基地和他自己的本体就在那些山脉深处。眼前的千沟万壑除了石头就是灰尘，一片死寂，如同沉浸在没有时间的深渊中，没有半点生命的迹象，甚至没有一丝风。

而在他的背后，是一个巨大的谷地，与其说是山谷，倒不如说是一个大坑，勉强可以看出圆形。它的直径至少有 10000 米，深达 3000 米左右，整座山丘事实上都是坑洞隆起边缘的一部分。仿佛曾有一颗大得不可思议

拯救世界

的核弹在大地的中间炸开，才炸出了这样的结构。而远处，还隐隐可见许多类似的山谷，层层叠叠，满目疮痍，好像是远古诸神之战的遗迹。林克忽然有一种错觉，仿佛战争不是在一年前，而是在10亿年前已经结束了一样。

林克向天上望去，乳白色的银河横亘天空，在天顶一带的是古老的南船座，南极老人星正熠熠发光，下面是小却清晰可辨的南十字座，四颗亮星肃穆地从银河的背景中浮现出来。再下面是半人马座，明亮的南门二悬挂在四光年外，现在，宇宙中最近的星星也遥不可及，像是嘲弄着人类的一切征服宇宙的僭越梦想。

然后，林克在半人马座的左下方看到了那东西，在远离银河的地方，几乎就在地平线正上方，好像刚刚升起，又若即将落下。但林克知道，除了周期性的天平动，它的位置几乎永远也不会改变。

那是一个怪异的球体，大致呈灰白色，还带着黑色的斑点，在阳光下反射着耀眼的光芒，如同一轮满月，但比月亮要大好几倍，也要更亮些。它在暗黑色的大地上清晰地照出了林克的影子。但林克知道，它当然不会是月球。

因为月球就在他的脚下，就是那沉寂的、死亡的古战场。

他看到的是地球，至少曾经是。

只是它已经几乎没有了蔚蓝色，变成了一个灰白色的球体。林克知道那是什么，是悬浮在大气中的辐射尘和核爆炸以及大面积燃烧后形成的烟雾颗粒，是曾经的人类城市和亿万人的身体，如今他们已经变成了一层厚厚的烟尘，在高温作用下升腾进入了平流层，被大气环流带到了地球上空除两极外的每一个角落，如同给地球裹上了一层厚重的棉衣。

当然，这层棉衣绝不可能保暖，相反，明亮的反光表明它屏蔽了绝大部分阳光，让地表长时间被死亡的黑暗笼罩，至少会有10年，也许会有半个世纪。地球生物圈将和自己唯一的热量来源隔绝开来。绝大部分剩下的人和动植物都会因此死去，这将是自6500万年前小行星撞击地球以来最惨烈的物种灭绝，而原因也将与之类似。

林克呆呆地看着，在那个地平线上悬浮的球体上，已经没有了任何生命的色彩，没有绿色，没有蓝色，甚至没象征人类战争的红色。它似乎变得和脚下的月球并无二致。那个他熟悉的地球已经消失了，变成了月球第二。而月球，和宇宙中任何一个地方——比如水星或者冥王星——都没有本质区别。

没有了人的世界，只剩下宇宙：无边无际的、空洞的、冷漠的宇宙。

一种突如其来的恐惧和绝望抓住了林克，他无法忍受再在这个无人的寂灭的宇宙中再待片刻，他切断了和人形机的连线，让自己的意识回到了基地中，狭小的房间和周围机器的嗡嗡声都显得无比亲切。

"欢迎回到月球基地。"露娜说。

"我要看电影，"林克深深吸了口气说，"快点，让我回到人的世界。"

这回露娜没有反对，百年前的周星驰和朱茵再次出现在荧屏上，演绎着一场场悲欢离合，直到最后又回到了盘丝洞里，五百年间，惘然若梦。也许这一切不过是一个洞穴中猴子的梦。

人类是穴居动物，林克自嘲地想，从最早的原始人，不，最早的哺乳动物祖先起就是这样，即使是树上的猴子，也不过是住在另一个由树叶、树枝和树冠组成的洞穴里而已。人类建筑了房屋、城市、国家，本质上无非是洞穴的变形。一切战争，其实和蚂蚁打架一样，只是为了争夺藏身的洞穴。即使探索太空的雄心，最终也不过是在月球上挖了一个洞躲进来而已……

我们是柏拉图说的洞穴人，永远无法离开洞里，外面阳光的光明灿烂，一切文明、科学、技术，只是为了更好地生活在洞穴里，我们最后也只能在洞穴中死去、腐烂。

林克漫想着，苦笑着，叹息着，不知什么时候合上了眼睛，沉沉睡去。

他做了一个梦，梦见人类长出了翅膀，飞向整个宇宙，飞向每一颗星星，将生命的种子播撒四方，征服了星空中那些他见所未见的世界……

那是人类这个种族最后一次做这样的梦。

## 六　公元 117094 年

"一、任何一个物体在不受外力或受平衡力的作用时，总是保持静止状态或匀速直线运动状态，直到有作用在它上面的外力迫使它改变这种状态为止……

"二、物体的加速度跟物体所受的合外力成正比，跟物体的质量成反比，加速度的方向跟合外力的方向相同……

"三、两个物体之间的作用力和反作用力，在同一直线上，大小相等，方向相反……"

深夜，阿树躺在岩洞深处，远离温暖的火堆，身上只有几把干草蔽体，冷得无法入眠，只有默默背诵着古老的咒文给自己催眠。当然，不光是冷，也有对新环境的陌生，毕竟这是他们第一天住进这个山洞。

阿树的部族从原来的河谷迁徙到这片森林已经半个多月了，在没有合适洞穴居住的日子里，他们之中冻死了两个 50 多岁的老人，被剑狼叼走了一个 3 岁孩子，后来他们终于找到了一个理想的大山洞，山洞原来的主人是一窝熊鼠，他们把熊鼠杀了吃肉，在这里点起火堆，住了下来，人人都很开心，或许除了阿树。

阿树很怀念原来那个山洞，那个洞比这个大很多，阿树出生和成长在那里，对那儿的一草一木都很熟悉。但是，整个山谷中的猎物日渐稀少，邻近的部族也屡屡侵扰，族长不得不带领他们离开故土，到山谷外寻找新的栖息之所。

但对于阿树来说，最大的损失是离开了那里的"图书馆"。"图书馆"是那片地方的名字，阿树也不知道具体是什么意思。对他来说，那是河边一片密密麻麻刻着好几十万字的石壁，里面有无尽的奥秘，包括人类的起源、历史和文明。但其中很大一部分已经被时间的手磨平，几乎无法辨认，剩下的内容中他能看懂的只是其中一小部分，还有许多奇怪的符号完全无法索解，他只认出来有些是数字，据说，这些符号描述了整个宇宙的一切：天地的形成、星宿的旋转、万物的结构、生物的分类，等等。

但是，他读不懂那些内容，即使睿智的老师也不能完全读懂。即使他觉得自己能读懂的部分，也是通过记忆师历代相传的文字，其中许多字符已经失去了意义。譬如，他清楚地记得第一句话是"万物是由原子组成的"，但"原子"是什么？他只能想象是一种微小的颗粒，水有水的原子，树有树的原子，石头有石头的原子，这好像解释了一切，但又好像什么也没有解释。

但刚才背诵的三大咒文他是懂得的，他花了很久才弄懂，但他确实懂了。比如他知道在一片平地上用力推一块石头，滑不了几步远就会停下来，那不是因为没有人继续推，而是因为石头和地面之间看不见的摩擦力，如果没有摩擦力，它可以永远滑动下去。他也知道如果用拳头去打一块石头，给出的冲击和受到的反击相等，只不过拳头远不如石头硬。

他知道得甚至比这多得多！譬如，他知道天上的星星并不是围绕着大地转动，而是大地和金星、火星等一起围绕着太阳转动，月球又绕着大地转动。它们之所以进行这种亘古不息的运动，不是出于神的意志，而是因为它们的初始速度加上彼此间的引力，才能让它们能够永远运动下去。虽然他不知道具体怎么计算，但是他理解了最基本的原理。他的知识系统已经千疮百孔，残缺不全，但仍然有一个大致的框架，那是上古黄金时代最后的余晖。

但这又有什么用？他曾经试图跟族人讲解一些最粗浅的知识，可换来的不过是嘲笑。在古代，记忆师享有尊崇的地位，人们相信他们掌握通神的天启，他们担任国王或皇帝的大法师，指导他们制造马车、帆船和玻璃，但如今，他连怎么捕捉一只角兔或熊鼠都不知道。那些抽象的高级知识只有在一个发达的分工社会里才可能派上用场，但他一辈子都活在一个不到100个人的小群体中，其中许多人甚至不知道怎么数到100……

难怪在部族中，同伴们越来越看不起他这个记忆师，如果记忆师的存在不是历史悠久的传统，恐怕早就被废除了。而他自己呢，如果不是他小

# 拯救世界

时候瘸了一条腿，他也会去当一个英勇的猎人，而不是跟着一事无成的叔叔去做一个记忆师，害他失去了自己心爱的女孩……

阿树知道，在大地上游荡着几百几千个部族，但他不知道还有多少记忆师。去年，在一场部族间的战争中，他们曾经俘虏了另一个部族的记忆师，一个白胡子老头儿。他们两个部族的语言完全不同，但那个老人和他都会说一些"恩格里希"古语，并且也会书写，他掌握许多阿树不知道的知识，甚至还会背几首古诗。阿树和他谈了一夜，学到了很多东西，他苦苦求族人留老人一命，但族人不耐烦多养一张嘴，第2天，那个老记忆师就被活埋了……

"阿树，你睡了吗？"一个轻柔的声音叫着他的名字，阿树转过头，借着不远处的火光看到了一张令他心跳不已的熟悉面容，是果子。

果子今年20岁，比阿树小，她和阿树一起长大，曾是部落里最出众的少女，阿树喜欢她，她也喜欢阿树。但一个记忆师没有资格挑女人，4年前，果子刚满16岁，就成了部落里最强壮的猎人大河的女人，第2年生了一个儿子。大河去年秋天在和邻近部落的战斗中被杀了，而果子3岁的孩子在10多天前也被剑狼活活吃掉了。为了儿子的死，果子哭了好多天，这几天才缓和一点。如今，她本该年轻的脸上已经多了几条皱纹，看上去像是老了10岁。

"你还没睡？"阿树问。

"我睡不着，"果子说，"一想起孩子就……"她擦了擦眼角，"而且这里好陌生，我有点怕，阿树，你跟我说说话好不好？"

"小时候我倒是经常给你讲故事。"阿树感叹说，"一晃这么多年过去了。"一阵鼻酸的伤感袭来，怀旧，这几乎是黄金时代的奢侈情感了。

"其实我一直在想，如果不是当初你为了救我被恐猫咬伤了腿，只能去当记忆师，也许我们……"

"别提了，"阿树挥挥手，像是驱走愁绪，"反正都过去了。"

"阿树，你像小时候那样给我讲个故事好不好？"

"好啊，"阿树说，"我给你讲一个古代达克王国的米妮莎公主的故事，那是 3000 年前……"

"我听过了，"果子说，"而且那是个悲伤的故事。讲个别的吧！"

"好吧。"阿树想了想说，"1.5 万年前，在东方大陆上，有一个古老的帝国，叫作大夏，皇帝有一个聪明善良的太子，叫作后舜……"

"这个故事我也听过了。"果子说。

"那说这个吧……在更古老的时候——没人记得是多久，可能是 5 万年前，也可能是 10 万年前——那时候大地被热灰覆盖，天上也都是黑云，看不到太阳，大地上有很多恐怖的怪兽出没，有一位英雄，叫作古修罗……"

"这个故事你也讲过太多次了。"果子说，"阿树，你给我讲讲黄金时代的故事好不好？我一直没太弄懂。"

"黄金时代？"阿树说，"那是更早更早的事了，没有人知道在多久以前，那是历史开端之前的事，那时候，人类蒙诸神的赐福，住在高耸入云的楼房里……"

"什么是楼房？"

"楼房就是……我也不清楚，应该是人自己用石头造的……大树，但是很高很高，有的比山还要高，里面有很多洞穴，可以住几千个人……人们住在那些大树里，它们像森林一样一片片的，一座房子的森林可以住几百万人甚至更多。他们过着舒适的生活，抽取大地的血液，引下天上的电光，用各种不可思议的魔法满足他们的需要，他们乘坐迅捷的铁鸟，可以在太阳落山之前飞到世界的任何一个角落里去，甚至可以飞到天上，飞到月亮上去……"

"多好啊，"果子叹了口气，"我想那时候他们一定不用担心剑狼叼走他们的孩子。"

"不过，他们也有他们的问题。"阿树赶紧把话题岔开，"那时候大地上有几万万人，不，是几百个万万人，他们耗尽了大地的丰饶物产，让世界变得贫瘠，最后他们自己也无法生存。他们想飞向遥远的星星，但是又不

| 拯救世界

舍得离开大地上的洞穴……他们为争夺剩下的物产打仗了，不是像我们这样用木棒和石块，而是用恐怖的雷霆和天火，一个雷霆就能毁灭一座山丘，一道火光就能摧毁一片平原。他们让大地寸草不生，而他们自己也不能免于灭绝，剩下的一小部分人躲进了地下，几千年后才重新出来，黄金时代就这么结束了，接下来就是黑铁时代。"

"那你说，"果子神往地问，"黄金时代会再度出现吗？"

阿树苦涩地摇头，"不，再也不会出现。"

"为什么呢？"果子很不解，"既然出现过一次，为什么不能有第二次？也许诸神会重新赐福给人类呢！"

"不，要恢复黄金时代，需要大地上的很多物产，比如大地的黑色血液，或者山脉中的矿石，经过无数复杂的步骤，制造出巨大的机器，才能重新找回古代的魔法。而那些物产，特别是其中提供动力的部分，在第一次黄金时代已经消耗殆尽了，再也不会恢复。甚至人类只要稍微增加几倍的人口，就会让大地无法承受，几百年内就会重新崩溃，就像我们打完了以前山谷中的野兽一样。只不过我们可以离开山谷，而人类却无法离开大地。

"自从黄金时代陨落后，人类已经有三次复兴，而又重新衰落，人类一度重新建立起城市和帝国，如今又消失不见，也许将来还会有无数次复兴和衰落，就像一年四季一样，不断循环。自古以来，我们记忆师承担着将古老的历史记忆传下去的责任，负责在今天这样的大衰落时代保留火种，引领文明的复兴。

"但这场游戏不会永远继续下去。从黄金时代崩溃的那一刻起，这个世界的结局、这场生命游戏的最后一幕已经注定：我们无法离开大地，就只能灭亡。因为太阳也有自己的寿命，当它老去时它不会熄灭，反而会变得更加狂暴。它将在几万万年内变得越来越热，将大海烤干，让大地干裂，所有的人和动物都会死去，从此大地上不会有任何生命生存。

"我们的末代子孙，将深深躲在地下的洞穴，吞下最后一块老鼠肉或其他类似的食物，喝干一点可以饮用的地下水源，然后无声无息地死去。"

阿树说出了他知道的这个世界的最大秘密，也是叔叔临终时所告诉他的那个秘密，唏嘘着，扭头看果子，却发现她好像根本没有听自己在说什么，眼神只是直勾勾地看着石壁上面。

"果子？"

果子回过神来，"啊，你说得太深了，我听不明白……不过你看，那是什么？"她向上一指。

这下阿树也看到了，石壁上有一些斑驳褪色的图案。他坐起身，好奇地看着，借着远处的火光他认出来，那是几十头栩栩如生的动物，有的像是角兔，有的像是熊鼠或恐猫，但没有一种是他认识的，除了人。他看到一头野兽的脚下，踩着一个没有头的猎人，旁边一个男人拿着一把叉子叉向野兽，身后是一个女人抱着一个稚气的孩子。

然后他看到了更多的画面，人们手拉着手围在火边分食动物的肉，或者在一起跳着欢快而古怪的舞蹈，或者一起围捕某头凶悍的巨兽……

这当然是人类的手笔，但那是什么时代的画呢？阿树想不出来，那些野兽都是他见所未见的，一定是很古老很古老的时代，肯定在前几次复兴之前，也许还要在黄金时代之前，在阿树也只是朦朦胧胧知道的，人类时代的曙光……

但他们坚忍地活着，那些原始时代的人，对一切历史和未来都一无所知，但他们仍然活下去了。生活着，奋斗着，甚至充满快乐……

"看他们，"果子指着壁画上的一男一女和他们的孩子说，"他们像不像我们？"

"倒还挺像的……"阿树感慨地说，"历经不知道多少万年，人还是人，我们又回到了出发点……"

"阿树，"果子在他耳边悄悄地说，"我们像他们一样好不好？"

阿树一怔，看向果子，果子的脸红了，垂下头说："我还年轻，想再要一个孩子，我们的孩子……"

阿树呆住了半天，终于明白过来，胸中蓦然被奔涌的狂喜所充满，"果子，你愿意跟我？可是我……"

**拯救世界**

果子嘴角含笑地说:"我就爱听你呆头呆脑地讲故事呢!"

阿树狂喜地战栗着,几乎呼吸不过来,在这一刻,黄金时代或黑暗时代,过去或未来,一切都不再重要。他只有一个念头:果子会成为他的女人,他们将会有自己的孩子,从此幸福或平庸地生活在一起。纵然已经不可能再有新的未来,一代代的人们,他们总会生活下去,在亿万年生命的无奈和时间的残忍中,追求自己渺小却充实的幸福。纵然有一天这颗古老的行星烟消云散,至少人类这个渺小的种族,在宇宙中这个叫作地球的洞穴里,他们真正活过,如同无边无垠的宇宙中,亿万其他洞穴中的其他生灵一样。

他颤抖地伸出手臂,紧紧抱住了果子柔软而温暖的身躯。

王晋康 — **拉格朗日坟场**
1250颗氢弹飞向太阳

| 拯救世界 ——.

## 上

快艇已经开了半个小时,夜色浓重,岸上的灯火渐渐隐没。前边,黑黝黝的海面上突然出现了几点灯光,灯光逐渐变大,直到变成灯火通明的魔境,五彩缤纷的霓虹灯疯狂地闪烁着。

正在驾驶快艇的鲁克看见船舱里的人都已经出来,站在甲板上,迫不及待地看着这一片梦幻之地。这是"星球动物园号"空天飞机乘员组的全体成员,是鲁克的玩命伙伴。老狮狲拉里,巴基斯坦人,65岁,身材瘦长,脸上皱纹密布,像一只风干的核桃,按说他已经该退休了。鬣狗班克斯,西班牙加西里亚人,这个饕餮之徒的牙床特别发达,有一次航行事故中,他用牙齿咬断了一根缆绳,排除了故障。小兔子布莱克,肯尼亚吉库尤族人,时常哼着节奏强烈的黑人民歌。还有他自己,老虎鲁克。近十几年航天事业急剧衰落,他的"星球动物园号"已是私人空天飞机中硕果仅存的一艘了。

那片魔境实际上是露出水面的几座半截孤楼,星星点点地散布在广阔的海面上。他们脚下是繁荣的澳门,但50年来,在人类对"狼来了"的警告逐渐麻木的过程中,狼真的来了。温室效应来势凶猛,南极冰冠的38亿立方千米的冰冠全部融化,海平面上升60米,濒海的几百座国际都市成了龙宫。人们被迫迁往高原地带，但贫瘠的高原是不会一夜之间变成沃土的。全球性洪水又引发了地震大爆发，几年之间毁灭了几十座繁华都市，在地图上，一向安全的地区，也标上了狞恶的地震标识线。

地球发疯了，人类的疯狂导致了地球母亲的疯狂。后悔莫及的人类尽力挣扎，也只能刹住文明之车使其逐渐下滑而不致突然翻车。

好在人类的本性是随遇而安的。这些劫后幸存的半截楼群很快变成了销魂之窟，夜空中，性感的霓虹女郎挑逗地频送秋波，不厌其烦地脱着衣服。大门口是几十位真实的性感女郎，穿着极暴露的比基尼泳装，搔首弄姿地迎候客人。鲁克对急不可耐的船员们说：

"冲锋吧，老规矩，今晚的开销我包了。""星球动物园号"已经老化了，所以每次航行，船员们都是笑嘻嘻地和死亡亲吻，送死前的这一晚放纵也成了惯例。

鲁克说："这一次的业务很可观，利润十分丰厚。我想跑完这一趟，一定把空天飞机好好检修一番，以后就不必冒险了。"

班克斯和布莱克已经开始在女郎群中寻找自己的相好，打着飞吻，怪声喊叫着。船泊好后，拉里问鲁克："你要同妹妹见面？"

"嗯。她一会儿到这儿。"

拉里摇摇头："你不该让她到这种地方。"

鲁克苦笑："是她坚持的。"

拉里看看他，不好再说。他知道鲁克对这个乖戾骄纵的妹妹是百依百顺的。班克斯回过头嬉笑着说："你的妹妹太迷人了！如果把她嫁给我，我保证不再碰世界上任何一个女人！"

鲁克的目光唰地阴沉下来，从牙缝里骂道："滚开吧。"

拉里抢在班克斯的怒气还未滋生前，赶忙把他拉过去故意打岔。好在班克斯的注意力很快被一位臀部凸出的越南姑娘吸引住，这才没有酿成冲突。班克斯和布莱克跳上岸，拥着相熟的女人，嬉笑着上楼了。老拉里早已没了这种兴致，他在酒吧的角落里要了几杯朗姆酒，安静地喝着。他看见鲁克系好快艇后最后一个上楼,到豪华的中央大厅里去了。

同样穿着比基尼三点式的女侍们穿着旱冰鞋在各个桌子中穿行。看见鲁克,她们笑着点头。有一位黑人姑娘滑过他身边时低声窃笑道:"亲爱的老虎,你好。阿慧在盼你呢。"

鲁克坐到他的老位子上。一个身材娇小的侍女很快过来为他摆上五粮液,在世界各地混了这么久,他始终没学会喝那些口味怪异的饮料,仍然钟情于家乡的烈性酒。这个侍女身材娇小玲珑,带着南国女子的柔媚性感,她含情脉脉地问候:"你好,老虎鲁克。"鲁克大笑着把她一下子拉到怀里,狂热地吻着她的樱唇和乳沟。

阿慧佯作推拒:"别这样,老板要生气的。"

但她很快就顺从了,开始热烈地回吻。在中央大厅里这是失礼的举止,邻座的一位绅士鄙夷地对身边的女伴说:"知道吗,那个宽肩膀、络腮胡子的中国人是一艘空天飞机的老板兼船长。记得 20 世纪 70 年代,人类的航天之梦刚实现时,那时的宇航员是何等的俊杰!他们都是人类的精英,一言一行都是人类的楷模。现在你看这些渣滓……"

他的声音不大,但鲁克还是听见了。鲁克回头横他一眼,懒得理他,仍和阿慧旁若无人地拥抱、抚摸。

阿慧仰起头喃喃地说:"老虎,你说过再跑几趟运输就和我结婚的,到什么时候才兑现呢?"

鲁克敷衍着:"快了,快了。"他从来没有打算让这个吧女成为鲁寓的女主人,他不想让任何一个女人为他套上笼头,除了……他不知道怀里的阿慧有几分是真情,几分是逢场作戏。据他的感觉,这个女人看来是真的爱上他了,这使他有几分歉疚,也打定主意尽早离开她。

鲁克是夜总会的大主顾,没人敢干涉他,所以两人一直腻在一块儿。忽然鲁克觉得气氛异常,大厅里反常地安静。他抬起头,一个衣裾飘飘的仙子出现在门口,她穿着白丝裙,开领很低,露出光滑的后背,胸口处饱满的乳胸半隐半现。人们显然被她的美色震住了。她站在门口傲然扫视着大厅,也像有意来一个刹那的亮相,随即她看见了哥哥和他怀里的女人,目光阴沉下来。

鲁克没料到妹妹这次来得这么早，很尴尬，他近乎粗暴地从怀里推开阿慧。阿慧把伤心藏起来，看了鲁克一眼，便垂下眉眼，默默地滑走了。鲁克起身为妹妹拉开椅子，扶她坐下。

一时间似乎无话可说。他知道不该让妹妹到这个肮脏地方，他也常常在心里责怪妹妹的打扮太出格，不像一个大学生。但他知道，骄横任性的妹妹不会听他的劝说。他叹口气，亲切地说："最近可好？上月六日是爸爸的忌日，你去扫墓了吗？"

"去了。"

"还是和姚云其住在一块儿吗？"

鲁冰鄙夷地说："不要提那个可怜虫。"

鲁克暗自叹一声。姚云其是一个性格软弱的青年，鲁克从未喜欢过他，但姚云其对鲁冰的爱倒是十分真诚、十分狂热的。只要鲁冰一句话，他可以毫不犹豫地把心剜出来。鲁冰同他同居两年多了，一向把他当成一个可以呼来喝去的奴隶，这使鲁克对他的鄙夷中加着怜悯。他换了一个话题：

"钱够花吗？今年生意不好，不过我马上就要接到一笔大生意。"

鲁冰烦倦地说："勉强够吧。"

鲁克暗自摇头。以他的财力，每月拿出10万元供妹妹花销已是力不从心了，但妹妹从没有满足的时候。这些年来，鲁克一直咬牙紧缩开支，不愿缩减妹妹的花销。他不能辜负父母临死的嘱托，也想以此来弥补自己的愧悔。

鲁冰斜靠在座位上，目光烦倦地打量着大厅里各色人物。她的鼻梁挺秀，睫毛很长，裸露的颈项和脊背十分润泽。鲁克看着她，目光无意中滑到了妹妹的胸前，那儿有白腴的乳沟。他浑身一震，赶忙把目光挪走。这个动作当然没有逃脱鲁冰锋利的眼睛。她早就发现，在哥哥对自己的亲情中，偶然会冒出一些超出兄妹之情的东西，她因此十分厌恶和鄙夷这个粗野的汉子。自从父母横死后，她患了失忆症，那个凶日之前的事一点都回

| 拯救世界

忆不起来了,那一切都坠入一个幽深恐怖的地狱。但她仍能回忆起父母的温情,能模糊感受到那种与生俱来的亲近。可是,为什么独独对于鲁克,她很少有这种朦胧的温馨?为什么在下意识中总把他与一种模糊的恐怖感觉相联?

夜深人静,她常常强迫自己回忆过去,可是,每当回忆到父母死亡时,她的意识便恐惧地尖叫着四散逃走,使她坠入一片黑暗。回忆的结果常常使她内心充满戾气和绝望的愤怒。

她的回忆之河是从母亲去世那天接续上的。她清楚地记得瞎了一只眼的母亲喘息着,拉着她的手放到鲁克手里:

"孩子,冰儿托付给你了,你们兄妹好好地活下去,让我和你爸爸能够瞑目。"

20岁的鲁克红着眼睛答应了。平心而论,他在此后的16年中确实履行了他的承诺。但鲁冰不知道为什么,始终把那次托付和一段模模糊糊的恐怖回忆联系在一起。妈妈为什么瞎了眼?哥哥为什么对此讳莫如深?她敢断定,在这道记忆的断层后一定藏着许多可怕的往事。

这会儿,她被浮上来的片断回忆压得喘不过气来,感到那股戾气又慢慢漫过她的胸膛。她微笑着,故意向鲁克俯下身,使那道乳沟更加清晰:

"哥哥,我漂亮吗?"

鲁克惶惑地看看她,目光十分痛苦,他移走目光,站起身勉强笑道:

"我去小解。"

鲁冰看着他僵硬的背影,残忍地笑了。她能感到那个可憎的男人在努力压制自己的卑鄙欲念。

"当然漂亮!你太漂亮了!"身后有一个男人接过话头,鲁冰恶狠狠地横他一眼。这是个白人青年,大约35岁,金发,嘴角挂着微笑。他穿着随便,T恤,牛仔裤,拷花皮鞋,显然都是名家制作,手上戴着几只沉甸甸的戒指。总的说来,这是个相当英俊的男人,鲁冰在最后一刻把怒容换成了微笑:

"谢谢你的夸奖。"

"你确实漂亮！秋水般的双瞳，秀挺的鼻子，性感湿润的嘴唇，还有丰满硬挺的胸部，凸起的臀部……你的身体，把东方的典雅和西方的性感不可思议地糅合在一块儿，实在美极了！告诉你，对于女人的美貌而言，我是一个世界级的鉴赏家。我很遗憾，《花花公子》杂志的封面裸照中竟然漏掉了你！"

鲁冰仍微笑着："很高兴听到你的赞扬。"

那人笑着伸出手："自我介绍一下，亨利·盖茨，美国人，预先说明一点，我与70年前那位世界首富比尔·盖茨先生没有什么瓜葛，虽然我也是一个很成功的商人。请问小姐芳名？"

"鲁冰，上海艺术学院的学生。上海沦入海底后，学校早迁往黄山了。"

他彬彬有礼地接过鲁冰的小手，在唇边吻一下："那么，我是否有幸同小姐跳一场呢？"

鲁冰笑着点头答应。等鲁克回来，看见妹妹正同那个白人青年在探戈舞曲中兴致飞扬地跳舞，青年在她耳边说着什么，鲁冰时而侧耳倾听，时而仰面大笑。

鲁克阴沉地注视着。他本能地讨厌这个家伙，也可能是他太漂亮，多少带点脂粉气的漂亮，鲁克认为这种花花公子是最靠不住的；也可能他自己经常在死亡线上跳舞，对这种养尊处优者有本能的仇恨。

也可能……是一种嫉妒心理？这是鲁克从来不愿承认的，他难以摆脱深藏在心底的负罪感。

清晨，精疲力尽的船员们陆续回到船上。他们发现老虎鲁克懒散地靠着锚桩，坐在甲板上，嘴里叼着一根早已熄灭的烟卷，凝视着地平线上的启明星。

班克斯大惊小怪地喊："老虎船长，你怎么回来得这么早！阿慧把你蹬到床下了吗？"

鲁克昨晚没有去找阿慧，他想那个痴情的女人这会儿可能在哭泣，在咬牙切齿地骂他。他同班克斯笑骂几句。老拉里也步履蹒跚地回船了。拉

215

| 拯救世界

里问道:"冰儿呢?"

"昨晚我把她送回去了。咱们启航吧,必须赶上火奴鲁鲁的班机,今天要和那帮家伙把生意敲定,平托律师已经出发到那儿等待和我们会合。老拉里,这笔生意能狠赚一笔,干完你也该退休了。"

透过落地长窗,能看到火奴鲁鲁国际航天中心发射场停着的鲁斯式空天飞机。那个老人从窗边转过身,把窗帘拉上。他身材颀长,白发,蓝眼睛,穿着银灰色毛衣,老人头牌皮鞋,笑容十分慈祥。

"鲁斯,好样的,"他亲昵地评论着,"一般来说,技术的发展没有奇迹,任何一点微小的技术进步都必然经过一步步艰苦的努力,是渐变而不是突变,但这种空天飞机简直是一种科幻性的成就。它是曾经乌克兰宇宙科研推广设计总局尼古拉·拉祖姆内的杰作。近地载重量1000万吨,使用混合金属燃料,几乎能以任何速度飞行,甚至悬停在空中,这就使极为困难的飞船再进入大气层的过程变成了小孩子的游戏。2027年西安航天公司制成第一艘样机。你们的'星球动物园号'是世界上第八艘,也是目前仍在服役的唯一的一艘。如果……人类文明自此不能复苏,那么你的飞船将成为航天技术的顶峰。千百年后,人类愚昧化了的后代将把它作为圣物顶礼膜拜。"

鲁克笑道:"弗罗斯特先生,你对航天技术十分内行,我想你一定是一个航天专家。在这之前,看到你们的神秘举止,我还以为你们是国际恐怖分子呢。"

他的话中别有含义,但老人一笑置之:"那么,鲁克先生,今天我们是否可以按下指印呢?"

鲁克踌躇片刻,说:"弗罗斯特先生,你们的价码不低,1000吨货物,4亿美元的运输费用,预付5000万。但是,你们有一个严苛的条件。"

弗罗斯特微笑着接着说道:"保密,严格保密。为此我们多支付了10%的钱款。"

鲁克冷笑道:"不够,那点钱不够。先生,我们心照不宣,我们知道你是代表哪个国家,因为你的身上有太多的山姆大叔的做派。你们就像当年的日不落帝国,虽然已经衰落了,但在心理上仍然顽固地保留着王族徽章。

这次，你们要求我们保密，你们要自己装货，要加铅封……如此等等。我想，你们的集装箱里总不会是自由女神像、美国独立宣言、人权宪章这类东西吧。"他讥讽道，"但我是一个唯利是图的商人，我不管那些东西是印第安人的尸骨还是玛雅人酋长墓里的财宝。我只要求一个合理的价钱，能够补偿我为此承担的额外风险。谁知道呢，也可能我会为此陷入一场马拉松官司，或被某个组织追杀。"

老家伙沉吟着，和他的助手罗杰斯先生交换着目光，最后弗罗斯特笑道："好吧，你给个价，只要在我的权限范围之内。"

鲁克略为沉吟后说："5.5亿，预付8000万。"

弗罗斯特皱着眉头说："5.5亿我可以答应，但预付金还是5000万吧，离飞船启航只剩下一个星期了，我坦率地告诉你，在这样短的时间内，我无法通过秘密走账筹到那额外的3000万现款，这一点务必请你谅解。你知道，即使在我们政府内，我们也不能过于公开地行事。"

鲁克勉强答应："那好吧，我相信一个有教养的绅士，不会在付讫全部费用上面让我为难。"

弗罗斯特轻松地笑道："那是自然。我想我们可以在合约上签字了吧。"

鲁克爽快地答应："好，晚上吧，我们带上各自的律师。"

他们彬彬有礼地互道晚安。鲁克走后，罗杰斯先生恼怒地骂道："哼，5.5亿，这个该死的中国佬！"

弗罗斯特从窗户里看着鲁克坐上自己的汽车，回过头冷淡地说："他拿不到的，他仍然只能拿走5000万。那5亿元我们将献给上帝。这个暴发户，他连在餐桌上怎样使用刀叉还没有学会呢，和我们斗心眼，他还嫩了点。"

"姚云其，什么是拉格朗日坟场？"鲁冰一边对镜检查着自己的妆容，一边问道。

"拉格朗日坟场？什么拉格朗日坟场？"姚云其茫然地问，他刚陪鲁冰去美容院做完妆回来。这套公寓是鲁克为妹妹购置的，房子相当宽敞，屋里乱七八糟摆满了各种昂贵的家具和饰物。姚云其住在附近的学生公寓，有时候也留宿在这里，全看当晚鲁小姐心情如何。

鲁冰不耐烦地说："知道了我还问你？反正是在外太空，鲁克要往那儿运货。"

姚云其恍然道："噢，我知道了。那个地方应该叫作拉格朗日点。一位天文学家拉格朗日发现的，距地球和月亮各38万千米、与地球和月亮成等边三角形的两处空间，由于受到地球和月亮引力的双重约束，此处的天体处于稳态平衡，它们只会绕着这个点震荡而不会飞离。天文学家发现，这儿聚集了一些太空微粒，在阳光下显得比别处明亮。太阳系中还有更典型的例子，太阳—木星系统中就有阿基里斯卫星和普特洛克勒斯卫星处于这种稳态平衡。"

"飞船向那儿运什么？"

姚云其奇怪地问："你一点都不了解吗？你父亲就是靠这种运输业发家的。自21世纪初，人类就把地球上难以处理的核废料送到这儿作永久保存地，因为在这儿不怕它飞走。当然，它们对过往飞船有一定的危险，因此也有人称它为拉格朗日坟场。能直接投入太阳熔炉是最保险的，但那样费用太高，航行也太危险。不过，温室效应造成文明衰退后，这个行业也几乎衰亡了，人类只顾为口腹苦斗，已经顾不上什么环境保护了。"

姚云其提到父亲，使鲁冰的心脏被重重捶击了一下，她不愿陷入恐怖的回忆，立即扯开话题：

"核废料不是埋在海底吗？"

"不，海葬方法太不安全，早已放弃了。核废料的衰退期太长，有的元素在一亿年内还存在放射性，在这种情况下，任何永久性埋藏方法都不可靠。美国曾在内华达州的尤卡山地下300米的凝灰岩地层里建立了核废料永久存留地，将核废料密封在玻璃内，再用不锈钢容器保护，前后花费了600亿美元，历时30年。不少科学家曾认为这是万无一失的办法。现在呢，南极冰冠融化后，地球上物质重量的重新分布造成了许多新的地震带，其中有一条正好穿过尤卡山！山姆大叔正在为此焦虑呢。他们已经没有财力新建堆放场了，美国的航天业也已衰退，没有力量往拉格朗日废料场运送。"

鲁冰对这些知识已经没有兴趣了。她打着哈欠脱去衣服，换上真丝睡衣。姚云其在她身后心旌摇荡地看着那层薄纱后的胴体，他想紧紧搂住她。忽然，鲁冰问道：

"危险吗？"

"什么危险？"姚云其稍愣之后才悟到她的话意，"噢，你是指哥哥的这次运输。不会有什么危险吧，是一种例行的运输。"他犹豫着，委婉地说："我知道你心里还是很爱哥哥的。你不要对他那么冷淡寡情，好吗？他对你那么好，确实是一个难得的好兄长。"

鲁冰立时毫无来由地翻了脸，恶狠狠地说："你想教训我吗？姚先生，请你不要忘记，你是我拿钱养着的鼻涕虫！对，我是很关心他，他若把性命送到拉格朗日坟场，谁给我钱花呢。……不说了，你走吧，我要睡觉了！"她冷冰冰地下了逐客令。

姚云其尴尬地笑着，他早就预料到，自己的劝告会惹翻这个骄横乖戾的公主。他多少次想一怒而去，但终究下不了狠心。他太喜欢她了，他常常在心里为鲁冰辩解：毕竟她还是在病中，她还没有从失忆症中复苏……

他可怜巴巴地说："那好，我走了。"

看着姚云其的可怜样子，鲁冰多少有一点怜悯，她忽然转怒为笑："不要走了。今晚陪我出去跳一个通宵，好吗？"

姚云其立即容光焕发，他张罗着为情人穿好晚礼服，正在这时门铃响了，是怯怯的不连贯的声音。姚云其打开门，门外是一个六七岁的小男孩，样子很伶俐，他仰起头，把一束鲜花高高举在头顶：

"是鲁冰小姐吗？一位先生让我向你献上一束鲜花。"

鲁冰好奇地问："是谁让你来的？"

小孩奶声奶气地说："我不知道他的名字，小姐。"

自那次跳舞之后，那位叫盖茨的美国人就开始了狂热的追逐，他声言

## 拯救世界

要走遍天下去追求鲁冰,所以她断定一定是那个家伙:"是不是高个子,金发,长得很漂亮?"

"对的,小姐。"

鲁冰扭头看看暗自生气的姚云其,笑容更甜蜜了:

"小鬼头,他给你多少钱?"

"10元,是世界共同货币。"

"好,我给你20块。小东西,你的记性好不好,能不能记住我的话?"

"放心吧,小姐,我的记性好极了。"

"好,那你就告诉他,不要以为他的小白脸能迷住鲁小姐,再告诉她,鲁小姐不爱花,爱钱,很多很多的钱,把他的臭钱尽管往这儿送吧!你记住了吗?"

"记住了!"

"复述一遍!"

小孩口齿伶俐地复述一遍,拿上钱一溜烟地跑了。鲁冰咯咯地大笑着,扔掉花束,拉着姚云其坐上自己的车。

凌晨5点,姚云其扶着疲惫不堪的鲁冰回到寓所,他让鲁冰靠在肩头,腾出一只手掏出钥匙,但门竟然是虚掩的,推开门,姚云其忽然愣住了!鲁冰感觉到他的诧异,睡眼惺忪地抬起头,立时她也睁大双眼。

屋里盛开着鲜花,金钱之花,是用各种纸币折成的,有人民币、美元、英镑、世界共同货币、日元、新加坡元、马克、克朗、卢布……有花篮、花束,琳琅满目,住室内辉映着富贵之光。

鲁冰微张着嘴,出神地望着这一切。这个神秘的讨人喜欢的盖茨!即使他是亿万富翁,他又是用什么办法在一夜之间提出这么多种类繁杂的现金,还要找人一张张折成纸花?

姚云其黯然地看着鲁冰迷醉的眼神,他知道自己该退场了。他走过去,轻轻吻一下鲁冰的额头,苦笑着说:

"冰儿,我想我该走了。"

鲁冰热烈地回吻一下，但没有一句挽留之词。她想了想，随手抽出两束花递给姚云其：

"拿着吧，算我的临别留念。"

姚云其凄然一笑，没有去接花束，默默地走了。听到脚步声下楼，忽然又急急地返回，他推门进来，没有抬眼看鲁冰，只是默默捡起那两束花，他想了想，又抽出一束，然后抱着三束金钱之花默然转身下楼。

鲁冰半是鄙夷半是怜悯地看着他走出房门，然后便在金钱花丛中心醉神迷地徜徉，心头空空地没有任何思维。电话铃响了，是盖茨带有男性磁力的声音：

"我的小鸟，礼物怎么样？你看它既是金钱，又是漂亮的花束。这一下你无可挑剔了吧。"

鲁冰笑着，很久才回答："你没有因此变成穷光蛋吧。"

盖茨大笑道："谢谢你的关心。我告诉你两点，第一，我有钱，很有几个臭钱；第二，为了我心爱的女人，我乐意把钱花光。"

"这会儿你在哪儿？"

"向楼下看，一辆黑色奔驰旁边，一位罗密欧正望眼欲穿地等着朱丽叶的信号呢。喏，我刚看见那个中国青年走过去，还抱着几束花。"

鲁冰微笑着说："你赢了，你可以进来了。"

天光甫亮，姚云其目光直直地在路上疾步行走，行人惊奇地看着他，他们发现他手里的纸花是用钞票折成的，货真价实的英镑、人民币和马克，还都是大面额的。

姚云其没有注意行人的目光，他的心沉重如铁，有耻辱，痛苦，还有一种模模糊糊的担忧。他向警察打听到狄士龙侦探事务所的地址，决绝地敲响房门。这是上海有名的私家侦探所，刚搬迁到这儿不久。一个穿睡衣的中年人打开房门后笑了：

"来送花？时间太早点吧。噢，不是普通的花，是金钱之花。请进，性急的送花人。"

他领着姚云其避开地上堆放的杂物,走进客厅,问:"喝点什么?"

姚云其摇摇头:"不要张罗了,说正事吧。"他叙述了昨晚的经过,"我并不是嫉妒这个人,但我总觉得,这个神通广大、行事怪异的年轻人令人不放心。我委托你调查一下。这是我提供的费用,我只有这些了,不知道够不够。"

狄士龙老练地打量一下:"一般说来,只要三分之一就够了。当然还要看调查工作的难易程度。你可以预付一些,其他的事成后结算。"

姚云其不耐烦地摆摆手:"都是你的了,请你即刻就开始吧。"

澳大利亚的海滨,海水十分澄澈。海平面升高后,悉尼歌剧院的贝壳型建筑已经半没在水中,很多珊瑚礁岛屿连同上面的建筑都已淹没在几十米的水下,透过澄碧的海水看下去,光怪陆离,宛若龙宫。

那些洁净细软的天然海滩也被淹没了,现在狄士龙脚下是昂贵的人造沙滩,离他不远,那一对恋人正在凉伞下嬉闹。自从臭氧层减薄后,日光浴已是太危险、太昂贵的爱好,所以游客不多。不时传来鲁冰清脆的笑声,她常常突然起身,伏到盖茨身上狂热地吻一阵。

他跟踪盖茨已经 7 天了,没有发现什么异常,他的表现是一个热恋中的情人。狄士龙通过各种途径了解了盖茨的情况。亨利·盖茨,36 岁,持美国护照,委内瑞拉 BKW 公司董事长,那是一个中等规模的公司,成立时间不长,但经营上比较成功,经营被淹没地区的企业搬迁和重新开发业务,商业信誉良好。这些天,盖茨似乎忙于谈情说爱,很少同公司联系。但狄士龙发现,盖茨每天下午 7 点都要准时出去通一次电话,地点每天变化,但一定是公用电话亭。他从不用室内电话、汽车移动电话或手机。狄士龙试图发现他的通话号码,但盖茨每次通话完毕都要小心地清除自动电话中的号码存储。这种过分的谨慎,表明他恐怕不是同外祖母寒暄天气。

已经 6 点 10 分了,离盖茨平时通话的时间还有 50 分钟。但那对情侣还在旁若无人地长吻,没有离开的意思,这使狄士龙有了一个主意。他没有犹豫,立即开始行动。

"冰儿,我的小鸽子,我的小天鹅,你真的太美了。"盖茨从头到脚地吻着鲁冰身上每一个部位,"答应我,同我结婚吧。"

鲁冰摩挲着他的金发,笑着说:"再等等,如果半个月后,你还没有让我生厌,或者我还没有让你生厌,我就答应你。"

"你哥哥不会反对吧,我总觉得他讨厌我,请你教教我如何去讨好他。"盖茨笑着说。

鲁冰皱起眉头,冷冷地说:"不要管他,他干涉不了我。"

盖茨扬起眉毛:"你讨厌他?我看这位哥哥倒是蛮疼你的,对你百依百顺。噢,对了,听说他的空天飞机马上就要有一趟远行,是吗?"

"大概吧。"

"你是否乘过他的飞船?"

"没有。我曾对哥哥要求过,但他唯独在这件事上没有依从我,他说太危险。"

盖茨忽然问道:"你是否愿意作一次太空旅行呢?"

鲁冰扬起眉毛笑道:"你不是开玩笑吧。据我所知,航天旅游业只是昙花一现,早就衰亡了。"

盖茨得意地笑起来:"还是我告诉你的两点,第一,我有几个臭钱;第二,我愿为我心爱的女人把钱花光。还有一点,这个世界上,只要有钱,就没有办不到的事。这件事就由我来安排吧。我们要突然出现在你哥哥的轨道上,让他大吃一惊。走,我现在就去打电话,安排这件事。"

他拉着鲁冰回到汽车上,发动了引擎。鲁冰抽出车内电话问:"打哪儿?我为你拨号。"

盖茨摇摇头:"不用这个,它有一点毛病,我们找个电话亭吧。"

汽车开过海滩附近的几个电话亭,不巧这会儿都有人。他们在一间电话亭旁等了几分钟,里边好像是一个流浪汉,口齿不清地一个劲儿啰唆,看来决心要说到圣诞节。盖茨看看表,6点55分,他把汽车倒出来,重新寻找,终于找到一个空着的电话亭。盖茨在里边打电话时,狄士龙正微笑着坐在自己的汽车里监听。他手头只有一个窃听器,不过,往海滩附近其他

| 拯救世界

电话亭里塞几个人是很容易的事。他总共只花了 150 元，找了 5 个流浪汉，关照他们至少在电话亭里待到 7 点 10 分。这样就不露痕迹地把猎物赶到唯一的陷阱里了。

盖茨的电话是打给母亲的：

"妈妈，告诉你一个好消息，我抓到了那只最漂亮的小鸽子。我想 5 天后在天上举行婚礼，请你为我安排一下。谢谢。"

狄士龙从电话内容里没有听出什么异常。他拿出一张方格纸，把录音重放了一遍。拨音信号响起时，他熟练地按信号长短画出几排长短不等的横线，这些横线代表一个电话号码：84886255。这是委内瑞拉的号码。

狄士龙随即拨通了瑞士的一个电话，先自报了姓名。

"你好，我是狄士龙。"

对方是国际刑警组织的一名高级警官，他简短地说：

"你好，有什么需要我效劳的吗？"

"我想请你查一个委内瑞拉的电话号码。"

对方记下了号码，爽快地答应："好，我想最多明天就可以告诉你有关背景资料。"

"十分感谢，先生。"

"不用客气，我欠你的人情。"

盖茨钻进车里，正要踩油门时忽然顿住。鲁冰问："怎么啦？"

盖茨略为沉思后笑问："刚才经过的几个电话亭内都是老式的投币电话吧？"

"大概吧，连咱们用的也不是磁卡电话。"

"可是那个流浪汉打电话肯定超过 5 分钟了，我没发现他投过一次币。"

鲁冰奇怪地问："那又怎么啦？"

盖茨笑嘻嘻地摇摇手指："不，我想大概有哪个家伙在同我们开玩笑，我们去看看。"

他驾车返回刚才的电话亭,见几个流浪汉正围在一辆汽车旁边,一个中年人正从车窗里向他们分发钞票。等流浪汉们散走以后,盖茨冷笑着记下了那辆车的号码。

## 中

飞船升空前一天,晚上6点,平托律师如约来到鲁克的寓所。他是巴西人,今年近70岁,身体健壮,粗硬的胡子已经花白了,穿着一件格子呢西服。鲁冰父亲手下的公司老人,如今只剩下他和拉里了。来到客厅,首先闻到一股酒气。拉里和鲁克正在对饮,地下扔着一只酒瓶,是中国著名的五粮液酒。他皱着眉头,和拉里打个招呼:

"你好,老猢狲。"

老拉里醉醺醺地说:"你好,老河马。"

鲁克醉眼陶然地起来同平托拥抱,平托温和地责备拉里道:"老家伙,你不该让他喝这么多,明天就要升空了。"

拉里的眼睛倒是十分清醒,他说:"没办法,是鲁克逼我来的,他心情不好。"

平托目光锐利地盯着鲁克,问:"孩子,你有心事?"

鲁克避开他的目光,喑哑地问:"5000万元汇到了吗?"

"汇到了。鲁克,这笔生意真不错,利润十分可观。"

鲁克声音低沉地说:"这正是我担心的,这几天我一直心神不定,倒不全是因为他们的保密条件。你知道,要求货物保密的货主过去也有不少。但唯独这次总是有一种不安的感觉,可能就是因为条件太优惠了吧。平托大叔,你相信预感吗?"

平托笑道:"我只相信一半。预感到好运时,我就去相信它;预感到厄运时,我就坚决摒弃它。鲁克,不要胡思乱想。哪怕货舱里装的是撒旦,

225

## 拯救世界

等把它运到荒僻的拉格朗日坟场，它也不能兴风作浪。"

鲁克咧着嘴笑道："谢谢大叔的吉言。平托先生，你安排一下，我明天想留一个遗嘱。万一'星球动物园号'回不来，我想把遗产分割一下。老猢狲大叔，不要做出这么一副苦脸，我只是想吓一吓死神，那是我们形影不离的好朋友。我们经常角斗，可他从未占过我的便宜。"平托从他玩世不恭的嬉笑中听出几丝怆然，他和拉里交换着眼神，皱着眉头说："好，明天我安排这件事，但首先你不要喝酒了。老猢狲，你这个老糊涂，你只会由着他的性子胡闹。下回再看见你这样，我就把你头朝下泡到酒缸里。"

火奴鲁鲁国际航天中心里面鲁斯式空天飞机正在做升空准备。这种空天飞机与以往的航天飞机和老式的空天飞机都不同，它是水平放置垂直升空的，所以机场内没有高耸入云的起飞塔。十几个工作人员和机器人正在解除空天飞机的防风缆绳。除此之外，航天中心内平静如昔。送行的平托感慨地说："今天是2041年4月12日，正是第一个宇航员加加林上天80周年，是第一艘航天飞机'哥伦比亚号'上天60周年。想一想那时候，每一次升空都是牵动全世界目光的大事，单是地面控制人员就数以百计。喏，你看！"他指指寂寥的控制室，那儿只有七八个人在工作，"我不知道这该算作技术的进步，还是社会的倒退。"

鲁克笑道："我可付不起几百人的工资。再说，即使发生什么事故，说到底还得靠我们在天上去苦干。你放心吧，这几个人都是在空天飞机上长大的，这匹马的脾性早就摸熟了。"

平托深深看他一眼："孩子，航天业的衰退已经是无可逃避了，在衰亡过程中孤军奋斗是格外艰难的，听我的话，这次飞行结束后就急流勇退吧。"

鲁克笑道："行，听你的话。鲁冰呢，还没有消息？"

平托摇摇头："没有，7天前她同一个叫盖茨的美国人一块儿走了，听说是去澳大利亚旅游。这个孩子。"他不满地咕哝着。

鲁克勉强为她辩解："不要指责她,平托大叔。都怪那次事故,她至今还是一个病人嘛。"他沉吟一会儿,"万一这次我回不来,请你好好照料她。告诉她,我会在拉格朗日坟场里盯着她,叫她不要让我失望。"没等平托答话,他就呵呵笑道:"呸,干吗在这会儿说这些丧气话,再见,平托大叔。"

他同平托握手后大踏步走出控制室的边门。平托转过头盯着控制室的屏幕。不久,穿着宇航服的鲁克出现在指挥舱里。飞船的主电脑开始了例行的自检程序:

"燃料系统自检完毕。"

"安全系统自检完毕。"

……

鲁克忽然插话道:"小兔子,你再用肉眼检查一下盖革计数器。"不久布莱克回答:"检查完毕,放射性指数正常。"

鲁克对着屏幕向控制室打一个响指:"OK,起飞吧。"

随着倒计数声数到一,大地忽然震颤一下,鲁斯式空天飞机几百个垂直喷管喷出蓝白色的火焰,它平稳地缓缓升高,消失在云层中。从屏幕上看到它的垂直喷管自动收回,随之尾喷管开始点火,空天飞机改变了方向,疾速向外太空飞去。

10个小时后,"星球动物园号"已经离地球35万千米。这会儿它是在地球的阴影里,天幕漆黑,星星不再眨眼,安静地镶嵌在天幕上。月亮仍如平素一样大小,只是更加明亮。地球则显得黑黝黝的,只有在边缘有一个淡蓝色的环形带,十分明亮而迷人。

从屏幕上已经能看到拉格朗日坟场,那是一个不规则的巨大的立方体。飞船关闭了动力系统,这会儿正靠惯性在继续"爬高",等爬升到离地月各38万千米的目的地时就可以"下锚"了。

鲁克喊道:"伙计们,飞行很顺利,我马上就要进行手动姿态调整了,班克斯,你再检查一遍投料机。"

就在这时,传来地面控制室主任詹姆斯的呼叫:"'星球动物园号',鲁

| 拯救世界

克船长，我们收听到一艘来历不明的小型航天飞机的呼救信号。它的升空是秘密的，事前没有通知全球航天管理中心。这会儿它正好在拉格朗日点附近，离你们的直线距离 7 万千米。你愿意同他们联系吗？"

鲁克迅速在屏幕上找到了那艘小飞船，它正在废料山侧后方游荡。鲁克恼怒地低声咒骂道："我还得先扮演一个太空救生员的角色，我会为这次重新点火白白损失十万元，没有人会向我付一分钱。"他又骂了一声，不情愿地喊："喂，告诉我他们的通话频率！"

他调整了频率，立刻听到一个女人急切的声音：

"鲁克哥哥，是我，我和亨利·盖茨！"

鲁克十分震惊："是小冰？你怎么会到航天飞机上？"

大概是觉得理屈，鲁冰没有了往日盛气凌人的语气，她软声道："哥哥，怪你从来不让我坐飞船嘛。盖茨为我弄了一艘，陪我上天玩玩儿，谁知道它会出故障呀。"

盖茨在话筒中喊道："鲁克船长，怪我太莽撞，冰儿一定要过过太空瘾，我就千方百计地弄来这一艘破玩意儿，现在动力系统已经完全失灵了，请你快来救我们！"

鲁克冷漠地说："好，我现在就去。告诉我你们的具体方位和速度。"他对这些参数计算后说："两个小时内赶到。飞船上电力系统怎么样？"

"电力系统正常，生命保障系统能正常运转，几个小时内不会有问题。我们盼着你们。"

"星球动物园号"点燃了姿态调整发动机，飞船艰难地绕了一个弧形，全速向那个方位飞去。飞行途中，鲁克为了排除妹妹的恐惧，一直同她通着话。

他问盖茨："你的飞船上一共有几个人？"

"就我们两个人。"

"你会驾驶飞船？"

盖茨笑道："20 年前，航天旅游业正兴旺时，我那时 16 岁，接受过航天驾驶速成训练。这种私人旅游飞船是傻瓜型的,很好驾驶。不过,一旦出故障我就傻眼了。"

鲁克讽刺地说:"你很勇敢嘛,21世纪的堂吉诃德。"

盖茨笑道:"过奖,要知道,爱情能使一个懦夫变成勇士。"

话筒里传来鲁冰咯咯的笑声,接下来是响亮的亲吻声。鲁克皱着眉头关了送话器。

狄士龙接到那位警官朋友的电话后,一刻也没有耽误,立即拨通姚云其的电话,姚云其急切地问:

"狄先生,有收获吗?"

狄士龙把话筒夹在肩头,到冰箱里拿了几片面包、一盘香肠和一罐啤酒,他边吃边说:"有。现在我给你念一念我刚得到的情报。"他努力吞下面包,喝口啤酒润润嗓子,把电话记录念完。最后他总结道:"这个金发男人是一个危险人物,他从属于一个极端秘密的被称作'末日审判'的组织,这个组织神通广大,残忍成性。对于他们,警方了解得还远远不够。所以,我劝你立即抽身退出来,我也不会再继续调查了。你预付的款子我只用了1000英镑,其余的我将从银行退给你。"

电话中沉默了很久,姚云其才问道:"那鲁冰会有危险吗?"

"不知道。从目前的迹象看,盖茨似乎是对鲁冰一见钟情,他可能真的爱上她了。如果是这样,鲁冰暂时还不会有危险。"他听见敲门声,"喂,稍等一下,有人敲门。"

他走过去,侧身站在门边问:"是谁?"

没有回音。他警惕地通过猫眼向外窥视,猫眼中看到一个黑色的圆环,等他意识这是一个枪口时已经晚了。一声轻微的枪响,子弹通过猫眼钻进他的右眼,接着门被撞开,一个小个子拎着无声手枪闯进来,对着地上的狄士龙又补了一枪,子弹准确地钻进眉心。

无绳电话被摔在地上,话筒中姚云其焦急地喊:

| 拯救世界

"狄士龙先生,你怎么啦?你摔倒了吗?"小个子恶意地笑着,对着话筒又开了两枪。话筒被打得四散飞迸,通话声断了。

狄士龙仰面倒在地上,一只眼睛血肉模糊,一只眼睛还在大睁着,小个子确信他死亡后从容地离开了。

现在"星球动物园号"已同那艘"飞蛾号"并肩飘荡,就像一只巨雕在带着幼雏飞行。鲁克小心地向它靠近,直到两船距离保持在 100 米。然后,他让拉里代替他驾驶,他带着一根太空飘浮的保险绳来到减压舱门前。班克斯嬉笑着说:

"让我去吧,我很想扮演一个英雄救美的角色。"

鲁克简短地说:"我去,让他们做好准备。"

几分钟后,鲁克已站在打开的减压舱外门门口。他看见"飞蛾号"的减压舱门也已打开,两个人也已穿戴整齐,盖茨抱着鲁冰站在门口等着。两艘飞船都未配置动力飞行器,只有来一个太空跳远了。他向那边招招手,盖茨猛地把鲁冰推开,鲁冰依靠惯性飘飘荡荡地飞过来,从她背后抽出一条保险带,就像一只吊丝的蜘蛛。鲁克也猛地双脚一蹬,迎着她飘飞过去,很快,他把妹妹揽到怀里。透过头盔,看见妹妹十分亢奋紧张,但并不是胆怯,她在头盔里热烈地说着什么。洁白的太空服严严地包着她,使她显得娇小而纯真。鲁克似乎在头盔里看到了 16 年前的小妹妹,心头泛起一阵苦涩的甜蜜。

鲁克解开她的保险带,朝盖茨扬扬手,盖茨也扬扬手,把带子抽回去。鲁克带着妹妹拉着自己的保险绳返回飞船。他把妹妹留在减压舱内,然后又过去把盖茨接过来。

尽管穿着臃肿的太空服,鲁冰还是兴高采烈地投入盖茨的怀里。鲁克哼了一声,关上减压舱外门。舱内慢慢充上气,然后内门缓缓打开了。鲁冰跳进去急不可耐地取下头盔:

"哥哥,谢谢你,这次太空旅行太精彩、太刺激了!"

她兴高采烈地吻了吻哥哥,又旁若无人地和盖茨热吻。盖茨很绅士地微笑着,面色平静,一点也看不出刚从死亡中逃生,这使鲁克不由得对他滋生了好感。他想,一个敢为爱情到太空冒险的人,算得上一个真正的男人。

鲁冰欢笑着和众人打招呼:"你好,老猢狲大叔,你好,班克斯先生,你好,布莱克先生!"

她在每人的额头印上一记。小兔子布莱克张着嘴傻笑着,班克斯目不转睛地盯着她,大声赞叹着:"我的上帝!你太美了,真正的女神!"

鲁克飘过来:"你们到生活舱休息一会儿,我们马上要卸货了。"

盖茨走前问了一句:"我的'飞蛾号'怎么办?"

鲁克微嘲道:"就让它在那儿飘荡吧,有地球和月亮的引力锁定,它会很安分地在那儿待到世界末日,那将是你留给子孙后代最牢靠的遗产。"

班克斯和布莱克都笑起来,盖茨耸耸肩,钻进生活舱。

飞船再次调整姿态,靠上核废料堆。它的大小像一座山峰,外形呈不规则的立方体,无数废料桶通过长长的铁臂勾连在一起,形成颇为壮观的立方网格。这样一来,寒冷的外太空可以通过空隙充分冷却每一个废料桶,使残余裂变的热量不致聚集到危险的程度。不过,透过网格看,在堆积物的中心,由于引力作用,铁臂已被压弯,废料桶已经相互堆叠起来。好在这个废料场实际上已经关闭,重力不会再增加了。

投放废料是一件细致的工作,在自动投料机把废料桶推出飞船后,要人工操纵它们,用类似火车挂钩的装置同上下左右准确地勾连,班克斯已有十几年没干过这个活了。

一切准备都已就绪,班克斯按下投料按钮,没有动静。班克斯急忙报告:

"船长!投料机发生故障!我检查时一切正常呀。"

正在这时,地面控制室又呼唤道:

"'星球动物园号',鲁克船长,有一个自称姚云其的先生一定要立即同你们通话,他说有极端紧急的情报通知你们。现在就把他的电话转过去,

| 拯救世界

请注意收听！"

鲁克略为沉吟，他头脑中忽然有不祥的预感。他果决地说："拉里大叔，你想办法把鲁冰一个人喊出来，不要惊动盖茨！"

拉里很快牵着鲁冰出来，他惊慌地说："盖茨不在生活舱！"这时姚云其焦急的呼唤声从 38 万千米外传过来，鲁冰满脸疑惑地听着：

"鲁克先生，冰儿，告诉你们一个可怕的消息，盖茨是国际恐怖组织派来的，他要对'星球动物园号'采取某种行动，详情还不清楚，这是侦探狄士龙先生刚刚告诉我的，狄先生随即被凶手杀害。你们千万要小心！"

鲁冰的脸庞唰地变得惨白，惊慌地看着哥哥。鲁克怒声问："盖茨这会儿在哪儿？"

鲁冰惊惧地说："他陪我到生活舱后就出去了，不知道在哪儿。"

班克斯突然怒冲冲地喊道："投料机一定是他破坏的，我去把他抓起来！"

鲁克阴沉地说："我们一起去，注意，他一定带有武器。"

"不必去，我已经来了。"盖茨笑嘻嘻地从服务舱里钻出来，手里拎着一把威力强大的激光枪，"你们几位老老实实给我待在那儿，你，船长先生，你们三位，还有你，鲁冰小姐。"

几个人在手枪的逼迫下聚集到一块儿，鲁克顺手把一件多用锤子抓到手里，他十分后悔飞船上没有一只武器。鲁冰没有动，她茫然望着几分钟前还对她俯首帖耳的恋人，老拉里赶紧过去把她拉过来。

"不要害怕，等我把话说完，你们甚至要感谢我。你们看这件盖革计数器，它不是一直正常吗？告诉你，那些人在装载货物时已对它做了手脚，我把它恢复了，你们听。"他把计数器打开，计数器立即发出清晰的吱吱声。盖茨笑道："听到了吗？在货舱里它叫得更欢，就像一只饶舌的百灵。你们知道货舱里装的是什么吗？你们兢兢业业运上天的究竟是什么？是 1250 颗氢弹，每一颗的当量都在一亿吨以上，它们足以把地球毁灭一次了。鲁克船长，那位和蔼的美国绅士没告诉你这些情况吧？"

232

美国华盛顿郊外有一个不起眼的小镇，每年有那么七八次，这儿会举行一次不事声张的聚会。客人一般有7名或9名，都是60岁以上，衣着简单，但他们的座车大都是手工特制的麦克拉伦F1碳纤维高级轿车，时速450千米，1200马力以上的引擎，防弹玻璃，装甲外壳。

具有讽刺意味的是，在这个新闻自由的国家里，没有多少人知道，正是这些沙龙聚会控制着美国的航向。有传闻说在20世纪70年代，当尼克松总统因水门事件灰溜溜地下台时，世界上不少人在赞叹民主的胜利。但是，真正原因是鲜为人知的：固执的尼克松在国内政策上让这几个老人厌烦了，在一次元老集会后，水门秘密被不露痕迹地捅出来，于是，全国的民主机器立即狂热地轰鸣起来。狡黠多智的国务卿基辛格比总统早一步看出了门道，他立即和总统拉开了距离。在一次接见外国客人时，他竟然不顾礼仪抢占总统的镜头，使尼克松大为恼怒，也使尚不明真情的记者迷惑不解。

这个组织的成员都是经过复杂的甄选推举程序选出的各集团代表人物。他们代代更替，但总人数不变，每次会议有表决权的代表人数不得少于5人，且必须是单数，因为在这种政治寡头会议中倒是实行着极严格的民主。今天的会议主席是68岁的戴维斯·布朗先生，他面色沉重地说："今天诸位要面临一个很不轻松的议题。因为柯尔和赫伯特先生上次没有与会，我先简单介绍一下。诸位知道在2030年全世界销毁核武器公约生效后，我国还保存着一个不小的秘密核武器库。我想我们不必为此苛责我们的前辈。那时世界上有铁幕国家，我们无法对他们实施完全可靠的监督。一旦他们在销毁核武器时打埋伏，就会严重威胁我们的民主制度。但历史发展到现在，情况已有了变化，第一，已经确认，2030年以后除我国以外的所有国家，包括那些铁幕国家，都确实销毁了全部核武器。第二，这个星球在温室效应后已经太脆弱了，再使用核弹会把它彻底毁灭，不会有胜者。所以，这些核弹已经成了烫手却毫无价值的山芋。

"这批核弹全部秘密保存在尤卡山核废料堆放场，但是，洪水引发的新地震带正好有一条穿过此地。为了避免在世界上造成一场风波，上次会议决定租用私人飞船把它们运到外太空去，然后让这个秘密在一声轰响中永远消失。"他苦笑道,"虽然我们派了最精干的人员去谈判和组织这件事,但不幸的是,国际恐怖组织'末日审判'竟然窃到这个秘密。据半小时前收到的消息,他们已经派人登上那艘飞船,当然他们肯定会借机对我国进行讹诈。我们必须立即决定采取哪些应变措施。"

所有的人都面色阴沉。上次没有与会的柯尔先生今年75岁,是代表中年龄最大的,素以精明严厉为人敬畏。他刻薄地说:"我真为这个愚蠢的决定而羞愧。你们兴师动众地把核弹运到外太空去处理,又想保守它的秘密,这不是白日做梦吗?美利坚合众国在长达几个世纪中一直是地球的核心,多少美国政治家在世界舞台上叱咤风云。谁能想到他们的后代这样低能?"

戴维斯·布朗冷冷地说:"柯尔先生,恐怕没有时间聆听你的责备了,言归正传吧。"

"我们能有多大的回旋余地?我们能做的,第一,在我们捉襟见肘的财政中尽量收拢一笔款子以应付恐怖分子的讹诈。第二,命令防御系统全面启动,一旦他们的条件太苛刻——这是很可能的——就拦截这艘飞船,不让它进入能准确投弹的近地空间。那时,同样受到威胁的各国政府就不会隔岸观火了,他们会和我们同心协力地对付恐怖分子。"

乔治·布朗皱着眉头说:"那首先会使我们成为众矢之的。"

柯尔阴笑道:"那并不一定是坏事。这桩秘密肯定已经包不住了,既然如此,我倒是很高兴看到衰老的山姆大叔能再当一次世界舞台的主角,哪怕这次是扮演一个反派角色。"

戴维斯·布朗先生对众人扫视一番,说:"如果没有不同意见,我们就对此表决吧。"

七个人依次敲响面前的小木槌表示赞同,执行主席说:"全体通过,我们可以把这件事通报给那位年轻人了。"

他是指惠特姆总统,他今年34岁,是美国历史上最年轻的总统。

盖茨挥动着激光手枪,笑嘻嘻地继续说下去:"还有一项秘密呢,你们的飞船上已经安装了一套威力很大的爆炸装置,与投料机联动,一旦投料机运转,两小时后,也就是返回途中,飞船会在一声爆响中化为绚丽的礼花。

是我把投料系统的电源断开了，所以，你们该对我感恩戴德才对。鲁克船长，你要是不相信，我可以领你去看看现场。"

鲁克咬着牙说："不必，我信，我在娘胎里就知道那帮浑蛋养的是什么东西。"

盖茨笑道："很好，到现在为止，我想我们已经有了进行合作的坚实基础。鲁克船长，不要卸下这些宝贵的货物，我们返回地球并悬停在美国上空，然后向那些美国佬敲一大笔钱，敲它 100 亿。如果他们舍不得，我们就把这些爆竹一颗颗投下去，啪！华盛顿；啪！纽约。他们一定会屈服的。等钱到手，我们的组织会照付你的运费，另外每人付 500 万美元，船长加倍，怎么样？"

鲁克看看他的船员，他们都已从最初的震惊中苏醒过来，盖茨提出的优厚条件使他们眼睛发光，有一种跃跃欲试的劲头儿。只有鲁冰似乎没有听懂这些话，她死死地瞪着盖茨，像一只凶恶的母猫。

鲁克阴笑道："似乎盖茨先生也是一个美国佬？"

盖茨一挥手："正是这个国家教会我，金钱比一切都重要。"

鲁克冷笑道："盖茨先生既然能狠下心向自己的祖国投氢弹，会对我们讲信用吗？会不会事情干成之后，对我们也啪啪一通呢。"

盖茨看看其他船员，他们的眼中闪着疑虑的光。他忙笑道："我可以拿我同你妹妹的爱情发誓，鲁克船长，我真的十分喜爱冰儿。拿到这笔钱后，我会让她过上公主般的生活。"

大家都向鲁冰望去，她惨然一笑，慢慢向盖茨移过去，她的目光蒙眬，像是在梦游中。

"盖茨，你真的爱我？"

"当然，但是这会儿你不要过来。"

"你真的爱我，不是利用我，不是拿我当工具？"

"我可以发誓！但你快停住，你再过来我就开枪了！"

鲁冰忽然双脚一蹬舱壁，不顾一切地扑过去。盖茨稍一犹豫，她已经

| 拯救世界

抱住他的胳臂猛咬，盖茨疼得大叫一声，揪住她的头发猛地一拽，把她的脸向后扳去，她的凶恶表情使盖茨暗暗吃惊，他不得不用手枪在她头上敲了一记。鲁冰惨叫一声，脑袋无力地垂到胸前。

在盖茨扬起手枪时，鲁克已经暴怒地冲了过去，一拳把他的手枪打飞。几个船员也同时扑上来，一场混战之后，他们把盖茨紧紧捆起来。鲁克把妹妹抱在怀里，她面色苍白，飘曳的黑发下渗出血迹。她在鲁克的呼唤中悠悠醒来，两颗豆大的泪珠从眼角溢出，悬荡在空中。老拉里匆匆拿来急救箱要为她包扎，但鲁冰凶狠地推开哥哥，从布莱克手中夺过激光手枪，对准了盖茨。盖茨急急地叫道：

"冰儿不要冲动！我刚才打你实在是迫不得已！鲁克船长，快拉住令妹，你一定要好好考虑我的建议，那对双方都有利。难道你们愿意把到手的几千万美元扔掉吗？喂，你们几个愿意吗？"

盖茨对看押他的船员们喊道："你们愿意吗？你们愿意吗？"船员们默不作声，但他们的表情分明已经动心了。鲁克看看大家，默默地拉住鲁冰，劈手夺过手枪，然后沉着脸走向驾驶位置：

"准备返航。"

盖茨喜出望外地喊道："这就对了！亲爱的鲁克，咱们联起手敲敲山姆大叔的肥脑袋！喂，你们可以松手了吧，班克斯，你的手掌就像鬣狗的牙床，把我的胳臂都夹断了！"

几个船员询问地望望鲁克，鲁克头也不回地命令：

"放了他。"

盖茨做梦也想不到局势会突然转变，他很为自己的辩才自矜。他想起了鲁冰，走过去拍拍鲁冰的面颊：

"冰儿，我的小鸽子，你怎么会突然变成一头母狼了呢？请你原谅我，我刚才那一下实在是迫不得已。"

鲁冰仇恨地瞪着他，扬手就是一个脆亮的耳光！

盖茨耸耸肩，离开鲁冰向驾驶舱飘过去，笑嘻嘻地挤在鲁克旁边。飞

船重新点火,几个小时过去了,飞船同地球的距离已缩短到十几万千米。这时传来地面的呼唤:

"'星球动物园号',鲁克船长,现在美国总统要同你通话,请注意!"

"美国总统?我真的能有这个荣幸?"

"鲁克先生,我是美国总统惠特姆。根据可靠情报,有一名恐怖分子盖茨已经登上了你们的飞船,现在情况如何?"

鲁克平静地说:"噢,小事一桩,我们已经及时发现,并把他击毙了。"

短时间的停顿,这不仅是距离造成的信号延迟,鲁克能从话筒中感觉到总统的惊喜。

"仁慈的上帝!"总统低声喊道,"这真是个意外的好消息。谢谢你,美国谢谢你。"

鲁克真诚地惊奇着:"你们太客气了,竟然劳驾总统本人向我致谢。我既然拿了你们的钱,自然有义务把这批核废料运到拉格朗日坟场。总统先生,还有什么事吗?如果没有,我就要启动投料装置了。"

盖茨兴高采烈地拍拍鲁克的肩膀,他很佩服鲁克能这么平静地向总统射出恶意之箭。地面上显然有片刻的犹豫,接着总统喊道:

"鲁克先生,不要投放!请立即返回。"

"为什么?总统先生,这不是开玩笑吧。"

"不,请立即返回。回来后我们会告诉你返航的原因。请放心,原定的费用我们仍然照付。"

鲁克狞恶地大笑起来:"总统先生,为什么不在这儿说呢?害羞吗?还是让我来说出真相吧!你们让'星球动物园号'运送的核废料实际是1250颗氢弹,足以把30亿人投入地狱之火的氢弹。你们还在投放机里安置了延迟爆炸的炸弹,准备让几个辛辛苦苦的送货人在回程中送命。你们这些狼心狗肺的畜生!"

他的怒气缓慢地却是不可抑制地膨胀,就像在地下潜行了300年的岩浆一朝迸发。在他向几十万千米之下的美国总统泼洒着仇恨和愤怒之雨时,

| 拯救世界

他觉得自己受苦受难的先辈在天上默默地看着他：

"你们这些道貌岸然的白人畜生！你们用火枪屠杀印第安人，夺去他们的家园；你们把赤身裸体的男女黑人展示在看台上，像牲口一样拍卖；你们屠杀澳洲土人、南美玛雅人，屠杀中国人、印度人；你们用肮脏的鸦片榨干中国人的血汗。你们干尽了天下最卑鄙的勾当。等你们有了钱，可以洗净血迹戴上白手套时，你们就人模狗样地谈论民主、自由、人权和公理。现在你们还有什么可说的？在全世界都销毁了核武器之后，你们还暗藏着这么多的氢弹，是不是准备在自由女神像前来一场喜庆焰火？"

他嘎嘎地笑起来，然后刻毒地说："这点小事就让我代劳吧。我们正在返航，我们会把鲁斯式飞船悬停在美利坚上空，到华盛顿，啪，一颗；到纽约，啪，一颗。那将是世界上最绚丽的礼花。哈哈哈！"


柯瑞·瑞德先生半夜被急骤的电话铃声惊醒。他从情人颈项下抽出手臂，不情愿地拿起话筒：

"柯瑞·瑞德。请问是哪一位？"

电话中是一个年轻人的声音：

"瑞德先生，你是《每日镜报》的主编吗？我是从电话号码中查到的。"

瑞德的职业本能马上惊醒，他预感到年轻人要提供什么重要消息。他答道："对，你有什么事吗？"

"我是一个业余无线电爱好者，今天无意中收听到一段奇怪的对话。信号是加密的，但正好我是一个破译密码的小天才。"他得意地笑起来，然后，这个叫作马可尼的年轻人详细叙述了美国总统和"星球动物园号"飞船的通话，"你有什么感想？我已经给《每日电讯报》的主编打过电话，他大概认为我还没有睡醒。你相信吗？"

瑞德的情人抬起头，睡眼蒙眬地问：

"亲爱的，什么事呀？"

瑞德向她摇摇手，年轻人的话虽然像是天方夜谭，但他的直觉告诉他，正因为它是如此荒诞，反倒很可能是真实的，他按下录音键：

"喂，马可尼先生，我相信你，请再说一遍，要尽量详细和准确。"

## 下

几分钟后，《每日镜报》在电讯网络中向几百万订户送去了快讯：

"1000多亿吨当量级的氢弹正在我们头上游弋"

"……科学技术的发展使人类的生存变得如此脆弱，今天又有了一个鲜明的例证：地球的存亡竟然依赖于一个中国人的一念之仁。让我们祈祷上帝唤醒他的良知，尽管我们怀疑上帝的法力对这些从不信奉上帝的中国人是否有效。"

38万千米之外停顿了片刻，才传来惠特姆总统的呼喊：

"鲁克先生，不要冲动，千万不要冲动！"他诚恳地说，"鲁克先生，很可惜你的私人飞船上没有设传真装置，使我们不能面对面谈心。但我面前有你的全部资料，我觉得我已经很了解你了。我知道你的话只是一时的愤激之言，我不相信一生耿直仁爱的鲁克会把千万人推入地狱之火中，你会吗，鲁克先生？"

鲁克恶狠狠地说："我会的！"但他在心底承认，这个狡猾的美国佬准确地击中了他的弱点。

"鲁克先生，我知道对付你的最佳策略，是开诚布公的谈话。也许下面我说的你不会相信，"他苦笑道，"身为美国总统，这一切我是不久前才知道的。不不，我并不是推卸责任，既然坐上这个位子，那么这个国家的一切荣耀和罪恶都和我密不可分，我袒露这一点同时也袒露了一个总统的无能，我只是想以此证明我的诚意。我想还有一件小事能证明这一点：当你说恐怖分子已被击毙时，我并未让你启动投放机——其实那是一个最好的办法，所有令人脸红的秘密会在一刹那间化为灰烬，世界舆论会顺理成章地把爆炸归罪于恐怖组织。但我阻止了你们，我不想你们送死。我没说错吧。"

鲁克讥讽地说："对，你似乎对另外一种选择也有片刻犹豫。"

他似乎在电波中也能感受到总统的脸红："对，这正是一位顾问的建议，很庆幸我没有采纳。鲁克先生，我们的年龄相差无几，我是美国历史上最年轻的总统。因此，我不想继承先辈的罪恶，希望你也不要继承先辈的仇恨。这两者都不是好的遗产。鲁克朋友，你能听进去我的话吗？"

鲁克在送话器外恶狠狠地骂了一句："这只狡猾的狐狸。"但他不得不承认这个美国佬已经占了上风，这完全是基于那个人的真诚。盖茨着急地低声说：

"不要听他的鬼话！"

鲁克怒喝道："用不着你插嘴！"

惠特姆说："鲁克先生，让我们冷静下来，心平气和地处理这件事，怎么样？你有什么条件请提出来，我们将尽量满足。"

鲁克犹豫着，看着他的船员。班克斯目光阴沉，小兔子也是满脸的不情愿。他们不愿放弃盖茨许诺的 500 万美元，这样的机会一生中不会有第二次了，而且，毕竟是那些人先对他们做下卑鄙的事。盖茨迷惑地盯着鲁克，他拿不准这个外表粗野的船长会做出什么决定。鲁冰孤独地缩在角落，当鲁克的目光与她相遇时，她的怨毒使鲁克几乎打一个寒战。老拉里忧郁地看着鲁氏兄妹。飞船离地球仍有二十几万千米，但是，即使用肉眼，也已经可以看清那个蓝色的星球。这会儿地球上大部分地区是晴天，裹着淡薄的云层。透过云眼，可以看到蔚蓝的海洋。与十几年前相比，海洋已经大大地扩展了，这使地球更加漂亮，宛若一颗璀璨的蓝宝石。不过鲁克知道这种漂亮的代价太大了。地球，人类的诺亚方舟，真的会逐渐衰老甚至死亡吗？鲁克收回目光，厉声说："好，第一个条件，把这桩阴谋的主使人送上法庭。"

惠特姆略为停顿，苦笑道："很遗憾，鲁克先生，我恐怕没有能力做到这一点，我也不想这样做，美利坚合众国已是千疮百孔了，我不想再毁掉它最后的自尊。但我可以允诺,我将尽我的力量使那几位老人退出政治舞台。我希望能得到鲁克先生的谅解。"

不知为什么,鲁克对这个从未谋面的美国佬已经有了好感,他没有坚持:"第二点,除了运费外,飞船上的所有人加上我的律师平托先生一共七个人,每人付100万美元作为这次涉身危险的补偿。"

惠特姆似乎没有料到他的要求会这样低,立即应允:"好,我完全答应。"

盖茨在身后气急败坏地喊起来:"鲁克先生,这太便宜他了!"

惠特姆总统听到了飞船上的争吵,他严厉地说:"盖茨先生,你该幡然悔悟了!你不要做历史的罪人!鉴于你没有什么前科,如果你立即回头,我会吁请最高法院宽恕你的罪行。"

鲁克干脆地说:"好,我们成交。我现在就返回拉格朗日坟场,卸下这些货物,爆炸装置我们自己去排除。"

惠特姆沉重地说:"1000亿吨当量的氢弹放在离地球这么近的地方不是好办法,它将成为高悬于头顶的达摩克利斯之剑。一旦某个小行星的撞击引爆了它,会给地球带来巨大的灾难。不过,你先卸在那儿吧,只有日后再想办法处理了。谢谢你,我的朋友。"

鲁克关闭了送话器。他的满腔怒火这么轻易地就被那个美国佬平息,他觉得自己似乎扮演了一个轻信的傻瓜。盖茨慌乱地说:"鲁克先生,你这是判了我死刑,我的组织决不会放过我的!"

鲁克冷笑道:"你以为你的死活我会关心吗?如果不是怕脏了我的飞船,我会亲手掐死你的!"

盖茨对着他的背影喊道:"他们也不会放过你的,还有鲁冰!"

鲁克的神经战抖一下,但没有理他,他向自己的船员下命令:"准备返回拉格朗日点。班克斯,你和盖茨去检查投放机,排除爆炸装置,你要看紧那个浑蛋。"他看看懒洋洋的船员,叹口气道:"伙计们,不要太贪心。说到底,我们真能狠心投下炸弹吗?小兔子,你能狠心把氢弹投到千万人头上吗？那儿有白人，也有和你一样的黑人，他们都是无辜的。"

布莱克做了个鬼脸，拍拍班克斯的肩膀："鬣狗班克斯，走吧，100万已经不少了，只要你不把它花在赌场和妓院里——要是那样，500万照样不够。走，干活去。"

老拉里笑哈哈地说："说得对。走吧。"

船员们开始准备返航。盖茨耸耸肩，不得不承认了现实。他倒是能随遇而安的，至于组织的惩罚，毕竟是几十万千米以外的事。他看见角落里的鲁冰，便凑过去："冰儿，不要怪我，我是真心爱你的。没错，我接近你本来是为了接近你的哥哥，但我从看见你的第一眼起，我就真的被你迷住了。我打算拿到那笔钱后就同你结婚。你要相信我！"

鲁冰冷冷地横他一眼，甚至不屑于再骂他。鲁克厉声骂道："给我滚！"他怜惜地看着妹妹，她的表情苦重而迷茫。他想这些年来，妹妹实际上一直生活在幻梦中，折磨着别人更折磨着自己，"妹妹，你已经长大了，不要胡闹了。你这次的率性胡为几乎毁了爸爸的飞船。听哥哥的话，回头去找姚云其吧，那个男人是真心爱你的。"

这阵子鲁冰一直在沉默地积聚着仇恨和愤怒。她并不关心世界是否会陷入一场核浩劫，她只知道自己失了面子，她心目中的白马王子，那个拜倒在她的美貌下的男人，原来只是把她当作一个工具。鲁克的劝说点燃了一根导火索，她忽然歇斯底里地叫道：

"鲁克，你有什么资格来管我！我和哪个男人睡觉用得着你操心吗？"她歹毒地冷笑着，她的眼睛像黑暗里的狸猫一样发着绿光。"你为什么偏偏是我的哥哥呢，要不我倒想嫁给你，我发觉你总是像恋人那样深情地看着我。"

鲁克立刻满脸涨红！他苦涩地转过身去。鲁冰看着这个被打败了的雄性，快意地咯咯笑着。

"冰儿，不要胡说八道！"老拉里喊，他又是愤怒又是伤心。鲁冰皱着眉头嘲弄地说：

"拉里大叔有什么教诲吗？我知道大叔一向喜欢侄儿，讨厌这个胡作非为的侄女。"

拉里伤心地盯着她。他看看鲁克正在忙碌的背影,压低声音说:"冰儿,我想有些话也该向你说了。你不是一直想知道父母横死的详情吗?跟我到生活舱去,我告诉你。"

鲁冰身上一震。拉里冷淡地转身走了,鲁冰稍稍犹豫一下,顺从地跟在后边。她的全身血液猛往头上冲,超负荷的心脏激烈地跳动着。

"20年前,航天运输业中有一个私人经营者,他的事业很成功。夫妻两人,一个女儿。他们自然对独生女儿十分宠爱。"拉里苦笑道,"正是这种宠爱害了女儿和他们自己。这个女孩儿从小骄纵任性,性格乖张。一次小公主生病了,却蛮横地拒绝吃药。保姆只好喊来妈妈。妈妈不厌其烦地劝说哀求,女儿一怒之下,夺过勺子挥舞着,不料失手扎进妈妈的左眼中!用人们赶紧喊来私人医生,又把她送进医院。闯下这场大祸后,那女孩子才知道害怕,全身发抖地缩在角落里。冰儿,这些情况你还记得吗?"

老拉里残忍地拉开了一道帷幕,使鲁冰真切地回想起那个血淋淋的场景。那正是她强迫自己忘掉的,每当回忆到这儿,她的意识便尖叫着四散逃走。她常常在下意识中把罪责推给别人——比如鲁克。这会儿,鲁冰突然抱着头,一声声地尖叫着。拉里看看她,毫不留情地说下去:

"父亲从太空返回后才知道这件事,他狂怒地驾车从航天机场直奔医院。他的激怒导致了一场车祸,在高速公路上,十几辆汽车撞在一起,起火爆炸。等我们赶到时,只看到他烧焦了的尸体。

"那个女孩儿虽然十分冷血,但接二连三的惨祸终于使她崩溃,从此她完全失忆了,她的自卫本能迫使她把这些记忆关到铁门之外。病中的妈妈没有能承受住这些打击,几天后就去世了。

"老鲁船长手下有一个小伙子,忠心耿耿,为人坦诚爽直,船长夫妇很宠爱他。再加上两人同姓,所以我们常戏称他是船长的干儿子。鲁夫人去世前正式认他作义子,把家产留给他和女儿,又拉着你的手放到他的手里,嘱托他好好照料妹妹。冰儿,这些年你哥哥没有辜负你妈妈的嘱咐,他一

## 拯救世界

直对你关心备至,对你的胡作非为默默忍受,挤出钱财供你大手大脚地花销。他总说你是病人,不愿因某些不愉快刺激引发你的病。这些苦心你能体会到吗?"

老拉里痛心地继续说下去:

"你知道你刚才的话是怎样刺伤你哥哥吗?告诉你,在鲁克还是飞船指令员的时候,他就爱上你了,但那时你们身份悬殊,他只能把这份感情藏在心里。后来,命运又使他成了你哥哥,他只好努力用兄长之情压制住恋情。我们冷眼看着,觉得他真可怜哪,他在两种感情中苦苦挣扎。后来我和平托先生劝他干脆向你说明真情,然后向你求婚。但他怕勾起你对过去的回忆,坚决不允许。可他直到35岁也不结婚,实际上他还是盼着你能痊愈。冰儿,我说的你相信吗?"

鲁冰心中战栗不已,这些话她当然相信,实际上,她的失忆是靠家人的隐瞒和她自已的自我欺骗才勉强维持的,只要有人稍微划破一点窗纸,那可怕的过去就豁然显现了。但她随即回忆起一个梦魇,一个折磨她多年的梦魇。她常常回忆起自己赤身裸体,被鲁克紧紧抱在怀里,他的目光中有关切,也有羞愧和欲火。这些回忆缥缈不定,却顽固地一再出现,使她坚信这不是空穴来风,她甚至怀疑那个男人已经占有了她的身体。所以,这些年来,当她看到那位"兄长"问寒问暖时,她就从心里作呕。今天她下决心把这事弄清楚。

"好吧,拉里大叔,你既然向我讲述过去,我倒想知道,我的一个梦魇是否真实。我希望你不要替鲁克隐瞒。"

听完她的叙述,拉里痛心地喊:"冰儿,你呀!……你的梦境确实是真的。这些年来,也许是良心上负担过重,你常常犯病,你哭喊,心像被烈火在烤,你会扯掉全身衣服往冰天雪地里跑,常常是鲁克把你拦住,把你拉回家,给你打上镇静剂。醒来后你会把这些忘得一干二净,你会若无其事地胡闹,而鲁克却咬着牙躲到一边,好多天阴郁不乐。"

拉里看看失神的鲁冰,又是怜悯,又是嫌恶。他说:"这些情况你哥哥严禁任何人向你透露,我想,他对你的疼爱恐怕是害了你。今天我把真情告诉你,你好好想想吧。"

拉里叹息一声,离开生活舱。

鲁冰撕扯着胸前的衣服,那种被地狱之火煎烤的幻境又出现了。她早就知道自己的行为使所有人厌恶,包括拉里、平托,甚至鲁克(她心酸地想)。但是,她一直有强劲的心理支撑。是的,她是一直肆意折磨着鲁克,但那仅仅是因为鲁克是一个伪君子,他甚至对自己的妹妹也有非分之想,他和父母的死亡有隐隐约约的关系,而她还一直在替他隐瞒着这些丑恶呢!

可是现在,一切都倒过来了!只有她,鲁冰,才确确实实是一个灾星,是一个祸害全家的罪人!她眼前血光浮动,她的母亲左眼血迹斑斑,他的父亲遍身血污,都在嫌恶地看着她,谴责她……她终于崩溃了,撕心裂肺地尖叫着,踉踉跄跄向生活舱外滑了过去。

鲁克问班克斯:"一切都准备好了吗?"

"好了!"盖茨笑嘻嘻地抢先回答,"是我把爆炸装置排除的,我在登机前专门接受了10天的工兵训练呢。不过,我这是亲手往自己的棺材上又钉了一根钉,我的组织不会饶过我的!"他苦笑着摊开双手。

鲁克没有理他,正要下达投放命令,忽然生活舱内传来连绵不断的尖叫,鲁冰从里面冲出来,她衣襟散乱,胸前满是血痕。鲁克吃一惊,急忙迎过去:

"冰儿,这是怎么啦?你这是怎么啦?"

鲁冰咯咯笑道:"拉里大叔已告诉我全部真相,他说你不是我的亲哥哥,他说是我害死了自己的父母。鲁克先生,祝贺你,这十几年你已经修炼成人人景仰的圣人,你的宽厚慈爱正好反衬我的卑劣恶毒。我该怎样忏悔呢?现在,我只有这副躯体还值得一看。尊敬的鲁克先生,你能否赏光收下它呢,你不是暗地喜欢过它吗?"她偎在鲁克怀里,从容地解着衣服,"鲁克先生,收下它吧,这是我唯一能做的忏悔呀。"

鲁克脸色阴沉地把她从怀里推开,他瞪着手足无措的老拉里,厉声道:"她又犯病了,把她拉到生活舱打一针!"

鲁冰在拉里和小兔子的拉拽下挣扎着,三个人在空中激烈地翻滚。当两人终于把鲁冰拽进生活舱时,鲁冰扭回头咬牙切齿地喊道:"鲁克你记住,我恨你,我一生一世都恨你!"

驾驶舱忽然静下来,众人都怜悯地看着船长。鲁克锁着双眉,不语不动。他回忆起鲁冰父亲去世前,他就偷偷爱上13岁的早熟的鲁冰,那是一种爱情和友情的奇特的混合。他回忆起鲁冰犯病时的情形,那时他把"妹妹"的裸体抱在怀里,他用了很大的力量才压制住心中的欲念。这常使他有一种负罪感。他觉得,无论他为妹妹做了多少事,都不能补偿万一。现在妹妹咬牙切齿的声音在他耳边回响。他想,这正是他应该得到的惩罚。

拉里他们出来后,都不敢惊扰船长,他们在他的眼睛中看到了一种彻底的幻灭感。盖茨飘过来,同情地拍拍他的肩膀。这个动作使两人又分开一些。鲁克向他点头示意,他觉得这个恐怖分子并不算坏人。他平静地问:"实话告诉我,你的飞船真的发生故障了吗?"

盖茨笑着摇头,他看看屏幕,那艘小飞船还在一万千米之外孤零零地飘荡着:"不,当然没有,它尽管破旧,但足以完成这次航行。"

鲁克点点头:"好。"

"什么'好'?"

鲁克拍拍盖茨的肩膀,恳切地说:"朋友,你不该参加恐怖组织,你不是那类人。刚才在生死关头,你没有向鲁冰开枪。盖茨,美国政府的赔偿金有你的一份,带上它,准备逃避恐怖组织对你的追杀吧。我希望你不要再找我妹妹,你们的性格不合适。你能答应吗?"

盖茨疑惑地点头答应。鲁克向船员们下达命令:"调整航向,向'飞蛾号'靠拢。"

班克斯奇怪地问:"靠近它干什么?"

鲁克平淡地说:"不要问,执行命令吧。"

几个小时后,两艘飞船已经并行。鲁克下令把"星球动物园号"的核废料桶投下去,这个命令很快被执行了。鲁克离开驾驶位置,不言不语地穿上太空服,通过减压舱飘飞到太空中,把核废料桶系缆在"飞蛾号"后边。

拉里他们迷惑又担心地注视着他。废料桶系好了,鲁克一言不发地钻进"飞蛾号",开始锁闭密封门。拉里在通话器中焦灼地喊:

"鲁克,鲁克,你要干什么?"

没有回音,他一遍一遍地重复喊话,终于话筒上有了窸窣声,鲁克回话了,他的声音有一种超越生死的平静:

"拉里大叔,那个该死的美国总统说得对,核弹存放在拉格朗日坟场太危险,它会成为一把达摩克利斯之剑。我把它投到太阳熔炉中去吧。"

"什么?"拉里气急败坏地喊,"你要驾驶飞船投向太阳?孩子,千万不要胡来!"

班克斯也急急地挤近话筒,喊道:"船长快回来,你不值得为那个臭女人去死!"

布莱克也带着哭声喊:"回来吧船长!回来吧!"

鲁克爽朗地笑道:"不要拉我的后腿,老猢狲大叔,还有你们几个,我没有发疯,我从来没有这样清醒,我想多少为人类干一点事,也算这一生没有白活。再说,世界上有谁能像我死得这样壮观呢。我马上就要启动飞船了,你们把'星球动物园号'开回去,大叔,班克斯,布莱克,还有盖茨,代我照顾好鲁冰,向平托大叔和姚云其问好。"

船员们面面相觑,束手无策,盖茨忽然扭头冲进生活舱,打了镇静针的鲁冰还在床上睡着,身上系着固定带。她的眼角附近,有一颗圆圆的泪珠在轻轻飘动。她的脸庞红润,似一只带露的海棠。但这会儿盖茨没有一点怜香惜玉的心情,他用力批着她的两颊:

"醒醒,醒醒!你这个恶毒的女人,你这条毒蛇,你这只澳大利亚毒水母!你哥哥要投入太阳自焚啦!"

鲁冰昏昏沉沉地睁开眼睛,头来回摇晃着,两颊被批得又红又肿。

"醒醒,醒醒,你这只南美箭蛙,非洲毒蜘蛛,你伤透了哥哥的心,他已经驾着飞船向太阳飞去啦!"

等到清醒过来的鲁冰冲进指挥舱,"飞蛾号"已经开走了,屏幕上只能看到它的尾喷管和机侧喷管的绚丽火光，几个人在沉痛地呆呆地看着屏幕。鲁冰扑到送话器前嘶喊：

"哥哥，我是冰儿，请你原谅我，你快回来！"

送话器中传来鲁克爽朗的笑声，十分清晰，就像在眼前：

"冰儿，我没有责怪你，我只是去做一件该做的事。你好好活下去吧，永别了。"

鲁冰双泪长流。只有这时，她才知道鲁克在她心目中是多么宝贵。她悲声道："鲁克，回来吧，你知道我在心里实际是多么爱你吗？我要像一个听话的妹妹那样去爱哥哥，我也想像一个忠诚的女人那样去爱丈夫。鲁克，饶恕我，回来吧。"

小飞船上再没有回答，只能听到轻微的无线电背景噪音。很长时间的静默之后，传来鲁克激情的声音：

"多么壮丽的太阳啊！"

BBC 抢先播发了一则短讯：

"噩梦已经过去。夸父式的英雄曳着 1250 颗氢弹向太阳奔去。人类的理想主义将在一场最为壮烈的天火之葬中升华。50 亿地球人都目不转睛地为英雄送行。"

"星球动物园号"飞船返回了地球。在 10 个小时的回程中，飞船内气氛十分沉重，大家面色阴沉地干着自己的事情，只有一点，那就是每个人都绝不把目光投向鲁冰。鲁冰终于忍受不住这种目光的真空，她惨然一笑，走向减压舱门，她想跳进寒冷的太空去陪伴鲁克哥哥。众人都冷漠地看着她徒劳地企图打开减压舱门，最后拉里烦倦地说："班克斯，盖茨，把她拉过去，再打一针。"两人表情憎恶地走过去，制服了鲁冰的反抗，给她打了大剂量的镇静剂，又踢又咬的鲁冰终于安静下来。

休斯敦美国航天中心不间断地向总统报告"飞蛾号"的方位。它后面拖着那些硕大的核弹舱，像一只蚂蚁拖着一只多足蜈蚣。"飞蛾号"就这样从容不迫地向太阳飞去。鲁克也偶然回答地面上的问话，随着距离一天天拉长，通话时的迟滞越来越明显，信号也越来越微弱。两个月之后，也就是进入水星轨道的前后，信号完全消失。专家们推断，很可能乘员已经在高温下死亡。此后，飞船在太阳重力的作用下，仍然向着太阳飞去。

飞船从此消失在太阳炫目的金黄色背景中。"飞蛾号"投入太阳熔炉的时间只是估算出来的。118天后，天文学家观察到一次日珥爆发。那天夜里他们在仪器中看到朱红色的日珥喷发到百万千米之外，形状变化多端，十分壮观。很多人相信这是1250颗氢弹投入太阳后引发的。没有一个天文学家发表否定意见，虽然他们知道1250颗氢弹的能量对于太阳来说是太微不足道了。

全世界的电台、电视台、电脑网络同时播放了哀乐。当这条仅为猜测的消息送到惠特姆总统的办公桌上时，他默默地起立致哀。他的智囊柯文尼告诉他，据盖洛普民意测验，他的声望猛增了11个百分点。

"现在，我们可以对那几个老家伙说'不'了。"惠特姆冷冷地说。